julian mars
lass uns von hier
verschwinden

julian mars

lass uns von hier verschwinden

2. Auflage
© 2022 Albino Verlag, Berlin
Salzgeber Buchverlage GmbH
Prinzessinnenstraße 29, 10969 Berlin

Umschlaggestaltung: Johann Peter Werth
Satz: Robert Schulze
Umschlagabbildung: Johann Peter Werth
Printed in Germany

ISBN 978-3-86300-259-6

Mehr über unsere Bücher und Autoren:
www.albino-verlag.de

Für Dich.

All alone in the danger zone
Are you ready to take my hand?

Blanche: «City Lights»

Ich denke oft, dass das Leben doch viel schöner wäre, wenn es mehr Ähnlichkeit damit hätte, auf der Couch zu liegen und Netflix zu schauen. Auf jeden Fall käme man dann besser damit klar, und das liegt nicht nur daran, dass man in beschissenen Situationen einfach vorspulen könnte. Und die besonders schönen immer wieder erleben. Man könnte sich das Genre aussuchen, jeden Tag aufs Neue. Und man könnte sich vor allem darauf verlassen, dass einem der ganze Scheiß, mit dem man sich rumschlagen muss, in Portionen serviert wird, die man gerade noch irgendwie verdaut bekommt. Weil spätestens nach vierzig Minuten erst mal Schluss ist und man sich dann entscheiden kann, ob man noch fit genug ist für die nächste Runde. Oder ob man erst mal von allem eine Pause braucht.

Wenn ich aber eine Sache gelernt habe bisher, dann diese: Das echte Leben läuft eben nicht auf Netflix, und es besteht erst recht nicht aus einer Staffel im Jahr mit einem Cliffhanger pro Folge.

Im echten Leben passiert oft lange gar nichts.
Und dann alles auf einmal.

Seit wir uns in den Ferien nach der vierten Klasse mit einem Perlenohrring meiner Mutter in die Zeigefinger gestochen und sie dann ganz fest aneinandergedrückt haben, ist Emilie mehr als meine beste Freundin. Sie ist meine Schwester.

«Jetzt sind wir blutsverwandt, Felix», hat sie damals gesagt. Und mir danach feierlich erklärt, was das bedeutet. Dass wir immer verbunden sein werden nämlich, auch wenn wir uns mal streiten. Und gestritten haben wir uns wirklich genug in den letzten siebzehn Jahren. Es gab sogar Phasen, in denen wir uns nicht mal besonders gut leiden konnten. Aber wir haben beide nie daran gezweifelt, dass zwischen uns diese ganz besondere Verbindung besteht. Für immer.

Ist natürlich kindisch, das nur auf die eine Sache mit dem Perlenohrring zu schieben. Und trotzdem ist es immer wieder diese Szene, die mir in den Sinn kommt, wenn ich über mein Verhältnis zu Emilie nachdenke. Dann sehe ich wieder dieses Mädchen mit dem Porzellangesicht, der Zahnlücke und dem blutenden Finger vor mir, das schon damals so schön war wie die Frau, die inzwischen aus ihm geworden ist. Obwohl es sich seltsam anfühlt, Emilie eine Frau zu nennen. Denn das würde ja bedeuten, dass aus mir ein Mann geworden sein muss. Ist ein komisches Wort, oder? Weil es so unumkehrbar erwachsen klingt, so nach «Er weiß immer, was zu tun ist». Dabei habe ich immer noch in erschreckend vielen Situationen nicht die geringste Ahnung, was zu tun ist.

Ich habe schon immer dazu geneigt, im Zweifelsfall den Kopf einzuziehen und einfach gar nichts zu machen, außer zu hoffen, dass sich alles irgendwie von selber regelt. Früher hat das sogar meistens funktioniert. Aber vielleicht ist das tatsächlich eines der ersten Anzeichen dafür, dass man erwachsen geworden ist: Wenn es immer mehr Situationen gibt, in denen man sich nicht mehr einfach wegducken kann, sondern sich entscheiden muss. Weil es niemanden mehr gibt, der einem das im Zweifelsfall abnimmt. So wie heute Nachmittag.

«Also los», sage ich, als Emilies Zug in den Bahnhof einfährt. «Umdrehen, damit ich dich noch mal umarmen kann.» Sie dreht mir folgsam den Rücken zu, und ich greife um sie herum und lege meine Hände auf ihren kugelrunden Bauch. «Wenn wir uns das nächste Mal sehen, bist du vielleicht schon eine Mama», flüstere ich ihr ins Ohr. Um sie zu ärgern.

«Mein Opa hat immer zum Abschied gesagt: ‹Wenn wir uns das nächste Mal sehen, bin ich vielleicht schon tot›», antwortet sie und macht sich von mir los, weil es Zeit zum Einsteigen ist. «Kann man jetzt drüber streiten, welche Aussicht die deprimierendere ist.»

«Tja», sage ich, während sie sich die zwei Stufen in den ICE hochkämpft. «Das Gute ist, dass wir das ja bald erfahren werden.» Ich reiche ihr die Reisetasche und versuche, ein zuversichtliches Gesicht dabei zu machen. «Kopf hoch, Em. Das haben schon ganz andere vor dir geschafft», schiebe ich noch schnell hinterher, obwohl ich schon in derselben Sekunde denke, dass sich von blöden Floskeln auch kein Mensch was kaufen kann. «Gute Fahrt. Und grüß Hamburg von mir.»

Ihre Antwort ist dieser typische Emilie-Blick, den ich schon seit zwanzig Jahren kenne und den ich auch in den letzten Tagen oft bei ihr gesehen habe: Eine Mischung aus Konzentration, Angst und einem unterdrückten Gähnen, die nur bedeuten kann, dass sie mit sich kämpft, weil sie mir irgendwas sagen will, aber es mal wieder nicht über die Lippen bringt. Doch jetzt ist es zu spät.

Vom Bahnsteig aus schaue ich dabei zu, wie sie sich auf ihren reservierten Fensterplatz setzt, und ich warte darauf, dass sie noch einmal zu mir rausschaut, damit ich ihr zum Abschied winken kann. Aber das tut sie nicht, obwohl sie genau weiß, dass ich noch da stehe. Stattdessen greift sie nach ihrem Handy und starrt angestrengt auf den Bildschirm.

Emilie war schon immer ein merkwürdiger Mensch. Ich kenne niemanden, der so gerne und vor allem so ausdauernd Geschichten erzählt wie sie, egal ob über ihren Arbeitstag, diese unverschämte Alte im Supermarkt oder über dieses wahnsinnig scharfe Kleid, das sie sich geleistet hat. Nur wenn es um die wichtigen Dinge geht, die echten Sorgen im Leben, habe ich mich schon lange daran gewöhnt, dass sie mich an dem, was in ihr vorgeht, nur in wohlüberlegten Dosen teilhaben lässt. Und das in der Regel auch erst dann, wenn sie alles schon längst mit sich selbst ausgemacht und abgehakt hat, sodass mich die meisten echten Neuigkeiten aus ihrem Leben erst mit ein paar Lichtjahren Verspätung erreichen. Wie bei einem Stern, der in weiter Ferne vor sich hin funkelt.

Von ihrer Schwangerschaft hat sie mir erst erzählt, als sie sicher war, dass sie das Kind behalten würde. Und wer weiß, wenn sie sich anders entschieden hätte, hätte ich möglicherweise nie davon erfahren. Man muss vielleicht dazusagen, dass Emilie keine besonders gute Schauspielerin ist. Normalerweise merke ich ziemlich schnell, wenn sie irgendwas beschäftigt. Aber wenn ich dann nachfrage, kriege ich immer die gleiche Antwort: «Ach, *Honey*, das renkt sich schon wieder ein», sagt sie nur und wuschelt mir lächelnd durch die Haare, bevor sie das Thema wechselt.

Und das beruhigt mich jedes Mal zumindest ein bisschen, weil ich dann weiß, dass ihr Problem so schlimm nicht sein kann. Emilie ist der einzige Mensch, der mich *Honey* nennen darf. Damit hat sie angefangen, nachdem ich ihr erzählt hatte, dass ich schwul bin, an ihrem siebzehnten Geburtstag. Und von diesem Privileg macht sie ausufernden Gebrauch. Felix nennt sie mich nur, wenn es ernst wird, für mindestens einen von uns beiden. Und solange sie noch nicht so verzweifelt ist, denke ich mir immer, ist wahrscheinlich alles noch mehr oder weniger in Ordnung.

Mein Handy klingelt, als ich mich gerade auf die Rolltreppe stelle, die vom Gleis in die Bahnhofshalle führt. Ich ziehe es aus der Hosentasche und sehe, dass Emilie anruft. Also drehe ich mich schnell wieder um und mache einen großen Schritt zurück auf den Bahnsteig. Ich schaue zu ihrem Zug, der sich gerade langsam in Bewegung setzt.

«Alles okay?», frage ich, nachdem ich den Anruf angenommen habe. Zwei Sekunden lang kann ich sie noch sehen, bevor sie aus meinem Blickfeld rollt. Doch sie schaut mich immer noch nicht an.

«Felix, eigentlich wollte ich dich die ganze Zeit was fragen», sagt sie dann, und ihre Stimme klingt dabei so brüchig, dass mir auf einmal ganz flau wird im Magen. «Aber ich hab mich nicht getraut.»

«Ist mir gar nicht aufgefallen.» Ich lehne mich vorsichtshalber an die nächste Betonsäule. «Und traust du dich jetzt?»

Ein paar Sekunden lang ist es still in der Leitung, dann höre ich sie Luft holen. «Ich bin dir nicht böse, wenn du nicht möchtest, okay?», sagt sie schließlich. «Und du darfst mir auch nicht böse sein, dass ich dich überhaupt frage. Aber möchtest du der Vater meines Kindes werden?»

Das alles aufzuschreiben, war Annas Idee.

Im Gegensatz zu Emilie ist Anna meine richtige Schwester, auch wenn sie sich eher aufführt, als wäre sie meine zweite Mutter. Und das liegt nur zum Teil daran, dass sie volle zehn Jahre älter ist als ich. Aber ich beschwere mich gar nicht, denn auch wenn ich es ihr gegenüber niemals zugeben würde, weiß ich ganz genau: Es waren nicht zuletzt Annas großzügig dosierte therapeutische Arschtritte, die dafür gesorgt haben, dass ich inzwischen sowas Ähnliches wie erwachsen bin. Zumindest habe ich mich bis heute Nachmittag so gefühlt. Also bis zu dem Moment, in dem Emilie sich entschieden hat, mal eben die Probe aufs Exempel zu machen.

Es war dann auch Anna, die ich als Erstes angerufen habe. Ich lehnte immer noch an dieser Betonsäule und hielt mir mit zitternden Fingern das Handy ans Ohr.

«Hey, was machst du gerade?», fragte ich, nachdem sie ans Telefon gegangen war. «Kann ich kurz bei dir vorbeikommen?»

«Dann hat sie dich also tatsächlich gefragt?»

«Du wusstest davon?», rief ich einmal über den halben Bahnsteig. Tolles Gefühl, offenbar der Letzte zu sein, der von diesem grandiosen Plan erfuhr. Doch ich war vor allem überrascht, weil Anna und Emilie nicht unbedingt die besten Freundinnen sind. «Wann hat sie mit dir gesprochen?», fragte ich.

«Setz dich in die S-Bahn», seufzte Anna. «Ich hab schon den Tisch gedeckt.»

«Also», fragte ich, als wir auf ihrem Balkon saßen und den Kirschkuchen aßen, den sie gebacken hatte. «Was meinst du dazu?»

«Was meinst *du* dazu?», gab sie aber mal wieder nur zurück.

«Vielleicht kannst du mir deine Meinung ausnahmsweise mal direkt sagen, anstatt sie mir so unterzujubeln, dass ich sie nachher für meine eigene halte!»

Sie legte ihre Gabel weg. «Schön», sagte sie dann. «Emilies Frage hat dich aufgebracht. Warum?»

Typisch Psychologin. Kann sich echt nicht vorstellen, dass sie es ist, die die Leute in den Wahnsinn treibt.

«Ich ärgere mich nicht, weil sie mich gefragt hat», erwiderte ich. «Ich ärgere mich höchstens darüber, dass sie mich so spät gefragt hat.»

«Also ziehst du es in Erwägung?» Anna bemühte ihren schönsten Therapeutinnentonfall, der absolut nichts darüber verriet, wie sie die Sache sah. Ich zuckte mit den Schultern. Zog ich es in Erwägung? Eigentlich nicht. Aber dann hätte ich Emilie auch gleich sagen können, dass sie ihr Balg alleine großziehen kann. Oder?

«Wie stellt sie sich das überhaupt vor?», fragte Anna weiter. «Konkret?»

«Nicht die leiseste Ahnung.» Ich schaute zur Seite und ließ meinen Blick über den Chamissoplatz schweifen, von wo das Geschrei spielender Kinder zu uns hochdrang. Am Horizont braute sich ein Sommergewitter zusammen. «Ich soll den Gedanken erst mal sacken lassen, hat sie gesagt. Den Rest will sie in den nächsten Tagen klären.»

«Wird auch Zeit dann. Ist ja nicht mehr lange hin bis zur Mondlandung.»

«Na ja, noch gut einen Monat», erwiderte ich. Aber das war nicht das Problem. «Sie hat uns schon einen Termin beim Jugendamt besorgt. Um die Formalitäten zu erledigen.» Und zwar in zehn Tagen.

Anna holte tief Luft. «Die traut sich was», murmelte sie. Dann zündete sie sich eine Zigarette an.

«Sie hatte halt Angst, dass wir nachher keinen mehr bekommen», sagte ich schnell. Eigentlich hatte ich keine Lust, Emilie zu verteidigen. Aber vor Annas Wut würde ich so ziemlich jeden in Schutz nehmen. «Absagen kann man immer noch, meinte sie.»

«Das ist ja beruhigend!» Sie blies den Rauch aus der Nase, und obwohl mir wirklich nicht nach Lachen zumute war, musste ich ein bisschen grinsen, weil sie nun endlich ihre bemühte Sachlichkeit über Bord warf. «Und der Vater?», fragte sie weiter. «Also, der *richtige* Vater. Was ist mit dem?»

«Du weißt genau, dass ich das nicht weiß.» Diese Frage hatte ich Emilie nur ein einziges Mal gestellt, und sie hatte mit nicht viel mehr als einem tiefen Seufzen darauf geantwortet. Allerdings hatte ich nun schon das Gefühl, dass ich da vielleicht noch mal nachhaken sollte.

«Wird wahrscheinlich irgendein Kiezlude sein», brummte Anna, und ich verdrehte die Augen. Als stolze Feministin kommt sie einfach nicht darüber hinweg, dass Emilie die Tochter eines Puffbesitzers ist und sogar ihre Ausbildung bei ihm gemacht hat. In der Verwaltung, versteht sich.

«Wieso hat sie eigentlich ausgerechnet dir davon erzählt?», fragte ich, um sie von dem Thema abzubringen.

«Sie hat mich vor ein paar Tagen angerufen.» Anna drückte ihre halb aufgerauchte Zigarette aus. Ihr neuester Trick, um langsam damit aufzuhören. Sehr langsam. «Weil sie meine Meinung hören wollte, ob sie dich überhaupt fragen darf oder ob sie dich damit in eine blöde Lage versetzt, weil du dich vielleicht nicht Nein zu sagen traust.»

«Und was hast du ihr gesagt?»

«Jetzt hat sie dich ja gefragt. Ist also auch schon egal.» Sie verschränkte die Arme und schaute eine Weile sehnsüchtig auf ihre Kippenschachtel. «Wahrscheinlich kam sie eh nur deshalb zu mir, weil sie gehofft hat, dass ich es dir sofort weitererzähle», knurrte sie dann. «Und sie dich nicht selber fragen muss.»

Das war tatsächlich gut möglich. Ich seufzte, und für ein paar Minuten schwiegen wir beide, während es in der Ferne zu donnern begann.

«Zumindest Mama wird begeistert sein, dass sie doch noch ihr Enkelkind bekommt», sagte Anna irgendwann, und wir mussten beide bitter lachen.

«Ein uneheliches Enkelkind, mit dem sie überhaupt nicht verwandt wäre», erwiderte ich. «Mit Emilie als Mutter, und vom Vater wollen wir gar nicht erst anfangen.» Mama hatte sich zwar verändert in den letzten Monaten. Aber sich darüber zu freuen, war immer noch viel verlangt. «Also», sagte ich zum zweiten Mal, weil Anna schon wieder den Mund aufmachte, um irgendwas Gemeines über Mama zu sagen, und ich dafür jetzt absolut keine Nerven hatte. «Was denkst du jetzt über die Sache?»

«Ich denke, dass du mit niemandem darüber reden solltest, bevor du dir nicht ein Bild von deinen Gefühlen gemacht hast. Unbeeinflusst.»

«Toller Rat!»

«Danke.» Sie lächelte süßlich. «Finde ich auch.» Dann stand sie auf und lief in die Küche, wo sie anfing, in einem der überall herumstehenden Umzugskartons zu kramen. Nach einer Ewigkeit zog sie triumphierend eine Tupperbox heraus, öffnete sie und blies kräftig hinein. Meine Schwester gehört nämlich zu den Menschen, die der Meinung sind, dass Dinge hygienischer werden, wenn sie einmal drüberpusten. Danach begann sie, ein paar Kuchenstücke hineinzuschaufeln. «Du gehst jetzt nach Hause und schließt die Tür hinter dir ab», rief sie auf den Balkon hinaus. «Und dann fängst du an, alles aufzuschreiben, was dir in den Sinn kommt. Über dich und Emilie und die Frage, wie es sich für dich anfühlt, vielleicht bald Vater zu sein.»

«*Verdammt* bald», murmelte ich. «Ich hab schon auf Sachen von Amazon länger gewartet.»

«Ich meine es ernst, Felix.» Sie kam zurück nach draußen und stellte mir die Box auf den Tisch. Doch sie setzte sich nicht mehr hin, um klarzumachen, dass sie mich tatsächlich rausschmiss. «Nach Hause gehen, nachdenken, aufschreiben. Wie damals bei der Sache mit Martin. Hat dir doch geholfen, oder nicht?»

Die Sache mit Martin. Die ist wirklich das Allerletzte, worüber ich jetzt auch noch nachdenken sollte. Dafür würden die zehn Tage bis zu dem Termin beim Amt nämlich sicher nicht ausreichen.

Drei Jahre ist es jetzt her, seit ich schon einmal an meinem Küchentisch saß und alles aufgeschrieben habe, was mir in den Sinn kam. Obwohl der damals noch in Hamburg stand und nicht in Berlin. Und obwohl es sich anfühlt, als wären mindestens zwanzig Jahre vergangen, und gleichzeitig, als wäre es gestern gewesen. Kurz danach bin ich aus Hamburg geflohen, weil ich es dort einfach nicht mehr ausgehalten habe. Ich habe mir seither echt Mühe gegeben, dieses Leben irgendwie auf die Reihe zu kriegen, und ich muss sagen, dass ich das – im Großen und Ganzen – relativ gut hinbekommen habe. Obwohl ich vor ein paar Wochen auch noch wesentlich besser dastand als heute. So betrachtet, hatte sich Emilie einen ziemlich beschissenen Zeitpunkt ausgesucht für ihre Frage. Aber so ist das nun mal, wenn man die Dinge ewig vor sich herschiebt. Dann muss man irgendwann mit dem arbeiten, was man kriegt.

Das Erstaunliche ist, dass ich den Gedanken trotz allem nicht total abwegig finde. Nachdem Emilie mir endlich gesagt hatte, dass sie schwanger ist, habe ich mich sowieso drauf eingestellt, dass sie Hilfe brauchen würde. Und ich habe eh schon überlegt, die ersten paar Wochen nach der Geburt zu ihr nach Hamburg zu ziehen, um ihr so gut wie möglich zur Hand zu gehen. Ich habe auch damit gerechnet, dass sie mich fragen würde, ob ich Patenonkel werden will. Aber Vater? Ganz offiziell, mit Brief und Siegel?

Seit ich von Anna nach Hause gekommen bin, habe ich eine halbe Flasche Wein getrunken. Jetzt sitze ich an meinem Küchentisch, schaue dem Wind dabei zu, wie er den Regen gegen das Fenster peitscht, und lausche dem Donnergrollen. An meiner Kühlschranktür hängt immer noch das Polaroid, das Gabriel, Emilie und ich am letzten Abend in meiner Hamburger Wohnung geschossen haben. Das war sechs Wochen nach *der Sache mit Martin*, und auf dem Bild sind unsere Münder noch ganz rot von den Spaghetti, die wir direkt davor gegessen hatten. Also, die von Gabriel und mir zumindest. Emilie sieht immer perfekt aus, egal ob nach einer durchgemachten Nacht oder mit vierzig Grad Fieber, und wahrscheinlich wird sie auch noch perfekt aussehen, direkt nachdem sie ihr Kind auf die Welt gesetzt hat. Keine Ahnung, wie sie das schafft. Aber wenn ich es nicht besser wüsste, würde ich glauben, sie hätte sich auf dem Polaroid gephotoshopt. Ich sitze zwischen den beiden und habe meine Arme um sie gelegt. Zu der Zeit habe ich versucht, mir über Wochen etwas heranzuzüchten, das einem Dreitagebart ähneln sollte, weil ich die Schnauze voll davon hatte, mit vierundzwanzig noch wie ein sechzehnjähriger Junge auszusehen. Auf dem Foto lächle ich tapfer in die Kamera und sehe trotzdem ganz schön wehmütig dabei aus. Und Gabriel, na ja ... er sieht halt aus wie Gabriel. Wie jemand eben, der in den zwei Jahren davor mehr Zeit mit seiner Doktorarbeit über Heraklit'sche Semiotik verbracht hat als mit echten Menschen – und mit dem Machwerk ist er übrigens bis heute noch nicht durch. Stolz wie Bolle grinst er in die Kamera, weil er kurz davor ganz alleine meinen Kleiderschrank auseinandergeschraubt hat – und das ohne jegliches handwerkliches Talent. Aber wenn man einen waschechten Hochbegabten wie ihn etwas machen lassen kann, dann das: eine Aufbauanleitung auswendig lernen und die dann ohne zu spicken rückwärts abspulen, bis von zweieinhalb Metern Schrank nur noch fein säuberlich gestapelte Bretter und ein Sack voller Schrauben übrig sind.

«Ich weiß jetzt übrigens, was Martin mit dir gemacht hat», sagte er, während er den Schraubendreher in Emilies Werkzeugkoffer fallen ließ und sich danach seine Harry-Potter-Brille zurechtrückte. «*Ghosting* nennt man das. Scheint gerade in zu sein, lief nämlich sogar bei *Galileo* was drüber. Da kommen oft interessante Sachen.»

«Mhm», machte ich nur, während ich aus dem Augenwinkel beobachtete, wie Emilie ihm hektische Zeichen gab, dass er das Thema Martin um Gottes willen nicht vertiefen solle. Aber zwischenmenschliche Interaktionen sind nun mal etwas komplizierter als sechzehn Seiten Aufbauanleitung. Für Gabriel zumindest.

«Da verschwindet man einfach von der Bildfläche», fuhr er unverdrossen fort, «und geht auch gar nicht mehr ans Telefon.»

Oder man meldet einfach direkt seine Nummer ab und zieht nach Madrid, ohne mir ein Wort davon zu sagen, dachte ich. Oder wenigstens vorher anständig Schluss zu machen, nach zwei Jahren Beziehung. Mein Blick fiel auf das Dachfenster, unter dem bis vor einer Stunde noch mein Bett gestanden hatte, und sofort hatte ich wieder einen Kloß im Hals. Unter diesem Fenster hatten Martin und ich unsere erste gemeinsame Nacht verbracht.

«Gehört zu diesem *Ghosting* auch dazu, dass man nach einem Jahr plötzlich wieder auftaucht und ernsthaft weitermachen will, als ob nie was gewesen wäre?», fragte ich. «Oder war das Martins persönlicher Twist?»

«Das kann ich dir leider nicht sagen», antwortete Gabriel geknickt. «Musste dann los zum Unisport, hab den Beitrag nicht zu Ende gesehen.»

«Gabriel, wie läuft's denn mit deiner Doktorarbeit?», fragte Emilie in lieblichem Ton, während sie gleichzeitig diskret noch etwas Wein in meinen Plastikbecher füllte. Diese Art von Multitasking hatte sie beim Thekendienst im ‹Haus der schönen Geheimnisse› gelernt, dem nobelsten Puff ihres Vaters.

«Och, kann mich nicht beklagen. Hab gestern endlich dieses Kapitel über die Polis als –»

«Schön, schön», flötete sie. «Dann sei doch so gut und trag schon mal den Karton hier in den Transporter, okay?»

Zwei Stunden später saßen wir todmüde auf den letzten Umzugskisten und sahen uns in meinem leeren Schlafzimmer um.

«Du bist echt reich genug, um ein paar Lastenschlepper anzuheuern», maulte Emilie matt vor sich hin. «Und wir sind so blöd und helfen dir umsonst.»

«Es geht doch um das Ritual», sagte ich. «Und so viel war es gar nicht.» Alten Krempel wegzuwerfen, hatte mich schon immer auf die gleiche Art befriedigt, wie Payback-Punkte zu sammeln oder mir ein Mitesserpflaster von der Nase zu ziehen. Deshalb hatte ich in den letzten Tagen mehr Zeug in Container geworfen als in Pappkartons. «Außerdem muss ich sparen, weil ich nicht weiß, wie lange ich noch reich bin», fuhr ich fort. «Keine Ahnung, ob meine Mutter mir jetzt noch weiter Geld überweist.»

«Findet sie nicht so toll, dass du jetzt auch noch wegziehst, oder?», fragte sie.

«Na ja, ich glaube, meine Schwester hat sie in den letzten Jahren nicht so sehr vermisst», grinste ich. Das Verhältnis zwischen den beiden war schon immer… kompliziert gewesen. «Außerdem hab ich es ihr noch gar nicht gesagt.»

«Deine Mutter weiß nicht, dass du morgen nach Berlin ziehst?», rief Emilie empört.

«Kennt ihr das?», fragte Gabriel. «Sobald man irgendwo was über eine neue Sache gehört hat, fällt einem das plötzlich überall auf. Geht mir gerade mit diesem *Ghosting* so.»

Ich seufzte. «Wenigstens behalte ich meine Handynummer. Und ich werd's ihr schon noch sagen. Obwohl sie es eh nie merken würde. Weil sie nämlich noch kein einziges Mal in dieser Wohnung war. Und wenn sie will, dass ich mal wieder vorbeikomme, fahre ich halt schnell aus Berlin rüber. Dauert keine zwei Stunden.»

«Das perfekte Verbrechen», kommentierte Gabriel.

«Fährst du für mich auch schnell aus Berlin rüber?», fragte Emilie.

«Versprochen», sagte ich und versuchte mich an einem Lächeln. «Hoch und heilig.»

Wir sahen uns an, und plötzlich fiel es mir wieder schwer zu schlucken. Obwohl ich es bis vor einer Minute geschafft hatte, diese ganze Sache mit der nötigen Ironie zu betrachten, musste ich mich auf einmal stark zusammenreißen, um nicht sofort loszuheulen. Denn es war ja nicht einmal so, dass ich wegziehen wollte. Ich hatte einfach nur das Gefühl, dass ich verdammt dringend einen Neuanfang brauchte. Weit weg von Martin, von meinen Eltern und vor allem von dem Nichtsnutz, als der ich mich in den letzten Jahren aufgeführt hatte. Ich musste mich dringend auf die Reihe kriegen, und ich war mir sicher, dass ich das in Hamburg nicht schaffen würde.

Emilie wischte sich eine Träne aus dem Augenwinkel und lehnte sich an meine Schulter. «Alle verlassen mich», murmelte sie leise vor sich hin. «Nicht mal die schwulen Männer kann ich halten.»

«Tamara hat auch nichts mehr von sich hören lassen?», fragte ich sie, doch sie schüttelte nur traurig den Kopf.

«Ich finde es übrigens auch nicht so toll, dass du wegziehst», sagte Gabriel plötzlich, und Emilie und ich sahen uns erschrocken an, weil das gerade so ziemlich der dramatischste Gefühlsausbruch war, den wir je bei ihm erlebt hatten.

«Wir stoßen jetzt noch einmal an», sagte ich schnell und hob meinen Becher. Ich räusperte mich. «Auf die letzten Jahre!»

«Und auf die kommenden», flüsterte Emilie mit brüchiger Stimme.

«Und auf neue und bessere Männer», fiel mir noch ein. «Für jeden von uns.»

«Habe nichts mehr anzumerken», stimmte Gabriel ein, und wir tranken alle in einem Zug aus.

Ob die Männer, die danach kamen, dann wirklich so viel besser waren als die davor, ist natürlich wieder eine ganz andere Frage. Ein paar neue waren aber auf jeden Fall dabei.

Der erste von ihnen war Alexander, und den hatte ich auch bitter nötig.

Mal eben irgendwo ein neues Leben anzufangen, entpuppte sich nämlich auch als eines der Dinge, die ich mir immer deutlich einfacher vorgestellt hatte. Und das Problem war nicht einmal, dass ich mit falschen Erwartungen nach Berlin gezogen wäre. Sondern eher, dass ich überhaupt keine gehabt hatte. Na ja, außer der einen vielleicht: Wenn ich erst mal raus bin aus Hamburg, wird alles gut. Ist klar.

Ich zog in eine Wohnung in Schöneberg, die eigentlich viel zu groß für mich war und die ich überhaupt nur deshalb bekam, weil sie zufällig gerade frei wurde und der Besitzer einer von Annas reichen Künstlerfreunden war. Auf dem freien Markt hätte ich ohne offizielles Einkommen nämlich eher schlechte Chancen gehabt – und dass man jeden Monat einen Batzen Kohle von seiner steinreichen, aber manisch-depressiven Mutter rübergeschoben kriegt, die nur leider keine Bürgschaft unterschreiben kann, weil sie nämlich gar nicht wissen darf, dass man überhaupt umzieht, kann ja schließlich jeder behaupten.

Das gesamte Zeug aus meiner alten Wohnung passte in ein einziges der drei riesigen Zimmer, und weil ich keine Lust hatte, vom Bett aus zwanzig Meter den Flur runterlaufen zu müssen, bevor ich fernsehen konnte, packte ich auch tatsächlich alles, was ich aus Hamburg mitgebracht hatte, in denselben Raum. Aus praktischen Gründen entschied ich mich für den, der zwischen Bad und Küche lag. Im Gegensatz zu den anderen beiden Zimmern gingen die Fenster dort nämlich zur Straße raus und nicht in Richtung des alten Friedhofs, als dessen Mauer die Rückwand des gesamten Hauses fungierte. Ich meine, wer baut denn so was?

Ich weiß noch, dass ich mir in den ersten Wochen hier vorkam wie in einem Spukschloss. Nach Einbruch der Dunkelheit hatte ich jedes Mal eine Scheißangst, wenn ich noch mal aus meinem Zimmer rausmusste und mein Blick auf die großen Flügeltüren der beiden anderen Räume fiel. Die hatte ich natürlich sorgsam verriegelt. Aber ein Geist, der eine Hausfassade hochklettert und danach durch ein geschlossenes Fenster diffundiert, würde sich wohl kaum von einer Holztür aufhalten lassen, dachte ich. Schon gar nicht, wenn die ein Schlüsselloch hat von der Größe eines Glory Holes.

Inzwischen war es November geworden, es wurde also leider immer früher dunkel. Und auch wenn das im Nachhinein alles auf eine schräge Art sogar fast lustig klingt, war mir in diesen Wochen überhaupt nicht nach Lachen zumute. Ich kam immer mehr zu der Überzeugung, dass der ganze Umzug eine absolute Schnapsidee gewesen war, denn in Berlin ging es mir kein Stück besser als in Hamburg. Ganz im Gegenteil. Ich vermisste Emilie und Gabriel. Und sogar Martin, auch wenn ich mich dafür hätte ohrfeigen können. Gut, dass ich den Zettel mit seiner neuen Handynummer, den er mir bei unserem letzten Treffen zugesteckt hatte, in tausend Fetzen gerissen und im Wind verstreut hatte. Sonst hätte ich nämlich für nichts garantiert.

Die meisten Tage verbrachte ich im Bett oder auf dem Sofa, das ich direkt daneben gestellt hatte. Ich las schnulzige Liebesromane, schaute irgendwas auf Netflix oder hörte auch mal ein paar Stunden lang einfach nur Musik. Nicht dass ich die Jahre davor nicht auch hauptsächlich so verbracht hätte. Das Schlimme war, dass mir plötzlich nichts davon mehr Spaß machte. Nicht einmal *Grey's Anatomy* konnte mich noch aufheitern, dabei hatte es die Serie sonst immer am zuverlässigsten geschafft, mich aus einem Tief zu holen. Doch inzwischen fühlte ich mich nur noch alt beim Zuschauen, weil da so viele neue Gesichter dabei waren, dass ich mich gar nicht mehr auskannte. Und auch dass die ausnahmslos alle furchtbar gut aussahen und selbst in größter Verzweiflung noch so zum Kotzen telegen in die Kamera weinten, machte mich nur noch wütend. Ich sah nämlich bestimmt nicht gut aus, wenn ich weinte. Und ich weinte viel in dieser Zeit.

Die Wohnung verließ ich eigentlich nur, wenn ich einkaufen musste, obwohl ich mir das meiste gleich liefern ließ. Und um meine Schwester zu besuchen, die jetzt statt zwei Stunden im ICE nur noch eine Kurzstrecke mit der U7 von mir weg wohnte. Was aber nicht nur Vorteile hatte, weil sie in dieser Phase endgültig damit anfing, sich als meine Ersatzmutter aufzuführen.

«Hast du abgenommen?», fragte sie mich ständig, aber in einem Tonfall, der klarmachte, dass sie das nicht als Kompliment meinte. «Was isst du eigentlich den ganzen Tag?»

«Quinoa-Avocado-Salat, Snickers und Vollkornbrot mit veganem Aufstrich.»

«Sehr witzig!», schimpfte sie und klatschte mir noch einen Schöpfer Gulasch auf den Teller. Anna kann echt gut kochen. Aber selbst ihr Essen schmeckte mir nicht mehr. «Wie kommst du mit der Wohnung voran?»

«Super!», log ich. «Hab mir gestern ein Bücherregal ausgesucht.» Ich hatte ursprünglich vorgehabt, mich komplett neu einzurichten und aus meiner Wohnung einen Hundertvierzig-Quadratmeter-Traum wie aus dem Westwing-Katalog zu machen. Und Anna hatte zähneknirschend zugestimmt, mir die Zeit dafür zu geben, bevor sie mich mit ihren Lebensplanungsbüchern erschlug. Sie hatte mir nämlich recht gegeben, dass man erst mal ein schönes Zuhause braucht, bevor man sich Größerem zuwenden kann. Doch dann hatte ich festgestellt, dass ich mich eigentlich wohlfühlte in meinem einen Zimmer mit all meinen Sachen in Griffweite und dass ich daran gar nichts ändern wollte. Also wohlfühlte, so gut es zu dieser Zeit halt ging.

Heute ist mir klar, dass ich damals eine handfeste Depression hatte. Nur wollte ich das ums Verrecken nicht wahrhaben. Anna hat das natürlich auch gemerkt, dafür war sie ja schließlich ausgebildet. Und ich weiß noch gut, wie sie eines Abends nach dem *Tatort* den Fernseher ausmachte, mich ernst ansah und sagte: «Reg dich jetzt bitte nicht auf, aber ich bin überzeugt davon, dass du Hilfe brauchst. Und zwar Hilfe, die ich dir nicht geben kann, weil ich deine Schwester bin. Aber ich habe dir ein paar Nummern aufgeschrieben von –»

«Ich rege mich nicht auf», unterbrach ich sie. «Aber ich gehe jetzt nach Hause. Und deine Nummern kannst du behalten.»

«Was soll ich dazu sagen, Felix?», seufzte Emilie nur, als ich sie noch auf dem Heimweg anrief und ihr davon erzählte. «In dem Punkt hat sie leider recht. Und ich weiß, dass du das eigentlich auch weißt.» Ich schwieg. «Ich meine, was wäre denn so schlimm daran, es mal mit einer Therapie zu versuchen?», fuhr sie fort. «Ist doch heutzutage kein Drama mehr.»

Ich konnte es ja nicht einmal in Worte fassen, warum ich mich so sehr dagegen wehrte. Denn dass ich grundsätzlich eine brauchen konnte, hatte ich inzwischen auch selber schon kapiert. Wahrscheinlich lag es am ehesten daran, dass ich so furchtbare Angst davor hatte, mich auf der Suche nach meinem verlorenen Glück Schicht für Schicht durch die ganze Scheiße graben zu müssen, die ich am liebsten einfach nur vergessen hätte.

«An mir ist absolut nichts komischer als an den ganzen anderen Leuten in unserem Alter», antwortete ich trotzig. «Zumindest hier in Berlin. Wir wissen nur noch nicht genau, was wir mit unserem Leben anfangen sollen, und das macht uns vielleicht ein bisschen unausgeglichen.»

«Dass keiner von euch da drüben richtig tickt, heißt noch lange nicht, dass ihr nicht alle Hilfe braucht», sagte Emilie bestimmt. «Und als Allererstes würde ich mir mal 'ne andere Wohnung suchen. Ist ja kein Wunder, dass du wahnsinnig wirst mit so vielen toten Schwulen im Garten.»

Der Friedhof hinter meinem Haus war tatsächlich bekannt dafür, dass dort viele Opfer der großen Aids-Epidemie begraben lagen. Aber zu denken, dass mir das als Abschreckung gedient hätte, ist leider der falsche Schluss. Denn Sex in irgendwelchen Kellerbars war die dritte Sache, für die ich mich neben den Fahrten in den Supermarkt und zum Abendessen bei Anna überhaupt noch aus der Wohnung quälte (wobei ich meistens versuchte, direkt alles in einem Aufwasch zu erledigen). Doch nicht einmal wilder Sex mit fremden Männern machte mir noch wirklichen Spaß. Stattdessen kam er mir inzwischen schon während wir noch dabei waren so sinnentleert und erbärmlich vor, wie es sich früher höchstens im Nachhinein angefühlt hatte.

Ich hasse mich. Ich hasse mein Leben. Und ich hasse vor allem, dass ich einfach zuließ, dass mein Leben so hassenswert war. Ein paar Tage lang ignorierte ich Annas Anrufe, bis sie mir schrieb, dass ich kleines Arschloch mich gefälligst melden solle, weil sie sich ernsthaft Sorgen mache. Also dachte ich zuerst lange angestrengt nach. Dann duschte ich mal wieder, zog mein letztes sauberes Oberteil an und fuhr zu ihr. Um mit ihr einen Vertrag auszuhandeln.

«Du hast recht», sagte ich, «ich muss mich in den Griff kriegen. Aber ich will keine beschissene Therapie machen, okay? Das muss doch irgendwie anders gehen.»

«Gut.» Sie stand von der Couch auf, lief in den Flur und kam mit einem Block und einem Kugelschreiber zurück, die sie mir beide entgegenstreckte. «Also, aufschreiben.» Ich guckte irritiert, doch dann nahm ich ihr die Sachen ab und wartete. «Erstens», diktierte sie nach kurzem Überlegen, und ich schrieb. «Ich will jeden zweiten Tag joggen gehen, und zwar bei Tageslicht. Egal bei welchem Wetter. Zweitens, ich esse dreimal täglich, und zwar Obst und Gemüse.»

«Dein Ernst?», fragte ich. «Ich bin keine vier mehr.» Der Blick, den sie mir zuwarf, ließ mich aber schnell wieder verstummen.

«Drittens», fuhr sie ungerührt fort und begann dabei, mit verschränkten Armen vor dem Fernseher auf und ab zu laufen, «ich lese die Texte, die meine große Schwester für mich aussucht, und besuche sie einmal pro Woche, um mich mit ihr darüber auszutauschen. Viertens, ich suche mir einen Verein, dem ich beitreten kann, um neue Menschen kennenzulernen.» Ich seufzte. «Fünftens», sprach sie laut über meine Gefühle hinweg, «ich besuche jede Woche ein Museum und lasse mich darauf ein, was es dort zu sehen gibt. Sechstens», nun warf sie mir einen strengen Blick zu, «keinen Sex mehr, nach dem ich mich schlechter fühle als davor.»

«Wie soll ich das denn vorher wissen?», fragte ich halblaut, doch ich schrieb brav weiter.

«Siebtens, ich erzähle Mama, dass ich nach Berlin gezogen bin.» Ich schluckte. Doch ich widersprach nicht. «Und achtens: Wenn ich irgendwann wieder richtig im Kopf bin und erkenne, was ich meiner Schwester alles zu verdanken habe, erspare ich uns beiden eine peinliche Szene und kaufe ihr stattdessen etwas Hübsches bei Cartier.»

Wieder richtig im Kopf. Tolle Psychologin. «Fertig?», fragte ich.

«Fast. Neuntens, wenn ich innerhalb von drei Monaten ab heute keine ausreichend großen Fortschritte mache oder mutwillig gegen meine Auflagen verstoße, beginne ich eine Therapie. Und zwar ohne Diskussion.»

«Und wer bestimmt, welche Fortschritte ausreichend sind?», fragte ich, nachdem ich fertig geschrieben hatte.

«Rate mal!», antwortete sie. «Jetzt unterschreiben. Und dann her damit.»

Wie gesagt, im Nachhinein klingt das vielleicht lustig. Aber das war es nicht. Inzwischen würde ich mich durchaus als *wieder richtig im Kopf* bezeichnen. Aber der Weg dorthin war wirklich nicht leicht. Und auch wenn ich gerne über Annas übergriffige Geschwisterliebe schimpfe, weiß ich, dass ohne sie alles noch viel schlimmer gekommen wäre.

Obwohl es arschkalt war, zwang ich mich am nächsten Tag, einmal bis zum Bundestag und wieder zurück zu joggen. Und nach einem vitaminreichen Mittagessen (Döner mit extra Salat) las ich den ersten Text, den Anna mir direkt am Vorabend noch mitgegeben hatte.

«Deine Schwester ist die anstrengendste Frau, die ich kenne, *Honey*. Und ich arbeite mit Nutten!», kommentierte Emilie das Ganze, als sie mich später am Nachmittag von der Arbeit aus anrief, weil ihr mal wieder langweilig war. Im ‹Haus der schönen Geheimnisse› herrschte aufgrund des gehobenen Preisniveaus ohnehin nie so viel Betrieb wie in den anderen Bordellen ihres Vaters. Aber die beginnende Vorweihnachtszeit verbrachten offenbar selbst die wohlhabendsten Schwerenöter lieber bei ihren Familien als in den Armen einer kasachischen Schlampe (und das ist Emilies Wortwahl, nicht meine). «Aber recht hat sie trotzdem, das muss ich leider zugeben.»

«Weiß ich ja», brummte ich. «Es ist trotzdem so unfassbar schwierig, sich auch nur an die Hälfte von diesem ganzen Zeug zu halten. Vor allem, wenn das jetzt monatelang so geht. Ich weiß echt nicht, ob ich das schaffe.»

Sie seufzte. «Okay, pass auf», sagte sie dann. «Ich verstehe, dass du dich schlecht fühlst. Wirklich. Und dass dir diese Liste auf den Sack geht, verstehe ich gleich zweimal. Aber du musst dir das Ganze wie in einem Film vorstellen, okay? Dann ist das jetzt die Szene, wo irgendwas ganz Schwieriges, was eigentlich ewig lange dauert, auf eine Minute zusammengeschnitten wird. Du weißt, was ich meine. Wenn irgendwer ein altes Haus renoviert. Oder Skateboard fahren lernt oder sich bei zehn Schauspielschulen bewirbt und zehn Absagen aus dem Briefkasten zieht.»

«Ich weiß, was du meinst», sagte ich. «Aber –»

«Du musst jetzt einfach ein paar beschissene Wochen überstehen. Und ich weiß, dass du auch schon einige hinter dir hast. Aber wenn irgendjemand mal jemand einen Film über dein Leben dreht, wird diese ganze verfickte Zeit höchstens eine Minute lang sein, verstehst du? Und es läuft sogar Musik dabei.» Sie überlegte kurz. «Bisher kann man schon zeigen, wie du dir lustlos einen runterholst, beim Fernsehen in der Nase popelst und dich vor deiner eigenen Wohnung fürchtest. Und jetzt kommt halt noch dazu, dass du schwierige Texte liest, in irgendeinem Museum stehst und zum Schluss durch den ganzen Tiergarten joggst, ohne auch nur einem einzigen Kerl an den Schwanz zu fassen. Und ganz am Ende stehen wir beide im KaDeWe, und ich sage dir, welchen Armreif du deiner irren Schwester aussuchen sollst als Dankeschön. Okay?»

«Du fehlst mir», sagte ich.

«Glaub ich dir sofort.»

«Willst du nicht auch hierherziehen? Sag deinem Vater, er soll expandieren.»

«Pf!», machte Emilie. «Bisher ist noch jeder, den ich kenne, übergeschnappt, nachdem er in diese Stadt gegangen ist. Hab dich ja vorgewarnt. Und jetzt muss ich Schluss machen, gerade hat's geklingelt.»

«Wird 'ne Razzia sein», sagte ich.

«Keine Sorge, *Honey*. Da hätte uns jemand vorgewarnt. Baba.»

Anna und Emilie behielten recht. Damit, dass es in den kommenden Wochen ganz langsam bergauf mit mir ging – und damit, dass es unglaublich anstrengend war. Am vierten Advent fühlte ich mich immerhin wieder fit genug, um zu einer von Anna ausgerichteten Weihnachtsparty zu gehen. Andererseits hatte ich aber auch keine Wahl, weil ich sie nur durch diesen Kuhhandel von der blödsinnigen Idee abbringen konnte, ich müsste Mama noch vor Ende des Jahres meinen Umzug beichten.

«Ich dachte schon, du kommst nicht mehr», begrüßte sie mich an der Wohnungstür. Sie hatte sich eine grüne Geschenkschleife in ihre roten Haare gebunden, trug einen dieser hässlichen Weihnachtspullis und umarmte mich nur mit links, weil sie in der rechten Hand ein Cocktailglas hielt. Aus der Küche roch es nach Glühwein und im Wohnzimmer nach Nelken. «Alles okay?», fragte sie und strich mir schnell über die Wange. Ich nickte. «Dann los, ich stell dich vor. Die werden dich mögen, wart's ab.»

Die Hälfte ihrer Gäste waren Kollegen aus der Klinik, in der sie arbeitete. Der Rest bestand aus Künstlern und Salonintellektuellen, mit denen sie einer ihrer vielen Ex-Freunde bekannt gemacht hatte, bevor er dann plötzlich ein Sachbuch bei einem ziemlich rechten Verlag veröffentlichte und seither lieber von allen totgeschwiegen wurde. Sie besorgte mir zuerst einen Drink und zerrte mich dann einmal durch die gesamte Gesellschaft, doch schon nach dem dritten Händeschütteln konnte ich mir keinen Namen mehr merken. Ich bemühte mich aber auch nicht.

Verstohlen schaute ich auf die Uhr und überlegte schon, wie lange ich wohl bleiben musste, ohne dass Anna mir den Bruch unserer Abmachung vorwerfen konnte, als plötzlich ein Mann aus dem Bad kam, der mich diesen Gedanken gleich wieder vergessen ließ. Er war groß, blond, vielleicht Mitte dreißig, mit einem Gesicht wie eine Renaissancestatue (plus Dreitagebart) und dazu noch dieser aristokratischen Welle in den Haaren, die ich schon immer so wahnsinnig sexy fand. *Solange dir so einer nicht egal ist, besteht vielleicht noch Hoffnung für dich, du Tröte*, dachte ich. Und ich beobachtete heimlich, wie der schöne Fremde ebenfalls diskret auf seine Armbanduhr schielte. Ein Leidensgenosse.

«Dachte ich mir schon», sagte Anna, die plötzlich wieder neben mir stand und meinem Blick folgte. «Komm mit.» Sie griff nach meinem Handgelenk und zog mich zu ihm rüber. «Alexander, das ist Felix, mein Bruder.» Sie lächelte uns beide an. «Er ist auch schwul», schob sie hinterher und ließ uns dann einfach stehen, aber nicht ohne sich nach ein paar Schritten noch einmal zu uns umzudrehen.

Viel bekam sie allerdings nicht zu sehen. Denn der schöne Alexander schaute mich so lange überrumpelt an, bis ich ihm vor lauter Verzweiflung die Hand hinstreckte und mich noch einmal vorstellte: «Hi, ich bin Felix.»

«Alexander», antwortete er. Er griff nach meiner Hand, doch ich merkte schon an der Art, wie er sie schüttelte, dass das mit uns wahrscheinlich nichts werden würde.

«Ich wollte mir gerade noch was zu trinken holen», sagte ich nach einer weiteren peinlichen Pause, um die Situation irgendwie aufzulösen. «Soll ich dir was mitbringen?» Letzter Versuch.

«Danke, aber ich habe noch irgendwo ein Glas stehen.» Er lächelte verlegen. «Ich muss es nur wiederfinden.»

«Na, dann viel Erfolg dabei.» Ich nickte und machte, dass ich wegkam.

Eine halbe Stunde später hatte ich zwei weitere Godfather getrunken, pflichtschuldig meinem Vermieter Hallo gesagt und mich eine Weile mit Tina unterhalten, einer der wenigen von Annas Freundinnen, die ich schon vor diesem Nachmittag gekannt hatte. Nun lehnte ich alleine an der Balkonbrüstung, genoss die kalte Luft in meinen Lungen und ließ meinen Blick über die Dunkelheit schweifen, während hinter mir Gelächter und Frank Sinatra aus der Wohnung drangen. Ich hatte mich schon immer gern auf Balkone geflüchtet, wenn mir alles zu viel wurde und ich eine Weile meine Ruhe haben wollte. Denn ich liebte dieses Gefühl, die Tür hinter mir zuzuziehen und den Partylärm gleichzeitig ein- und auszusperren. Vor einer Weile war einer dieser Fluchtversuche allerdings gewaltig nach hinten losgegangen, und daran musste ich jetzt wieder denken. Zum tausendsten Mal.

«Kann ich mich zu dir stellen?», fragte plötzlich jemand, und ich zuckte zusammen.

Ich hatte gar nicht bemerkt, dass die Balkontür geöffnet worden war, doch ich erkannte die Stimme sofort. Sie war tief und warm und klang irgendwie weihnachtlich. Ohne mich umzudrehen, sagte ich: «Klar.»

Alexander stellte sich neben mich und zündete sich eine Zigarette an. «Stört dich hoffentlich nicht», sagte er, und ich schüttelte den Kopf.

Eine Weile standen wir schweigend nebeneinander und blickten in die Ferne, doch die Stille kam mir jetzt nicht mehr ganz so peinlich vor.

«Ich fühle mich beobachtet», sagte er nach einer Weile, und ich sah ihn erstaunt an. «Nicht von dir», fügte er hinzu, ohne sein Gesicht zu mir zu drehen. «Nur, wir stehen hier draußen an einer recht exponierten Stelle, findest du nicht? Und wer weiß, wer gerade alles hinter uns am Fenster steht.» Ich wollte mich schon erschrocken umdrehen, doch er legte mir schnell die Hand auf den Arm und sagte mit einem leisen Lächeln: «Nicht! Sie darf nicht merken, dass wir Angst vor ihr haben.»

Endlich verstand ich ihn. Ich musste grinsen. «‹Er ist auch schwul›», äffte ich die tiefe Raucherstimme meiner Schwester nach, und Alexander nickte immer noch lächelnd, bevor er sich selbst einen weiteren Zug von seiner Zigarette genehmigte. Er hatte ein schönes Lächeln.

«Die Frage ist», sagte er dann bedächtig, «wem von uns beiden sie damit den Gefallen tun wollte.»

Ich kannte die Antwort natürlich, aber ich hatte keine Lust, meine ganze Leidensgeschichte vor ihm auszubreiten. «Ist doch egal», sagte ich deshalb schnell, «solche Gefallen braucht nämlich eh kein Mensch. Ich meine, ich sage doch auch nicht: ‹Hey, Anna, darf ich vorstellen? Das ist meine Freundin Susi, die ist auch immer so scheiße drauf, wenn sie ihre Tage hat›, oder?»

Jetzt sah er mir zum ersten Mal direkt in die Augen, und ich merkte einmal mehr, dass mir Alkohol einfach nicht besonders gut bekam. «Interessanter Vergleich zwischen Homosexualität und Menstruationsschmerzen», sagte er dann.

Mir wurde flau im Magen, weil ich wirklich nicht scharf darauf war, eine Grundsatzdiskussion übers Schwulsein vom Zaun zu brechen. Nicht schon wieder. «Na ja», antwortete ich. «Ich bin zumindest nicht nur einmal im Monat schwul.» Sondern wirklich viel, viel öfter.

Endlich lächelte er wieder, und ich atmete erleichtert durch. Er drückte seine Zigarette in Annas überfülltem Aschenbecher aus, dann sagte er: «Ich muss jetzt leider aufbrechen. Ich habe deiner Schwester gesagt, dass meine Mutter heute Abend ihren Geburtstag feiert.»

«Oh, okay. Dann mach's gut.»

«Die Sache ist allerdings die, dass ich gelogen habe», fuhr er fort. «Nichts gegen Annas Partys, aber am Sonntagabend bin ich lieber allein. Allerdings würde ich jetzt doch gerne noch ein bisschen bleiben. Dumm gelaufen, oder?»

«Na ja, du könntest sagen, dass du doch noch nicht losmusst, weil deine Mutter plötzlich ins Krankenhaus gekommen ist», antwortete ich und konnte an seinem Gesichtsausdruck schon wieder nicht ablesen, ob er das lustig oder komplett daneben fand.

«Oder ich verabschiede mich, und du sagst deiner Schwester, dass du mich noch ein Stück begleitest», schlug er vor, ohne eine Miene zu verziehen.

Die Aussicht, von hier abhauen zu können, war extrem verlockend. Es zusammen mit Alexander zu tun, noch viel mehr. «Ich weiß nicht», zögerte ich trotzdem. «Ich glaube, ich muss noch eine Weile bleiben, weil sie sonst sauer auf mich ist.»

«Keine Sorge.» Er spendierte mir ein weiteres wohldosiertes Lächeln, «ich habe das Gefühl, wenn wir beide zusammen aufbrechen, wird sie alles andere als böse sein.»

Also», fragte ich, nachdem wir ein paar Schritte die Straße hinuntergegangen waren. «Arzt oder Künstler?» Er sah mich fragend an. «Das sind die zwei Möglichkeiten in Annas Freundeskreis», erklärte ich. «Theoretisch könntest du natürlich auch Therapeut sein, aber das passt nicht zu dir.»

«Ach nein?»

«Dafür redest du zu wenig.» Alexander schmunzelte, doch er sagte nichts. «Also», wiederholte ich, «Arzt oder Künstler?»

«Ehrlich gesagt ein bisschen von beidem.» Wir hatten gerade die erste Kreuzung erreicht. «Wohin möchtest du gehen?»

«Keine Ahnung. Einfach ein bisschen spazieren?»

«Gut. Dann hier runter.» Er zeigte in Richtung Mehringdamm, und wir überquerten die Straße. «Ich bin Neurologe», sagte er dann, «aber ich schreibe auch Bücher. Romane.»

«Wow! Und hast du schon was veröffentlicht?»

Spätestens am nächsten Tag, als ich ihn googelte und feststellte, dass sein neues Buch gerade auf Platz acht der Bestsellerliste stand, wurde mir klar, dass das eine ziemlich dämliche Frage war. Doch er schien sich nicht darüber zu ärgern. «Ist das nicht der Sinn des Schreibens?», fragte er nur.

Ich kannte mal einen selbst ernannten Schriftsteller, der das notgedrungen etwas anders gesehen hatte. Aber an den wollte ich nie wieder auch nur einen einzigen Gedanken verschwenden. Also ließ ich es bleiben. Stattdessen lauschte ich Alexanders Ausführungen dazu, über welche Themen er normalerweise schrieb, und es gefiel mir, wie seine blauen Augen dabei leuchteten. Ich mochte diese innere Ruhe, die er die ganze Zeit ausstrahlte und die sich irgendwann auch ein bisschen auf mich übertrug. Das fühlte sich gut an. Als wir gerade auf die Friedrichstraße einbogen, erzählte er mir, dass er bisher nur traurige Liebesgeschichten geschrieben hatte, weil er die glücklichen einfach zu schwierig fand.

«Wenn zwei Menschen sich kennenlernen, ist das spannend», sagte er. «Und wenn sie sich später wieder trennen. Darüber zu schreiben ist leicht. Doch das eigentliche Zusammenleben ist nur dann interessant, wenn es Probleme gibt. Menschen, die zwanzig Jahre lang glücklich sind, sind das Langweiligste, was es gibt. Darüber kann man einfach nicht schreiben.»

«Gut, dass es davon so wenige gibt», erwiderte ich. Ich dachte kurz über seine Worte nach und kam zu dem Schluss, dass er recht hatte. Denn ich hatte selbst schon bemerkt, dass mir von den zweieinhalb Jahren mit Martin hauptsächlich der Anfang und natürlich das böse Ende in Erinnerung geblieben waren. Aber was wir in der ganzen Zeit dazwischen getrieben hatten, außer ins Freibad zu gehen und Bratnudeln zu essen? Keine Ahnung. «Na ja», antwortete ich, «wenn du nichts Trauriges mehr schreiben möchtest, kannst du ja an einem Buch mit Kurzgeschichten arbeiten. Lauter schöne Kennenlernstorys.»

«So wie diese hier?», fragte er, und in meinem Magen kribbelte es plötzlich ein wenig.

Wird auch mal wieder Zeit, dachte ich. «Das sagst du nur, weil du noch nichts über mich weißt», antwortete ich.

Er schmunzelte wieder. «Ich will dich nicht erschrecken, aber deine Schwester hat mir ein paar Dinge erzählt. Aber keine Sorge, es war nichts Verfängliches dabei.»

«Dann kann sie dir aber nicht viel erzählt haben. Ich habe nämlich fast nur Verfängliches erlebt in der letzten Zeit.»

Er schmunzelte wieder und nickte ganz leicht. «Ich kenne Anna schon seit ein paar Jahren. Da habe ich in Bezug auf ihre Familie einiges mitbekommen.»

«Das kann ich mir vorstellen», sagte ich. «Und Glückwunsch. Die meisten Männer halten es nicht so lange mit ihr aus.»

Plötzlich blieb er stehen und sah mich ernst an. «Ich habe einen Freund, Felix», sagte er. Im gleichen Moment begann es zu schneien.

«Oh. Okay.» Mehr fiel mir dazu nicht ein.

«Ich sage dir das, weil deine Schwester denkt, dass ich diese Beziehung vor ein paar Wochen beendet hätte.»

«Du scheinst sie ja ganz schön oft anzulügen», sagte ich. Wahrscheinlich war das tatsächlich der beste Weg, um einigermaßen mit ihr auszukommen. Sollte ich auch mal versuchen.

Doch Alexander war die Sache sichtlich unangenehm. «Annas Blick auf die Welt ist manchmal sehr... schwarz-weiß», sagte er dann, und ich wollte ihm nicht widersprechen. «Manche Dinge sind aber leider etwas komplizierter.»

«Kompliziert genug für ein Buch?», fragte ich.

«Für eine Trilogie. Mindestens.»

«Ich verstehe.»

Schweigend liefen wir weiter, und ich war schon dabei, mich zu fragen, wo genau wir inzwischen waren und wie ich von hier am besten zurück in mein Spukschloss kommen würde. Wobei ich mir andererseits auch ein Taxi verdient hatte.

«Ich habe dir das gesagt, weil ich gerade dabei bin, dich mit zu mir nach Hause zu nehmen», sagte Alexander nach einer langen Stille. «Und es mir wichtig ist, dass du weißt, worauf du dich einlässt. Falls du mitkommen möchtest.»

«Ihr habt eine offene Beziehung?», fragte ich.

Doch er schüttelte den Kopf. «Wir haben gar keine Beziehung mehr, ehrlich gesagt. Es ist nur noch nicht alles geklärt. Verstehst du?»

«Ungefähr», sagte ich, als er schon wieder stehen blieb.

«Hier sind wir also.» Er zeigte auf die Tür, vor der wir jetzt standen.

«Du wohnst hier?», fragte ich erschrocken, weil ich noch mit ein wenig mehr Bedenkzeit gerechnet hatte. Wobei die Tatsache, dass der Mann einen Freund hatte, für mich das kleinste Problem war. Denn trotz meiner ganzen Abenteuer in dunklen Hinterzimmern hatte ich noch immer nicht viel Übung darin, Sex in einem Bett zu haben, mit einem Mann, dessen Namen ich kannte und mit dem ich mich davor lange genug unterhalten hatte, um zu wissen, dass ich ihn nicht nur sexy, sondern auch nett fand. Und aus irgendeinem Grund fürchtete ich mich vor dieser Aussicht. Andererseits war das hier vielleicht tatsächlich eine Chance, endlich mal Sex zu haben, nach dem ich mich eben nicht schlechter fühlte als davor. Sondern vielleicht sogar besser.

«Ich begleite dich zur Bahn», sagte Alexander mit einem traurigen Lächeln, weil er mein Schweigen missverstanden hatte.

«Später», antwortete ich und nickte in Richtung Tür. Jetzt lächelten wir beide, und keiner von uns sah dabei noch traurig aus.

Nachdem wir unsere Jacken ausgezogen hatten, führte er mich ins Wohnzimmer, das ungefähr so groß war wie meines, aber viel weniger gruselig. Er bot mir einen Platz auf einem der beiden Sofas an, zwischen denen ein stattlicher Weihnachtsbaum stand, und ich ließ meinen Blick über die riesige Bücherwand schweifen, während er eine Schallplatte auflegte, Eiswürfel holte und uns dann an einem Barwagen zwei Gläser Whisky einschenkte.

«Schöne Wohnung», sagte ich, als er zu mir rübergekommen war und mir einen der beiden Drinks reichte. Die Einrichtung war wirklich unglaublich geschmackvoll. Und der einzige Vorwurf, den man ihr hätte machen können, war der, dass alles eine kleine Spur zu perfekt wirkte, um die echte Wohnung eines echten Menschen zu sein.

«Danke.» Er lächelte, als er sich neben mich setzte. «Das Lob gebührt allerdings nicht mir. Ich muss zugeben, dass ich eher wenig Sinn für Einrichtungsfragen habe. Deshalb habe ich das in professionelle Hände gegeben, als ich hier eingezogen bin.»

Ich grinste, denn es war natürlich genau das Eingestehen dieser angeblichen Schwäche, das ihn jetzt noch besser dastehen ließ. Denn wer will schon einen Mann, der den halben Samstag damit verbringt, Teppichmuster neben seine Kissenbezüge zu legen? Ich jedenfalls nicht.

Die nächsten Minuten verbrachten wir damit, uns gegenseitig Komplimente zu machen, während wir immer wieder an unseren Gläsern nippten. Dann legte er endlich seinen Arm um mich und flüsterte mir ins Ohr: «Ich möchte dich gerne mit in mein Schlafzimmer nehmen.»

Ich drehte mich zu ihm, sodass sich unsere Lippen jetzt ganz nah waren, und antwortete: «Dann tu's doch.»

Er griff nach meiner Hand und küsste sie sanft. Dann stand er auf und zog mich zu sich hoch. Wir standen so nah beieinander, dass meine Brust die seine berührte und ich spüren konnte, wie er ganz sanft sein Becken kreisen ließ. «Das muss niemand wissen, in Ordnung?», sagte er leise und lächelte mich dabei schüchtern an.

«Einverstanden», antwortete ich. «Schon gar nicht meine Schwester.»

«Oh, ich glaube, sie hätte am wenigsten dagegen.»

«Eben. Und ich habe ihr dieses Jahr schon genug Triumphe gegönnt.»

«Klingt einleuchtend», flüsterte er und fuhr mit beiden Händen an meinem Rücken hinunter, bis er meinen Hintern erreichte. Dort ließ er sie liegen. «Schön, dass wir uns kennengelernt haben.»

«Das höre ich ständig. Die meisten ändern ihre Meinung aber relativ schnell.»

«Pech mit Männern?», fragte er und zog mich noch näher an sich heran.

«Manche würden sagen, die Männer haben Pech mit mir.»

Er lächelte wieder und sah mir noch einmal tief in die Augen. Dann küsste er mich. Und ich schmolz in seinen Armen, schneller als das Eis in meinem Glas.

Alexander war genau das, was Emilie gerne einen Sattmacher nennt. Und zwar einer von der Feinkosttheke.

Der Sex mit ihm war so gut, dass ich überhaupt keine Zeit hatte, mir dabei auszumalen, was schlimmstenfalls gleich alles Peinliches passieren könnte. Nichts von dem, was wir taten, fühlte sich schmutzig an. Zumindest nicht auf die schlechte Art. Und das lag nicht nur daran, dass es in seinem Schlafzimmer nach Duftkerzen von Tom Dixon roch statt – wie ich es sonst beim Sex gewohnt war – nach altem Schweiß und Wichse. Selbst nachdem wir fertig waren, spürte ich immer noch keinen Impuls, möglichst schnell von ihm wegzukommen. Ich blieb einfach liegen, konzentrierte mich auf die Wärme seines nackten Körpers und freute mich darüber, wie freundlich und fast liebevoll er mich ansah.

«Bleibst du bis morgen?», fragte er nach einer Weile und küsste mich auf die Nasenspitze.

Ich hatte in meinem bisherigen Leben mit genau zweieinhalb Männern in einem Bett geschlafen, und ehrlich gesagt hatte mir das nie besonders viel Spaß gemacht. Doch in dem Moment fühlte ich mich auf eine irritierend selbstverständliche Art geborgen bei ihm – und gleichzeitig hatte ich nicht die geringste Lust, jetzt noch zurück in meine dunkle Gespensterwohnung zu fahren. Also nickte ich und lächelte, und zur Belohnung bekam ich gleich noch einen Kuss.

Mir war klar, dass Anna mich spätestens in ihrer Mittagspause anrufen würde, und tatsächlich klingelte um kurz nach zwölf mein Handy. Da war ich gerade nach Hause gekommen.

«Alexander ist ziemlich nett, oder?», fragte sie und bemühte sich erfolglos um einen beiläufigen Tonfall.

«Joa, ist ganz okay», sagte ich. «Bisschen sehr förmlich vielleicht.»

«Dann hättest du ja gestern noch bleiben können, statt mit ihm abzuhauen.»

«Ich bin nicht mit ihm abgehauen! Wir sind zufällig gleichzeitig aufgebrochen. Er hat mich zur Bahn begleitet, dann hat er mir die

Hand gegeben und ist davonmarschiert.» An ihrem Schnauben konnte ich hören, dass sie sich nicht sicher war, ob sie mir das glauben sollte. Aber das lag wahrscheinlich daran, dass sie es hasste, wenn ihre wissenschaftlich höchst fundierten Verkupplungsversuche ins Leere liefen. «Im Übrigen bin ich auch wirklich noch nicht bereit für was auch immer wir deiner Meinung nach hätten machen sollen», fuhr ich fort. «Und ich dachte, da wären wir uns einig.»

«Manchmal muss man die Gelegenheit beim Schopf packen, Bruderherz! Ein Mann wie Alexander bleibt nicht lange Single.»

«Schön für ihn», antwortete ich. «Und jetzt muss ich Schluss machen, sonst kocht mein Hummus über.»

Ich legte auf und schrieb Alexander eine Whatsapp: ‹Du hast zehn Sekunden.›

Er antwortete ein paar Minuten später: ‹Sie brauchte fünf.›

Ich grinste. Dann schrieb ich Gabriel: ‹Wie würdest du es finden, wenn ich dir sage, dass ich mit einem Mann zusammen war, in seinem Bett. Mit Übernachtung, zusammen duschen und Frühstück?›

‹Surreal›, antwortete er.

Lächelnd warf ich mein Handy aufs Bett. Dann beschloss ich, erst mal ein Bad zu nehmen.

Wir trafen uns noch einmal vor Weihnachten, dann zwischen den Jahren, und wir verabredeten uns für Neujahr. Silvester hatte ich mit Gabriel bei Emilie im Puff verbracht, und ich wollte am nächsten Tag extra einen früheren Zug zurück nach Berlin nehmen, um auf keinen Fall zu spät bei Alexander zu sein.

«Aber verrenn dich bitte in nichts, okay?», sagte Emilie, als wir am Vormittag beim Frühstück saßen. «Und vergiss vor allem nicht, dass er immer noch 'nen Freund hat.»

«Keine Sorge», antwortete ich. «Nur Spaß, kein Drama. Versprochen.»

«Hey, Felix, frohes Neues!» Ihr Vater war in die Küche gekommen und wuschelte mir auf diese liebevoll grobe Väterart durch die Haare.

«Ebenso», antwortete ich und grinste ihn dümmlich an.

Emilies Vater, bei dem sie auch mit vierundzwanzig noch wohnte, ist einer der tollsten Männer, die ich kenne – und die Tatsache, dass ich schon als Kind immer davon träumte, ihn später mal zu heiraten, war eines der ersten Anzeichen dafür, dass manches in meinem Kopf vielleicht ein bisschen anders lief als bei anderen Jungs. Der einzige Vorwurf, den man ihm machen kann, ist, dass er ausgerechnet mit meinem Vater befreundet ist – und der ist einer der am wenigsten tollen Männer, die ich kenne.

«Soll dich von deinem alten Herrn grüßen», sagte er dann auch direkt. «Darfst dich gerne mal wieder bei ihm melden.»

Seit mein Vater ungefähr ein Jahr zuvor still und heimlich bei meiner Mutter ausgezogen war (was außer Emilies Vater nicht mal die Freunde meiner Eltern wussten), beschränkte sich unser Kontakt darauf, dass er mir ab und zu ausrichten ließ, dass ich mich doch mal wieder melden solle. Habe ich aber nie getan, und so groß, dass er einfach mal angerufen hätte, war die Sehnsucht dann scheinbar auch wieder nicht.

Emilie und ich ließen das Thema Alexander jedenfalls ruhen, als ihr Vater sich zu uns an den Tisch setzte. Denn obwohl der schon längst wusste, dass ich schwul bin, wollte ich ihn nicht gleich an Neujahr mit zu vielen Details belästigen.

Die Stunden mit Alexander waren besser als jede Therapie, obwohl wir uns nie viel miteinander unterhielten, schon gar nicht über Gefühle. Er fragte nicht nach Martin, ich fragte nicht nach seinem Freund. Und das Privateste, was ich ihm je von mir erzählte, war, dass ich mit zweitem Vornamen ebenfalls Aleksandr hieß, wenn auch in der russischen Schreibweise (wobei er das sowieso schon wusste). Die Zeit, die wir miteinander verbrachten, fühlte sich für uns beide an wie Urlaub. Und genau deshalb waren wir füreinander die richtigen Kerle zur richtigen Zeit.

Das heißt natürlich nicht, dass sich meine Probleme seinetwegen in

Luft aufgelöst hätten. Die waren immer noch da, nur kamen sie mir in den Tagen, nachdem wir uns gesehen hatten, nicht mehr ganz so schlimm und auch nicht mehr so dringend vor.

Ich war weit davon entfernt, mich in ihn zu verlieben, obwohl ich ihn wirklich mochte. Aber noch viel mehr als ihn mochte ich dieses Gefühl, das ich in seiner Gegenwart hatte. Zu wissen, dass ich offenbar doch noch nicht so aufgebraucht und abgestumpft war, wie ich in meinen dunkelsten Momenten schon befürchtet hatte. Dass mein Glück nicht gemeinsam mit Martin für immer die Biege gemacht hatte, sondern dass es eines Tages wieder zurückkommen könnte, wenn ich nur fest genug daran glaubte. Denn ganz ehrlich, wenn ich abends alleine in meinem Bett lag, wünschte ich mir nichts sehnlicher als ein Leben, das auf so langweilige Art schön wäre, dass kein Mensch darüber ein Buch würde lesen wollen.

Als Alexander mir irgendwann im Februar sagte, dass wir uns nicht mehr treffen könnten, weil er und sein Freund es doch noch einmal miteinander versuchen wollten, war er, glaube ich, trauriger als ich. Es war zwar nicht so, dass ich ihn nicht vermisst hätte in den Wochen danach, aber letztendlich habe ich das Versprechen, das ich Emilie am Neujahrsmorgen gegeben hatte, tatsächlich gehalten. Die ganze Geschichte war ein wunderschöner Spaß gewesen, und zwar ganz ohne Drama. Und nicht zuletzt deshalb war sie das Erwachsenste, was ich bis dahin erlebt hatte.

«Was stört dich an deinem Leben?», fragte Anna während unserer wöchentlichen Bibelstunde. Die hielten wir meistens samstagvormittags in einem Café ab, damit das Ganze möglichst wenig nach einer Therapiesitzung aussah.

Mir war klar, worauf sie hinauswollte, denn in dieser Woche hatte sie mir einen Text zum Thema Zufriedenheit als Lektüre gemailt. Und dessen Kernaussage war, dass unglückliche Menschen vielleicht lieber ihre Sichtweise ändern sollten statt gleich ihr ganzes Leben. Vereinfacht gesagt. Was Annas Frage aber so gemein machte, war die Tatsache, dass mir inzwischen eines klar geworden war: Das Einzige, was mich an meinem Leben wirklich störte, war ich. Oder zumindest mein Talent, mir selbst im Weg zu stehen und mir immer dann ein Bein zu stellen, wenn es mal wieder nur ein paar Schritte zu einem kleinen bisschen Glück gewesen wären.

«Stört dich deine schöne Wohnung?», bohrte sie erbarmungslos weiter, bevor sie sich eine Gabel Käsekuchen in den Mund schob und schmatzend weitersprach. «Oder die Tatsache, dass du die Miete mit Mamas Geld bezahlst? Oder dass du in der heutigen Zeit in Berlin lebst und so schwul sein kannst, wie du nur willst?»

«Vielleicht sollten wir das Schwulsein da lieber rauslassen, sonst wird es ein bisschen sehr kompliziert», gab ich zurück.

«Du hast recht», nickte sie ernst. «Das schauen wir uns ein andermal an.»

Oh Gott!

«Ich weiß ja selbst, dass es mir eigentlich gut geht», sagte ich. «Aber was du da aufzählst, sind alles materielle Dinge. Und du weißt hoffentlich, dass Geld nicht glücklich macht.»

«Du wärst aber auch ohne Geld nicht glücklich! Und genau das ist der Punkt.»

«Was soll das denn jetzt heißen?»

«Das heißt, dass du einfach nicht dazu taugst, zufrieden zu sein. Und das hast du von Mama. Aber die gute Nachricht ist, dass man das lernen kann. Auch wenn es Mühe kostet.»

«Ich weiß», sagte ich und tippte müde auf den ausgedruckten Text, der vor mir lag. «Ich muss mich ändern und nicht mein Leben.»

«Oh, keine Sorge, Bruderherz», rief sie und zeigte dabei mit ihrer Gabel auf mich. «*Du* musst auch dein Leben ändern. Aber um das überhaupt angehen zu können, müssen wir erst dich ändern.»

Ich wohnte inzwischen seit einem halben Jahr in Berlin, und insgeheim war ich trotz allem froh, dass Anna mich nicht längst aufgegeben hatte. Denn inzwischen ging es mir tatsächlich besser. Gut genug auf jeden Fall, dass es mich nicht mehr meine ganze Energie kostete, morgens überhaupt aufzustehen. Seit ein paar Wochen hatte ich auch danach noch genug davon übrig, um mir zu überlegen, was ich mit dem Tag anfangen könnte. Zum ersten Mal seit Langem ging ich wieder ab und zu ins Theater oder auf Konzerte, und zu Emilies großer Freude hatte ich mir ein paar Bücher gekauft und angefangen, kochen zu lernen.

Anna hatte ja recht. Mein Leben war eigentlich gar nicht mal so übel. Nicht mehr. Und wenn ich mich ganz fest bemühte, schaffte ich es sogar für kurze Zeit, mir das auch klarzumachen. Nur leider ging es mir dabei meistens wie mit diesen blöden 3-D-Bildern, bei denen man ewig angestrengt schielen muss, bevor man sie sehen kann: einmal blinzeln, und alles war wieder weg.

Weil es auf dem europäischen Festland scheinbar keinen kundigeren Heraklit-Experten gab als Gabriel, wurde ihm unverhofft die Ehre zuteil, im Mai zu einem einwöchigen Forschungssymposium am King's College in London zu fliegen. Und weil ich ja eh nichts zu tun und ihn in den letzten Monaten kaum gesehen hatte, kam ich einfach mit.

Tagsüber war Gabriel mit Gebildetsein beschäftigt, deshalb hatte ich viel Zeit, mich in der Stadt herumzutreiben. Ich war noch nie in London gewesen, also schaute ich mir gleich am ersten Tag das Allerwichtigste an: die Kerle in den Büschen der Hampstead Heath. Nachdem das erledigt war, fuhr ich von dort ein paar Stationen mit dem Bus und lief danach erst eine Weile in die falsche Richtung, bevor ich zehn Minuten später endlich den richtigen Eingang gefunden hatte. Mit einem flauen Gefühl im Magen betrat ich den Hampstead Cemetery. Ich holte den Zettel aus meinem Rucksack, auf dem Anna mir den Weg aufgemalt hatte, und zählte die Reihen der Gräber, an denen ich vorbeikam. Nach der elften bog ich links ab und war zwanzig Meter später endlich am Ziel. Ich stand am Grab meines Großvaters.

Ich mag diese britische Tradition, die halbe Lebensgeschichte eines Menschen auf seinen Grabstein zu schreiben, doch in gewisser Weise war ich froh, dass Aleksandr Fyodor Sobolew ein Jahr vor meiner Geburt gestorben war, denn sonst hätte man wahrscheinlich noch seinen nichtsnutzigen schwulen Enkel mit draufpacken müssen. ‹*Beloved grandfather to his gem Anna*› stand jedenfalls mit dabei. Irgendwer hatte frische Blumen aufs Grab gelegt, und ich hätte gerne gewusst, wer das gewesen sein könnte. Denn meines Wissens hatten wir keine lebenden Verwandten mehr in England.

Es fühlte sich komisch an, hier zu stehen, und gleichzeitig irgendwie schön. Anna hatte unseren Großvater innig geliebt, und sie erzählte mir immer wieder, dass er so ganz anders gewesen ist als Mama, viel zugänglicher, normaler – und britischer. Kein Mensch weiß, warum, aber obwohl unsere Mutter in London zur Welt gekommen war, hatte sie sich entschieden, mit Leib und Seele Russin zu sein. Wahrscheinlich weil es einfach die schönere Begründung dafür abgab, auf dekadente Art einen an der Klatsche zu haben.

Mama hatte ihrem Vater nie so richtig verziehen, dass er sie gezwungen hatte, meinen Vater zu heiraten. Doch ihre Wut darüber hatte sie lieber an meiner Schwester ausgelassen, weil die ungewollte Schwangerschaft mit ihr überhaupt erst den Grund für diese unselige Ehe geliefert hatte. Was wiederum Anna ihr bis heute nachträgt. *Vielleicht ist es doch ganz gut, dass ich da erst viel später dazugestoßen bin*, dachte ich. Ich hatte ja auch so noch genügend Ballast abbekommen.

Trotzdem war ich traurig, dass ich meinen Großvater nicht mehr kennenlernen konnte. Denn nach allem, was Anna mir erzählt hatte, muss er ein toller Kerl mit einem aufregenden Leben gewesen sein – obwohl wir uns immer noch einig sind, dass wir lieber nicht so genau wissen wollen, wie er kurz nach dem Krieg an sein ganzes Geld gekommen ist. Nicht, dass wir aus moralischen Gründen noch damit aufhören müssen, es auszugeben.

Während ich dort stand und über das alles nachdachte, kam ich mir plötzlich wieder so klein und unnütz vor wie schon seit einigen Wochen nicht mehr. Und obwohl ich nicht gläubig bin, meinte ich auf einmal zu spüren, wie mein Großvater mir eine eiskalte Hand auf die Schulter legte und mich traurig anschaute, weil ich ihm zwar so ähnlich sah, aber ansonsten absolut nichts mit ihm gemeinsam hatte. Ich fröstelte und blickte mich vorsichtshalber um, doch es war weit und breit niemand zu sehen, keine Lebenden und auch keine Toten. Schnell zog ich mein Handy aus der Tasche und machte für Anna ein Foto vom Grab. Dann beeilte ich mich, wieder von dort wegzukommen.

Am Abend schlenderte ich mit Gabriel durch Covent Garden, und nachdem er mir für seine Verhältnisse überraschend wortreich von seinem ersten Tag im King's College erzählt hatte, setzten wir uns mit einem Eis in den Garten einer kleinen Kirche, in dem jede einzelne der vielen Holzbänke einer verstorbenen Person gewidmet war. ‹*Paula Withermore, a great singer and a great person*› war in unsere geschnitzt.

«Bin schon gespannt, was mal auf meiner Bank steht», sagte ich missmutig. «Bestimmt nichts Gutes.»

«‹Er konnte gut kochen und fantastisch blasen› könnte ich mir vorstellen», antwortete Gabriel.

«Das ist aber beides nicht ungewöhnlich heutzutage», widersprach ich.

«Höchstens vielleicht die Reihenfolge, in der du es gelernt hast.»

Ich seufzte. «Das eine davon kannst du übrigens auch gar nicht wissen», sagte ich. Ich hoffte es zumindest. Es war nämlich nicht unbedingt überall, wo ich mich schon herumgetrieben hatte, hell genug gewesen, um das mit Sicherheit ausschließen zu können.

«Dein Ruf eilt dir eben voraus», erwiderte er fröhlich. «Hab gehört, du hast fünf Sterne bei Tripadvisor. Und ich spreche nicht vom Kochen.»

«Kaum einen Tag draußen in der weiten Welt und schon frech wie ein Großer», maulte ich, doch eigentlich mochte ich es, wenn Gabriel sich ein bisschen über mich lustig machte. Denn im Gegensatz zu Emilie wusste er, wann es genug war.

Ich atmete tief durch. Dann schaute ich zu den Lichterketten über uns und lauschte den fröhlichen Stimmen, die aus der Markthalle hinter der Kirche zu uns rüberdrangen, während Gabriel selig an seinem Eis schleckte. Hätte mein Großvater seine Tochter nicht zur Hochzeit mit meinem Vater gedrängt, hätten die beiden auf keinen Fall Jahre später noch ein zweites Kind bekommen. Also mich. So gesehen verdankte ich ihm mein Leben, auch wenn sein Verhalten Mama gegenüber ziemlich fragwürdig war, zumindest aus heutiger Sicht. Aber trotzdem hatte er meine Existenz damit erst ermöglicht. Irgendwie schräg.

«Gabriel, glaubst du, dass es irgendwo auf der Welt schon mal einen Menschen gegeben hat, dessen Leben keinerlei Auswirkungen auf irgendjemand anderen hatte? Weißt du, wie ich meine? So als ob es ihn nie gegeben hätte?» Und falls nein, war ich dann vielleicht der erste? Gabriel sah mich mit diesem ganz speziellen Gesichtsausdruck an, der vortäuschen sollte, dass er über meine Frage nachdachte. Dabei versuchte er in Wirklichkeit panisch herauszufinden, was genau ich mir da schon wieder zusammengesponnen hatte. «Schon gut», sagte ich. «Lass dich nicht beim Eisessen stören.» Er nickte zufrieden und schleckte weiter.

Manchmal überkam mich das Gefühl, ich hätte mich mein ganzes Leben lang nur damit beschäftigt, was ich alles *nicht* sein wollte. Kein typischer Waldorfschüler, kein typisches Kind reicher Eltern, kein typischer *Millennial* und schon gar kein typischer Schwuler. Das Problem war nur, dass ich nun ein paar Wochen vor meinem fünfundzwanzigsten Geburtstag auf einer Parkbank in London saß und keine Ahnung hatte, *wer* ich eigentlich war. Denn wenn man das alles abzog, blieb nichts mehr von mir übrig. Und die Verzweiflung darüber traf mich wie ein Doppeldeckerbus in voller Fahrt.

Obwohl Gabriel nichts davon kapierte, verstand er gleichzeitig mal wieder alles. Denn er legte seinen Arm um mich und sagte: «Weißt du, Prinzessin, es gab mal einen Mann namens Epiktet. Und der war ziemlich klug. Drum hat er gesagt, dass man sich jedes Mal freuen soll, wenn es einem nicht so dolle geht. Weil das eine gute Möglichkeit ist, sich in Zuversicht zu üben.»

«Blöder Ratschlag», murmelte ich und wischte mir schnell eine Träne aus dem Augenwinkel.

«Hab doch gar nicht gesagt, dass ich ihm recht gebe», erwiderte Gabriel geduldig. «Will dich nur darauf hinweisen, dass du nicht der erste Mensch bist, der manchmal traurig ist und sich deswegen Gedanken macht. Und der letzte wirst du auch nicht sein.» Er machte eine Pause und suchte angestrengt nach den richtigen Worten. «Man kann schon auch wieder aufhören mit dem Traurigsein», sagte er dann. «Es kostet nur vielleicht ein bisschen Mühe.»

«Du hast nicht zufällig mit meiner Schwester gesprochen, oder?», fragte ich.

Er machte ein leidendes Gesicht. «Wenn, dann sie mit mir.»

Ich lächelte. «Sag mal, kannst du dich erinnern, wie ich mal versucht habe, *Grey's Anatomy* mit dir zu schauen?», fragte ich dann.

«Ich fand das verwirrend.»

«Weiß ich ja. Was ich sagen will, ist, dass ich früher immer dachte, irgendwann will ich mal Freunde haben wie die in der Serie. Die man mitten in der Nacht anrufen kann, die super aussehen und schlagfertig sind und immer 'nen guten Rat auf den Lippen haben. Aber weißt du, in letzter Zeit hab ich öfter gedacht, dass die Freunde, die ich schon habe, mindestens genauso toll sind.»

«Wenn nicht noch besser», sagte Gabriel. Er schob sich das letzte Stück Waffel in den Mund, dann zerknüllte er seine Serviette und warf sie in hohem Bogen knapp an der Mülltonne vorbei, die direkt neben unserer Bank stand.

«Wenn nicht noch besser», bestätigte ich.

―――――

Ein paar Wochen später fuhr ich nach Hamburg, weil es den überraschend erfolgreichen Abschluss von Emilies Ausbildung zur Veranstaltungskauffrau zu feiern gab, die sie im Puffimperium ihres Vaters absolviert hatte. Der schmiss ihr dafür eine rauschende Party, zu deren Höhepunkt sie nur deshalb nicht auf einem Schimmel durchs ‹Haus der schönen Geheimnisse› ritt, weil dem Gaul beim Transport schlecht geworden war und man Angst bekam, er könnte sich auf den weißen Teppich erleichtern.

«War echt scharf gestern, oder?», rief Emilie am nächsten Abend aus ihrem Badezimmer, während ich auf ihrem Bett lag und nachschaute, ob ich ihren heißen neuen Nachbarn bei Grindr finden würde (tat ich nicht).

«Nur schade, dass meine Mutter nicht da war», antwortete ich. «Hätte ihr sicher gefallen.» Emilies Vater hatte natürlich auch seinen besten Freund zur Party eingeladen (meinen Vater also). Und weil meine Eltern offiziell ja noch ein liebendes Ehepaar waren, hatte er pflichtschuldig auch meine Mutter dazugebeten. Dabei war sowieso klar gewesen, dass die als Dame mit fester Moral und ebensolchem Standesbewusstsein niemals einen ihrer schlanken Füße in ein Freudenhaus setzen würde. Schon meine Freundschaft mit der Tochter dieses Mannes hatte sie von Anfang an mit äußerstem Argwohn beobachtet. Und wenn Emilie nicht gerade neben ihr stand, nannte sie sie auch heute noch «das Rotlichtmädchen».

«Hast du dich mit deinem Vater unterhalten?», fragte Emilie mit vollem Mund, weil sie sich gerade die Zähne putzte.

«Kurz.» Ich hatte ihm notgedrungen Hallo gesagt und war froh gewesen, dass ein paar Sekunden später die Lichter ausgegangen waren, weil ein paar der angestellten Damen eine kleine Tanznummer vorbereitet hatten. Im Lauf des Abends hatte ich noch ab und zu das Gefühl gehabt, er würde Blickkontakt zu mir suchen. Aber das hatte ich jedes Mal ignoriert, obwohl es mir schwergefallen war. Denn ich hatte dabei gegen dieses unerklärliche und absolut lächerliche Bedürfnis ankämpfen müssen, ihm trotz allem gefallen zu wollen.

«Sie haben sich ihren eigenen Sarg gezimmert, hat er das erzählt?», rief Emilie, bevor sie herzhaft ihre Zahnpasta ins Wachbecken spuckte.

Hatte er nicht, aber ich hatte es trotzdem mitbekommen. Auch mein Vater machte schon seit Monaten eine existenzielle Krise durch, die er öffentlichkeitswirksam in einer Kolumne breittrat. Und Anna hatte mir mit verächtlichem Gesichtsausdruck die Folge vorgelesen, in der er und Emilies Vater zu einem Workshop in den Harz fahren, bei dem sich Männer einen Sarg bauen und dabei über die eigene Vergänglichkeit nachdenken.

«So was kann auch echt nur Heteros einfallen», antwortete ich.

«Wär vielleicht 'ne Geschäftsidee für dich. Mach doch in Schöneberg einen kleinen Laden auf, wo Schwule sich eine Urne aussuchen und die dann direkt vor Ort noch verschönern können, mit Strass und so. Aber jetzt erst mal Augen zu!»

Anstatt darauf noch etwas zu antworten, drehte ich mich lieber direkt auf den Rücken und schloss meine Augen. Einen bekannten Publizisten als Vater zu haben, hatte einerseits den Vorteil, dass man sich nicht extra mit ihm unterhalten musste, um zu wissen, was ihm gerade so durch den selbstverliebten Schädel ging. Man konnte es nämlich für zwei Euro irgendwo nachlesen. Der Nachteil war die Erkenntnis, dass der eigene Vater auch nicht besser war als sämtliche Kardashians, wenn es darum ging, gewinnbringend sein Privatleben in die Welt zu tragen. Und im schlimmsten Fall meines gleich mit. War ja auch schon vorgekommen. Nur über die eigenen Eheprobleme schwieg er sich lieber aus. Besser so, denn darüber in der Zeitung zu lesen, hätte Mama wahrscheinlich den Rest gegeben.

«Okay, aufmachen!», rief Emilie, nachdem sie aus dem Bad gekommen war und geräuschvoll letzte Vorbereitungen getroffen hatte.

Ich befolgte ihre Anweisung – und bereute es.

«Oh», sagte ich.

«Oh oder ooooooh?»

«Ehrlich gesagt eher oh-oh!»

Sie trug eine schwarze Strumpfhose und ein grobmaschiges Netzhemd, unter dem einem nur deshalb nicht ihre Nippel ins Gesicht sprangen, weil sie die notdürftig mit Herzchenstickern abgeklebt hatte. Ihre *Smokey Eyes* sahen eher nach Brandanschlag aus, und auf ihren schwarzen Haaren thronte die Polizeimütze aus blutrotem Lack, die sie sich kurz nach meinem Coming-out gekauft hatte. Da war sie nämlich noch verliebt in mich gewesen und hatte gehofft, dass ich vielleicht gar nicht schwul bin, sondern einfach nur auf dominante Frauen stehe.

«In der Schlange vorm ‹Berghain› haben die alle so ausgesehen», antwortete sie und wirkte sehr zufrieden mit sich. «Zumindest die, die reingekommen sind, im Gegensatz zu uns.»

«Hab dir ja vorher gesagt, dass die die Ironie deines Auftritts wahrscheinlich nicht zu würdigen wissen. Außerdem gehst du nicht ins ‹Berghain›, sondern ins ‹Black Hole›. Und da kommt jeder rein, glaub mir.»

Das ‹Black Hole›. Der berühmt-berüchtigte schwule Sexclub, in dem ich nicht nur den kläglichen Rest meiner Unschuld, sondern auch mindestens die Hälfte meines Verstandes verloren hatte, und zwar beides noch vor meinem achtzehnten Geburtstag. Seit meinem Umzug nach Berlin war ich nicht mehr dort gewesen, und weil ich mich psychisch gerade endlich wieder einigermaßen auf dem Damm fühlte, hatte ich auch nicht vor, das an diesem Abend zu ändern.

«Aber in Berlin gehst du doch auch noch in solche Schuppen», maulte Emilie, die unbedingt von mir zur ersten heterofreundlichen Sexparty begleitet werden wollte, die jemals dort veranstaltet wurde. Sie hatte nämlich vor, sich mit einem ganz ähnlichen Konzept als Eventmanagerin selbstständig zu machen und wollte sich schon einmal die Konkurrenz anschauen.

«Stimmt», antwortete ich. «Ich gehe noch in solche Läden, aber nur noch ganz selten. Und weißt du was: Ich habe festgestellt, dass es mit Schwänzen ist wie mit Chips. Wenn's die nicht jeden Tag gibt, schmecken sie viel besser.»

«Na ja, *Honey*, bei Schwänzen hängt der Geschmack ja hauptsächlich davon ab, ob die gewaschen sind», murrte sie, während sie sich mit einer Nagelschere noch ein paar Löcher in die Strumpfhose schnitt. «Na los, komm mit mir mit!»

«Keine Chance!» Natürlich reizte es mich, mal wieder ins ‹Black Hole› zu gehen, und zwar ziemlich. Doch andererseits hatte ich auch Angst davor. Und das war vielleicht ganz gut so. «Schon allein weil ich keine Ahnung habe, wem ich da alles über den Weg laufen würde», fügte ich noch hinzu.

«Oh, keine Sorge», schnurrte sie und warf sich neben mich aufs Bett. «*Der* wohnt schon lange nicht mehr in Hamburg.»

«Aber er ist hoffentlich nicht nach Berlin gezogen», sagte ich.

«Nö, nach Köln. Er hat inzwischen tatsächlich ein Buch veröffentlicht. Und jetzt rate mal, wer ihm dafür einen Stern bei Amazon verpasst hat!»

Ich küsste die Spitze meines Zeigefingers und drückte sie Emilie auf die Nase. «Danke», sagte ich.

«Gern geschehen.»

Ich schloss noch einmal die Augen und dachte darüber nach, dass es echt anstrengend sein musste, irgendwann mal vierzig zu sein. Weil sich dann wirklich überall die Leichen stapeln würden, die man bis dahin im Keller hatte. Da wäre abends auszugehen wahrscheinlich wie *Minesweeper* zu spielen.

«Bleibt immer noch Martin», sagte ich. «Wenn ich den dort treffen würde, wäre das genauso schlimm.»

«So ein Quatsch!», schimpfte sie. «Der geht nicht in solche Läden. Und selbst wenn ... Wie lange hast du den jetzt nicht mehr gesehen?»

«Seit einem Jahr ungefähr», brummte ich. «Weißt du doch.» Und trotzdem verging kein Tag, an dem ich nicht an ihn dachte. Und daran, ob wir heute noch glücklich miteinander sein könnten, wenn wir nicht beide solche Idioten wären.

«Na also! Irgendwann wirst du dich dem sowieso noch stellen müssen. Hat sich deine Schwester wahrscheinlich als Endgegner aufgehoben.»

«Es ist schon fast elf», sagte ich. «Du musst langsam los.»

«Mir fehlt Tamara», murmelte Emilie und kuschelte sich an mich. «Die wäre heute bestimmt mitgekommen.»

«Mir fehlt sie nicht!» Tamara Testicles war eine Transe, die ein paar Jahre zuvor in unser Leben gekracht war wie dieser Komet, der damit die Dinosaurier ausgelöscht hat. Und ich weiß, dass man Transe nicht mehr sagen soll, aber es gibt einfach in keiner Sprache der Welt ein passenderes Wort, um diese wandelnde Zumutung zu beschreiben. Ich hatte sie nie gemocht, weil sie mir immer irgendwie unheimlich gewesen war. Und erst ganz am Schluss erfuhr ich auch, warum. Sie hatte als Einzige gewusst, wo Martin nach seinem plötzlichen Verschwinden hingezogen war, und mir das nicht gesagt. Obwohl ich fast durchgedreht bin vor Sorge. Tamara hatte sich dann auch irgendwann in Luft aufgelöst, aber im Gegensatz zu Martin hatte sie das wenigstens angekündigt und zum Abschied noch ihre eigene Trauerfeier geschmissen. Danach hatte sie keiner von uns jemals wieder zu Gesicht bekommen.

«Ich gehe jetzt», sagte Emilie und stand auf.

«Tu das.» Ich streckte mich. «Ich bleibe einfach auf deinem Bett liegen und gucke Netflix, bis du wiederkommst.»

«Könnte spät werden, *Honey*.»

«*I don't think so*», grinste ich. Ich wusste, dass sie sich gerne als wilde Großstadtpuffmutter gab, aber in einem Laden wie dem ‹Black Hole› würde sie es sicher keine halbe Stunde aushalten. Im Gegensatz zu ihrem Arbeitsplatz war das nämlich ein Haus der nicht ganz so schönen Geheimnisse.

«Mein Vater kommt bald zurück, also nicht nackt durchs Haus tanzen, okay?», sagte sie, und ich dachte sofort darüber nach, ob ich das nicht einfach mal versuchen sollte. Denn vielleicht hatte er nach den vielen nackten Weibern, die er den ganzen Tag um sich hatte, ja mal Lust auf was anderes. «Hör sofort auf damit!», rief Emilie, der mal wieder ein Blick aus dem Augenwinkel reichte, um meine Gedanken zu lesen.

«Schon gut», sagte ich. «Nicht Emilies Vater verführen. Hab's verstanden.»

«Brav!» Sie rückte sich die rote Lackmütze zurecht, dann griff sie nach ihrer Reitgerte von Hermès, die stets neben ihrer Zimmertür bereitstand, um damit stilvoll Einbrecher zu verhauen. «Schönen Abend, *Honey*.»

Zwei Folgen *Good Wife* später klopfte es an die Zimmertür. Eigentlich wäre es schon langsam Zeit gewesen, dass Emilie zurückkam, doch die hätte nicht angeklopft, bevor sie ihr eigenes Schlafzimmer betrat. Also setzte ich mich im Bett auf und fuhr mir einmal schnell durch die Haare.

«Ja?», rief ich.

Die Tür öffnete sich, und mein Vater machte einen zaghaften Schritt ins Zimmer.

«Hey, Felix», sagte er.

«Oh, hi.»

«Bin noch schnell auf ein Bier vorbeigekommen, und Olaf meinte, dass du heute hier übernachtest.»

«Stimmt.»

«Bist du alleine?» Er sah sich um.

«Ja. Emilie ist auf einer Kostümparty. Kommt aber gleich.»

«Ach so.» Pause. «War schön, dich zu sehen gestern», fuhr er dann zögernd fort, und ich konnte ihm deutlich ansehen, dass ihm diese Art von Unterhaltung offenbar genauso schräg vorkam wie mir. Trotzdem bemühte er sich ernsthaft, und allein das musste man ihm schon anrechnen. Oder? Ich war einfach viel zu leicht rumzukriegen, und das leider in verschiedenster Hinsicht.

«Ja», sagte ich.

«Und wie geht's dir so?»

«Gut, danke.» Jede Faser meines Körpers wehrte sich dagegen, die folgende Frage auszusprechen. Doch es blieb mir ja nichts anderes übrig: «Und dir?»

Er holte Luft und hatte plötzlich wieder diesen ekelhaften Tonfall drauf, in dem er bei *Hart aber fair* immer den Moderator umgarnte: «Top! Echt super. Fliege am Mittwoch für drei Wochen in die Staaten, um eine Reportage über den Vorwahlkampf zu machen.»

«Toll», sagte ich. «Viel Spaß.»

Ein paar Sekunden sahen wir uns direkt in die Augen – länger als in den letzten fünf Jahren zusammen.

«Besuchst du deine Mutter demnächst mal wieder?», fragte er dann.

«Jepp», antwortete ich. «Und du?» Es klang herausfordernder, als ich es wollte. Ich hatte nicht geplant, ihm einen Vorwurf zu machen. Aus irgendeinem Grund traute ich mich das nämlich nicht. Mein Vater hatte mich in meinem ganzen Leben kein einziges Mal geschlagen. Er hatte mich nicht einmal angeschrien. Aber die Art, wie er mich immer hatte spüren lassen, dass er das nur deshalb nicht tat, weil ich ihm nicht einmal dazu wichtig genug war, hatte mir immer eine Scheißangst eingejagt. Und die spürte ich immer noch dumpf in meinem Magen pochen, sobald ich ihn irgendwo sah. Und wenn es nur im Fernsehen war. Aber das hier war deutlich realer, auch wenn es mir gleichzeitig vorkam wie ein besoffener Traum.

Nachdem ich das gesagt hatte, änderte sich sein Gesichtsausdruck, aber nur für eine halbe Sekunde. Bevor er bei der absoluten Verachtung angekommen war, mit der er mich früher so oft angeschaut hatte, atmete er tief durch. Wahrscheinlich hatte ihm das seine dreißigjährige

Therapeutin so beigebracht, über die er auch schon geschrieben hatte. Er sah mich erschöpft an und sagte: «Erwachsensein ist kompliziert, Felix. Irgendwann erkennst du das auch noch.»

Irgendwann vor fünf Jahren, dachte ich. Doch ich antwortete nicht. Soweit ich mich erinnern konnte, hatte er in diesem Moment zum ersten Mal das Bedürfnis, sich vor mir für irgendwas zu rechtfertigen.

«Also dann.» Er griff wieder nach der Türklinke und machte einen Schritt rückwärts. «Wollte dir nur schnell Hallo sagen. Ich bin auch öfter in Berlin, weißt du ja. Vielleicht können wir mal Mittag essen.»

«Ja, vielleicht.» Ich schaffte es einfach nicht, ihm zu sagen, dass er sich ficken sollte. Mit minimalstem Aufwand hatte dieser Mann es geschafft, meiner Mutter, meiner Schwester und mir jahrzehntelang das Gefühl zu geben, ihn mehr zu nerven als Hundescheiße am Schuh. Und der Erfolg gab ihm recht. Denn selbst als Erwachsener traute ich mich immer noch nicht, ihn einfach mal so richtig schön wütend zu machen.

Doch in diesem Moment fiel mir noch was ganz anderes auf. *Oh, Scheiße!*, dachte ich, während er die Tür wieder schloss. Er wollte in Berlin mit mir Mittag essen. Emilie, dieses geschwätzige Luder, musste ihrem Vater erzählt haben, dass ich umgezogen war, und der hatte es meinem gesagt. Hätte ich mir auch denken können. Hoffentlich wusste es nicht auch Mama schon längst. Aber das hätte ich mitbekommen. Oder? Mir war klar, dass ich es ihr endlich sagen musste. Und ich versprach mir selbst, es gleich am nächsten Tag zu tun, wenn ich mittags bei ihr war.

Ich griff nach meinem Handy. ‹Noch wach?›, schrieb ich Anna und bekam zehn Sekunden später ein Eulenemoji zurück. ‹Du glaubst nicht, was gerade passiert ist!›, fing ich an und berichtete ihr bis ins letzte Detail von der Begegnung, die ich eben gehabt hatte. Nicht einmal, dass unser Vater jetzt diese peinlichen Hipsterhosen mit den engen Bündchen am Knöchel trug, ließ ich aus.

‹Der ist einfach fertig mit der Welt›, antwortete sie. ‹Er hat so lange das Ende der Herrschaft von alten weißen Männern herbeigeschrieben. Aber er hat zu spät gemerkt, dass er selber einer ist.›

Ich lächelte, denn ich konnte mir gut vorstellen, dass das nicht mehr und nicht weniger war als die Wahrheit.

«Felix, wach auf.» Emilie rüttelte mich sanft an der Schulter. «Du liegst wieder quer im Bett, so passe ich nicht mit rein.»

«Wie spät ist es?», murmelte ich.

«Kurz nach drei.»

Ich schlug die Augen auf. Sie stand im Nachthemd vor mir und wartete geduldig, dass ich ihr Platz machte.

«So spät?», fragte ich und rückte zur Seite. «Muss ja ganz schön was los gewesen sein.» Die Neugier machte mich auf einen Schlag wach, also stützte ich mich auf einen Ellenbogen und sah ihr dabei zu, wie sie zu mir unter die Decke kroch.

«Na ja, wie man's nimmt. Irgendwie hatte sich das noch nicht so richtig rumgesprochen mit der *Open Night*. Ich war jedenfalls die einzige Frau in dem ganzen Schuppen. Und besonders *hetero-friendly* haben die meisten Kerle da auch nicht ausgesehen. Die haben mich eher angeguckt, als würde ich sie beim Kacken stören. Kam mir die meiste Zeit völlig fehl am Platz vor.»

«Jetzt weißt du mal, wie wir Schwulen uns fühlen, sobald wir irgendwo in der Öffentlichkeit Händchen halten», sagte ich.

«Also, diese Typen haben sich an allem möglichen gehalten, *Honey*. Aber nicht an den Händen.»

«Dafür dass es so furchtbar war, hast du es aber ganz schön lange ausgehalten. Oder hast du irgendwo festgeklebt?»

«Nö.» Sie grinste. «Zum Glück gab es wenigstens ein paar Kerle, die die Anwesenheit einer Dame zu schätzen wussten, und mit einem davon hab ich ein bisschen rumgemacht, direkt an der Bar. Um allen zu zeigen, dass sich vor mir keiner zu schämen braucht.»

«Hat's funktioniert?», fragte ich.

«Dem Barmann war's auf jeden Fall einen Gin Tonic wert.» Sie machte das Licht aus, und ich war schon fast wieder eingeschlafen, als sie kurz darauf leise sagte: «Ist vielleicht doch besser, dass du da nicht mehr so oft hingehst.»

«Ja», murmelte ich. «Vielleicht.»

Ich habe *den Gedanken* jetzt zwei Tage lang sacken lassen, wie Emilie es mir aufgetragen hat. Nur fühle ich mich kein bisschen schlauer. Wenn sie mich vor zwei Jahren gefragt hätte, ob ich mit ihr zusammen ein Kind großziehen will, hätte ich ihr geraten, das Balg besser im Wald auszusetzen. Denn dort hätte es eine bessere Chance gehabt, mal ein normaler Mensch zu werden, als in meiner Obhut. Damals hätte ich mir nicht einmal zugetraut, mich um einen Hamster zu kümmern, geschweige denn um irgendwas, das nach ein paar Jahren sprechen und mir dann auch noch die ganze Zeit vorwerfen kann, wie schlecht ich das alles mache.

Doch seither ist viel passiert. Mit mir ist viel passiert. Und ich habe auf jeden Fall oft genug nachmittags RTL geschaut, um zu wissen, dass es einen ganzen Haufen Leute gibt, die das mit dem Kindergroßziehen noch deutlich schlechter hinkriegen, als ich es könnte. Glaube ich. Aber sicher sein kann man sich ja erst dann, wenn man es schon verkackt hat.

«Okay, Em, ich hab da jetzt viel drüber nachgedacht», sage ich, als ich sie im Büro anrufe, «aber mir fehlt echt noch ein ganzer Haufen Informationen, was die Sache angeht.»

«Warte kurz, *Honey*, ich mach mal eben die Tür zu.» Seit Emilie ihre eigene Firma hat, sagt sie ständig Dinge, die auf zurückhaltend-diskrete und möglichst wenig bedrohliche Art ihre neue Wichtigkeit unterstreichen. Und das meiste davon hat sie aus einem Buch über weibliche Führungskräfte, das sie sich mal von Anna geliehen und nie zurückgegeben hat. «Also, was willst du wissen?», fragt sie professionell freundlich, als sie wieder am Telefon ist, und die Art, mit der sie das ganze Thema behandelt, nervt mich jetzt schon. Als ob es hier darum ginge, schnell den nächsten Urlaub zu buchen, und nicht um etwas deutlich Langfristigeres.

«Na ja», sage ich, «es geht schon damit los, dass ich keine Ahnung habe, wie du dir das überhaupt vorgestellt hast konkret. Also langfristig. Ich meine, müssen wir dafür zusammenziehen? Und tun wir dann so, als wären wir ein Paar? Oder bleibe ich in Berlin, und wir schicken es alle zwei Wochen mit der Post hin und her?»

Ihr Schweigen bestätigt meine schlimmste Befürchtung. Sie hat sich nämlich noch gar keine Gedanken gemacht.

«Weißt du, ich hatte gehofft, dass du erst mal Ja sagst und wir dann die ganzen Details klären», sagt sie, nachdem sie einmal tief durchgeatmet hat. «Ich sehe nämlich auch keinen Sinn darin, mir den Kopf über etwas zu zerbrechen, was dann gar nicht eintritt.»

«Tut mir leid, aber so läuft das nicht. Ich meine, ich bin schwul. *Und* ich benutze Kondome.» Meistens. «Der Vorteil daran ist, dass mir keiner ein Kind unterjubeln kann, ohne mir vorher zu sagen, was da auf mich zukommt. Ich weiß ja noch nicht mal, ob wir von einem Jungen oder Mädchen sprechen!»

«Wäre das denn ein Unterschied?»

«Ich... nein, natürlich nicht.» Oder doch? «Ich will dir damit nur sagen, dass ich *nichts* weiß, außer dass ich nächste Woche beim Jugendamt antanzen und einen Wisch unterschreiben soll, der mal eben mein ganzes Leben auf den Kopf stellt.» Keine Reaktion. «Was ist überhaupt mit dem Vater? Würde mich schon interessieren, ob der sich in Luft aufgelöst hat. Oder ob der dann nach ein paar Jahren auftaucht und mir die Fresse poliert, weil ich sein Kind schwul mache.» Jetzt bin ich laut geworden, obwohl ich mir fest vorgenommen hatte, mich zusammenzureißen. Aber Emilies offensiv zur Schau gestellte Blauäugigkeit hat es schon immer zuverlässig geschafft, mich auf die Palme zu bringen.

«Weißt du, Felix, ist okay, wenn du nicht willst», sagt sie jetzt. Dabei kann ich deutlich hören, dass das alles andere als okay für sie ist. Immerhin, eine Gefühlsregung. «Wirklich, vergiss es. Ich hätte dich gar nicht erst fragen sollen.»

«Ich habe *nicht* gesagt, dass ich nicht will!», sage ich bemüht ruhig und lasse mich dabei erschöpft auf die Couch fallen. «Ich sage nur, dass ich erst ein paar Sachen wissen muss, um diese Entscheidung treffen zu können. Und es ärgert mich echt, dass du so tust, als wäre das zu viel verlangt.» *Gewaltfreie Kommunikation für Dummies*. Eines der Bücher, die ich von Anna geliehen und nie zurückgegeben habe.

«Was machst du am Wochenende?», fragt sie, nachdem sie noch einmal eine Weile geschwiegen hat. «Wenn du willst, komm nach Hamburg und wir reden. Du fragst, was du wissen willst, und ich antworte.»

«Versprochen?», frage ich.

«Versprochen», seufzt sie. «Aber wenn du jetzt schon weißt, dass du es nicht machen willst, dann lassen wir es, okay? Ich würde es dir auch nicht –»

«Ich komme. Freitagabend, in Ordnung?»

«Okay.» Sie zögert kurz. Dann sagt sie: «Danke, Felix.»

«Noch hab ich ja nichts unterschrieben.»

«Trotzdem, danke. Für alles.»

Ich lege auf und lächle, weil ich weiß, dass eine wahrhaftigere Liebesbekundung nicht aus ihr rauszukriegen ist. Dann schaue ich mich in meinem Wohnzimmer um, das ich vor einem guten Jahr endlich eingerichtet habe.

«Hier ist absolut nichts kindersicher», murmele ich.

Ich greife noch einmal nach meinem Handy und drücke auf den Aufnahmeknopf. «Sag mal, Gabriel, was hatte Heraklit eigentlich für eine Meinung zu Regenbogen-Patchworkfamilien?»

Die Kommunikation über Sprachnachrichten haben wir vor ein paar Monaten angefangen, nachdem er sich beim Minigolf die rechte Hand gebrochen hatte. Und seither sind wir irgendwie dabei geblieben.

«Wär mir zumindest nicht bekannt, dass er sich da mal negativ geäußert hätte», antwortet er ein paar Sekunden später in seinem pfälzischen Singsang. «Aber wir wissen ja wirklich nur sehr wenig über ihn.»

«Das hilft mir trotzdem schon weiter», schickte ich zurück. «Vielen Dank!»

Ich stehe auf und laufe rüber in mein drittes Zimmer, in dem es immer noch ein bisschen nach Elias riecht. Wobei ich mir das mit Sicherheit nur einbilde, weil der ja schon vor einem Monat wieder ausgezogen ist. Und auch wenn ich das immer noch echt traurig finde, hat das immerhin den Vorteil, dass ich jetzt theoretisch Platz für ein Kindezimmer hätte.

«Oh, Scheiße!», murmele ich, als mir klar wird, dass ich das gerade wirklich gedacht habe. Ich schüttele den Kopf über mich selbst, dann setze ich mich zurück auf die Couch und trage das kommende Wochenende bei Emilie in meinen Kalender ein. Und auch für den Mittwoch darauf lege ich vorsichtshalber ein Ereignis an, das ich ‹Jugendamt› nenne. Termineinstellung: unter Vorbehalt.

Ich atme tief durch, dann lasse ich mich zur Seite kippen, drehe mich auf den Rücken und starre eine Weile an die Decke. *Die Frau hat echt Nerven*, denke ich, und plötzlich muss ich lachen.

Noch acht Tage also.

Ich liebe diese kalten Sommertage, an denen der Himmel so dunkel ist, dass man schon nachmittags das Licht anmachen muss. Und an denen die ganze Zeit so ein unheilvoller Wind geht, der einen denken lässt, dass heute bestimmt noch irgendwas ganz Schlimmes passiert.

Nur als ich am Tag nach Emilies Ausflug in die Unterwelt auf dem Weg zu meiner Mutter war, konnte ich das alles gar nicht brauchen. Da löste das Wetter eher ein Gefühl in mir aus, als wollte mich irgendjemand dringend warnen. Und als mir dann nicht Doris, das Dienstmädchen, sondern meine Schwester die Haustür öffnete, die sonst nie nach Hamburg kam – und schon gar nicht, ohne sich vorher tagelang deswegen auszukotzen –, war mir klar, dass hier irgendwas nicht stimmte.

«Was machst du hier?», fragte ich und blieb vorsichtshalber erst einmal auf der Türschwelle stehen.

«Das wüsste ich selber gerne», knurrte sie und machte eine theatralische Armbewegung, mit der sie mich wie ein buckliger Butler hereinbat. «Die gnädige Frau wartet im Kaminzimmer.»

Wir saßen an dem kleinen Tisch vor der Terrassentür und aßen Frankfurter Kranz, doch mir kam jeder Bissen so trocken und schwer vor, dass ich ihn kaum herunterbekam. Ich fühlte mich beschissen. Das letzte Mal, dass wir drei in diesem Zimmer gesessen hatten, war vier

Jahre her, und auch damals hatte es Kuchen gegeben. An dem Tag hatte Anna mich gezwungen, mich bei Mama zu outen. Und das war nicht unbedingt so gelaufen, dass man es im Nachhinein als Erfolg bezeichnen könnte.

Ich schaute meine Schwester an, die mir gegenübersaß und dieses Mal wenigstens genauso verunsichert wirkte wie ich. Von der Freude, die ihr letztes Mal noch fast aus dem Gesicht gesprungen war, weil sie mir zu einem Leben als freier Schwuli verhelfen und gleichzeitig Mama das Herz brechen konnte, war weit und breit nichts mehr zu sehen. *Gut so*, dachte ich. Dieses Mal war Mama diejenige, die die Zügel in der Hand hielt, und das schien ihr einen Riesenspaß zu machen. Seit wir hier saßen, hatte sie kaum ein Wort gesprochen, und auf den ersten Blick sah sie gramgebeugt und verzweifelt aus. Doch ich kannte sie gut genug, um zu wissen, dass das genau die Art von Verzweiflung war, die sie zum Leben brauchte wie Chanel Nr. 5 und Kaviar.

«Ich werde vielleicht sterben», sagte sie nach ein paar Minuten, während sie mit dem Kaffeelöffel die letzten Krokantkörner auf ihre Kuchengabel schob.

Anna seufzte laut. Dann holte sie Luft, um wieder irgendeine Gemeinheit vom Stapel zu lassen, doch ich kickte ihr schnell gegen das Schienbein, und das schien sie echt aus dem Konzept zu bringen. Musste ich mir unbedingt merken.

«Was heißt das?», fragte ich.

«Ich habe Krebs. Auf meiner Brust.»

«Auf der Brust oder in der Brust?» Obwohl meine Mutter mit schwerem russischem Akzent sprach, war ihre Grammatik normalerweise tadellos. Manchmal konnte es sich aber trotzdem lohnen, besser noch mal nachzufragen.

«Darauf», erklärte sie geduldig. «Es ist die Haut.»

«Seit wann?», fragte Anna barsch.

Mama legte ordentlich ihr Besteck auf dem Teller ab, bevor sie ihrer Tochter in die Augen sah: «Die Frage ist nicht, wie lange er schon da ist, sondern vielmehr, wie viel Zeit er uns noch lässt.»

«Aha», sagte Anna. «Und?»

«Das kann keiner sagen.»

Anna stand auf und begann, im Zimmer umherzulaufen. «Und kann ich vielleicht einen Arztbrief sehen oder sonst irgendwas, wo man nachlesen kann, ob das wirklich stimmt oder ob du dir nur einen Pickel aufgekratzt hast?»

«Anna!», rief ich, doch Mama legte mir eine Hand auf den Arm.

«Sie ist durcheinander», sagte sie leise. «Weil ich krank bin.»

«Krank bist du auf jeden Fall», schnaubte Anna.

«Was machst du jetzt?», fragte ich.

«Man wird das Geschwür entfernen. In einer Woche.»

«Und dann?», rief Anna von draußen herein. Sie war inzwischen auf die Terrasse gelaufen und zündete sich eine Zigarette an.

«Der Doktor sagt, wir müssen die Untersuchung abwarten.»

«Also kann es auch sein, dass es mit dem Wegschneiden erledigt ist?», fragte meine Schwester kaltherzig weiter.

Mama schwieg.

«Wir machen uns Sorgen», sagte ich, und zumindest, was mich betraf, war das nicht mal ganz falsch. «Ist der Arzt wirklich sicher, dass du Krebs hast? Oder hat er nur gesagt, dass das ein Muttermal ist, das man wegmachen sollte?»

Sie schwieg. Und das beantwortete meine Frage.

«Großartig!», rief Anna. «Dann kann ich ja jetzt wieder nach Hause fahren, drei Stunden lang.» Sie schaute mich an und fragte: «Soll ich dich mitnehmen?»

Ich warf ihr einen flehenden Blick zu, damit sie sich nicht wegen meines Umzugs verplapperte, und nachdem sie endlich kapiert hatte, was mein Problem war, verdrehte sie die Augen und rief: «Ihr habt doch echt alle einen Knall!» Sie nahm noch einen tiefen Zug von ihrer Zigarette, dann drückte sie sie aus und kam wieder herein.

«Ihr könnt auch hierbleiben», sagte Mama. «Die Zimmer sind gerichtet.»

«Danke, aber *ich* muss morgen arbeiten», entgegnete Anna, und ich war mir nicht sicher, ob sich die Spitze gegen Mama richtete oder gegen mich. Im Zweifelsfall gegen uns beide. «Aber Felix bleibt sicher gerne bis morgen. Mindestens.» Sie schnappte sich ihren Autoschlüssel und lief davon.

«Ich bringe sie noch zur Tür», sagte ich und nickte Mama aufmunternd zu, bevor ich aufsprang und ihr hinterherrannte, damit sie mir nicht noch entwischte.

«Sag mal, was ist eigentlich los mit dir?», flüsterte ich wütend, als ich die Eingangshalle erreicht hatte. Keine Ahnung, wo sich das Dienstmädchen herumtrieb, aber im Zweifelsfall stand sie hinter der nächsten Tür, von wo aus sie alles gut hören könnte.

Anna hatte ihre Hand schon auf die Klinke gelegt, doch sie blieb stehen und drehte sich noch einmal zu mir um. «Was los ist mit mir?», rief sie. «Die ruft mich heute morgen an und sagt, ich soll schnell kommen, sie muss uns was ganz Schreckliches sagen.»

«Und du bist hier», sagte ich.

«Warum auch immer. Aber das war das letzte Mal, dass ich auf die irre Kuh reinfalle! Und danke übrigens für deine Hilfe, Felix!»

«Was soll das denn jetzt heißen?»

«Du hast mal wieder gar nichts dazu gesagt. Und jetzt bin ich die böse Tochter, nur weil ich ihr Verhalten spiegele.»

Blödes Therapeutengeschwätz! «Was hätte ich denn sagen sollen?», fragte ich.

«Keine Ahnung!», schnaubte sie. «Irgendwas, was sie nach deinem Coming-out zu dir gesagt hat. ‹Und hast du schon mal versucht, ein bisschen weniger Krebs zu haben? Ist vielleicht nur eine Frage des Willens.› So was zum Beispiel.»

«Aber Mama und ich sind die, die einen Schuss haben?», fragte ich fassungslos. Außerdem hatte sie nie so etwas zu mir gesagt. Weil sie zu der ganzen Sache nämlich so gut wie gar nichts gesagt hatte, in vier Jahren nicht. «Ich sag dir mal was», fuhr ich fort. «Dein Verhalten ist mindestens genauso abnormal wie ihres. Da solltest du auch echt dringend mal nach schauen lassen.»

«Ich bin dabei, Bruderherz, das kannst du mir glauben! Und zwar schon seit Jahren.» Ohne noch eine Antwort abzuwarten, rannte sie davon, und der Wind, der jetzt zur offenen Terrassentür hereinfegte, schlug so heftig die Haustür hinter ihr zu, dass Doris vor Schreck ein kleiner Schrei entfuhr. Oben auf der großen Treppe, wo sie saß.

«Es kann Krebs sein», sagte meine Mutter, als ich zurück ins Kaminzimmer kam. «Und dann sterbe ich vielleicht.»

«Ich hoffe nicht, dass du stirbst.» Ich setzte mich wieder zu ihr an den Tisch. «Und ich glaube es auch nicht. Mir wurden schon drei Muttermale entfernt, und keins davon war Krebs.»

«Das hast du mir nie erzählt», sagte sie und sah mich erschrocken an.

Ich lächelte verlegen und zuckte mit den Schultern. «Na ja, es war ja auch nicht schlimm.»

«Du bleibst doch bis morgen, ja, *Sladkij*?», fragte sie, und ich seufzte. Eigentlich wollte ich noch einmal bei Emilie übernachten, wo ich auch noch meine ganzen Sachen hatte. «Du hast noch Kleidung in deinem Zimmer», sagte sie schnell. «Und ich habe dir eine Zahnbürste gekauft.»

«Okay», sagte ich. «Bis morgen.»

Wenn der Opa in der Edeka-Werbung seinen eigenen Tod vortäuscht, damit die Kinder an Weihnachten nach Hause kommen, finden das alle süß. Aber wenn die eigene Mutter einen Leberfleck zum Krebs hochjubelt, nur um ein bisschen Aufmerksamkeit zu kriegen, ist das eine andere Geschichte. Und dabei ist das noch nicht einmal das Verrückteste, was sie sich jemals ausgedacht hat, um uns auf Trab zu halten. Einmal sind Anna und ich ihr bis nach Russland hinterhergeflogen, um sie von ihrem angeblichen Selbstmord abzuhalten. Aber meine Schwester würde nie wieder hier aufkreuzen, wenn Mama sie wegen irgendeinem Notfall anrief. Da konnte sie verdammt stur sein.

Mein Verhältnis zu meiner Mutter war schon immer speziell gewesen, weil sie an mir doppelt und dreifach wiedergutmachen wollte, was sie bei Anna in den Sand gesetzt hatte. Einmal zu wenig Liebe und einmal viel zu viel. Passt ja dann im Schnitt. Irgendwie. Doch nach meinem Coming-out wurde es richtig schwierig. Als ich es ihr sagte, hat sie einfach nur geweint, aber ganz leise. Auf diese Art, bei der sofort klar ist, dass sie etwas wirklich schlimm findet. Danach hatten wir wochenlang keinen Kontakt, und als ich mich irgendwann wieder zu ihr traute, haben wir einfach so getan, als wäre das Ganze nie passiert. Obwohl das natürlich höchstens mittelgut funktionierte, weil zumindest ich die ganze Zeit das Gefühl hatte, dass es seither zwischen uns stand. Ein einziges Mal kam mein Schwulsein noch zur Sprache, und das eigentlich auch nur indirekt. Da hatte sie mir beim Abendessen mit aufrichtigem Bedauern gesagt, wie schade sie es findet, dass ich mal in die Hölle komme.

Und selbst das habe ich ihr verziehen. Weil sie niemanden hat außer mir und weil ich, wie Anna es nennt, nie gelernt habe, mich abzugrenzen. Dabei will ich vielleicht auch einfach nur an ihr wiedergutmachen, was ich anderswo versaut habe. Bei Martin zum Beispiel. Wir sind echt eine schräge Familie.

Den Rest des Nachmittags hatten wir die meiste Zeit schweigend Mühle gespielt, und nach dem Abendessen saßen wir vor dem Kamin und lasen. Irgendwann bin ich hoch in mein altes Zimmer gegangen und habe, weil der Fernseher kaputt war, zweimal das komplette *Unplugged*-Album von Alanis Morissette durchgehört, das ganz früher einmal Anna gehört hatte und das nun schon seit Jahren auf meinem alten Schreibtisch herumlag.

Als ich kurz vor Mitternacht noch einmal in die Küche wollte, um mir ein Glas Saft zu holen, kam ich an der Schlafzimmertür meiner Mutter vorbei und sah, dass unter dem Türschlitz Licht durchschien. Ohne zu wissen, warum, klopfte ich und trat ein.

Meine Mutter saß mit dem Rücken zu mir auf dem Balkon und schaute in den Garten hinunter.

«Setz dich zu mir, *Sladkij*», sagte sie, nachdem ich zu ihr ins Freie getreten war. Sie schien nicht überrascht zu sein.

Ich setzte mich neben sie auf die Bank und betrachtete sie eine Weile verstohlen aus dem Augenwinkel. Dafür dass sie inzwischen fast sechzig war, war sie immer noch eine schöne Frau. Ich war mir zwar relativ sicher, dass sie bei einem ihrer Sommeraufenthalte in Russland was an ihrem Gesicht hatte machen lassen. Aber wenn das stimmte, dann war der Arzt dabei vorsichtig gewesen. Und er hatte Geschmack gehabt. Ich hätte sie natürlich fragen können, aber über manche Dinge sprach man als feine Dame einfach nicht. Und plastische Chirurgie gehörte da wahrscheinlich genauso dazu wie schwule Söhne.

«Vor ein paar Wochen war ich in London», sagte ich, nachdem wir eine Weile schweigend nebeneinandergesessen hatten. «Und ich habe Opas Grab besucht.»

Sie lächelte versonnen. «Er wäre stolz auf dich gewesen», flüsterte sie.

Na ja, dachte ich. *Gut, dass wir das nicht mehr erfahren werden.*

«Siehst du die silberne Schatulle auf der Kommode», fragte sie und zeigte hinter uns ins Schlafzimmer. Ich drehte mich um und glaubte, auf ihrem Frisiertisch etwas stehen zu sehen, das ihrer Beschreibung entsprach. «Die hat er mir einmal zu Weihnachten geschenkt, als ich noch ein Kind war. Das war eines der wenigen Male, die er über die Feiertage zu Hause war, und weil ich darüber so glücklich war, habe ich das hässliche Teil bis heute behalten. Um mich an die Freude zu erinnern, die ich an diesem Tag verspürte.»

Ich überlegte einen Moment und sagte dann: «Besonders hübsch ist sie wirklich nicht.»

«Wenn ich sterbe, wirst du sie verkaufen, oder du wirfst sie einfach weg. Weil du keinen Bezug dazu hast. Du und deine Schwester, ihr räumt das Haus aus, und ihr nehmt beide irgendetwas mit, das euch an mich erinnert. Wenn ihr dann einmal sterbt, räumen eure Kinder euer Haus aus. Oder deine homosexuellen Freunde. Die werfen dann alles weg, was dich an mich erinnert hat. Und dann bin ich ausgelöscht.»

Ich schluckte, und das lag nicht nur daran, dass ich gerade zum ersten Mal dieses Wort aus ihrem Mund gehört hatte. Homosexuell. In ihrem Akzent klang es fast genauso bleischwer und traurig, wie es sich immer noch manchmal für mich anfühlte.

«Du kannst mir ja noch mehr Geschichten erzählen», sagte ich. «Wie von der Schatulle. Dann werde ich mich später daran erinnern, dass die von Opa war, und ich werde sie nicht wegwerfen. Und wenn ich irgendwann mal Kinder habe, kann ich denen davon erzählen.» Ich wusste nicht, ob es dumm von mir war, das Thema noch einmal anzusprechen. Denn ich wusste nicht, ob sie der Gedanke, irgendwann vielleicht doch noch Enkel zu bekommen, aufheitern würde. Oder ob es sie noch trauriger machen könnte, sich vorzustellen, jemand wie ich würde ein Kind großziehen. In Situationen wie diesen hasste ich meine Mutter. Weil sie es immer wieder schaffte, dass ich mich dafür schämte, wer ich war.

«Hattest du schon einmal einen Freund, *Sladkij*?», fragte sie plötzlich, und mir rutschte das Herz in die Hose.

«Ähm, bist du sicher, dass du keinen Hirntumor hast?», fragte ich.

«Man kann sich niemals sicher sein», antwortete sie und drehte sich zu mir. Unsere Blicke trafen sich, und für einen winzigen Augenblick war da dieser Funke zwischen uns. So wie ganz früher, als ich noch sehr klein und Mama noch ab und zu fröhlich gewesen war. Das war so lange her, dass ich es schon längst vergessen hatte, doch in diesem Moment fiel es mir wieder ein. Es fühlte sich unbeschreiblich schön an und gleichzeitig surreal.

«Wieso fragst du mich das ausgerechnet jetzt?»

«Ich verstehe, wenn dir das unangenehm ist.»

«Nein!», sagte ich deutlich lauter, als ich beabsichtigt hatte. «Es ist mir nicht unangenehm, dass ich einen Freund hatte. Also ja, ich hatte schon einen. Es ist mir höchstens unangenehm, mit dir darüber zu reden. Weil du mir das Gefühl gibst, dass es das sein müsste.»

«War das dieser Martin?», fragte sie.

«Woher weißt du das?» Nach diesem Nachmittag hätte ich nicht gedacht, dass der Tag noch schräger werden könnte. Aber bitte schön.

«Ich habe ein Foto von euch gesehen.»

«Wo?»

«In dieser Beratungsstelle. Du hast dort gearbeitet, nicht wahr?»

«Bei der Schw...?» Ich brach ab, weil ich das Wort einfach nicht über die Lippen brachte. «Ja, hab ich mal. Aber nur kurz. Wieso warst du da?»

«Es gibt eine Gruppe dort. Für Eltern von Kindern wie...»

«Wie mir.»

«Dieser Martin... er ist ein netter junger Mann. So... normal. Und höflich.»

«Du hast ihn gesehen?», fragte ich, und sie nickte. «Aber du hast nicht mit ihm gesprochen, oder?»

«Nur einmal, bei der Anmeldung. Aber er weiß nicht, wer ich bin.»

«Falscher Name?», fragte ich, und sie sah etwas verschämt zu Boden. «Schon gut. Hätte ich an deiner Stelle auch gemacht.» Dann blickte ich in den Sternenhimmel über uns und schüttelte den Kopf. Man konnte vieles über Martin sagen, aber er war alles andere als dumm. Und so viele Pelzträgerinnen mit russischem Akzent und schwulem Sohn gab es in Hamburg nun auch wieder nicht. Wahrscheinlich hatte ich ihm irgendwann sogar mal ein Bild von ihr gezeigt. Großartig.

Ich drückte mich an sie und überlegte, ob ich ihr sagen sollte, dass ich stolz auf sie war, weil sie sich tatsächlich bemühte, mit meinem Schwulsein klarzukommen. Vielleicht war das aber auch einfach das Mindeste, was man erwarten konnte.

«Anna hat vorhin noch einmal angerufen.»

«Oh-oh», sagte ich. «Und?»

«Sie sagt, du brauchst Geld.»

«Was?» Diese Krawallschachtel würde sich was anhören dürfen, sobald ich sie das nächste Mal an der Strippe hatte. So viel war klar. «Das stimmt nicht.»

«Weil ich dir jeden Monat welches schicke, *Sladkij*.» Das war natürlich nicht falsch. Ich sagte lieber nichts mehr dazu. «Deine Schwester sagt, ich erpresse dich, weil du dich nicht von mir abgrenzen kannst, solange du abhängig von mir bist.» Jetzt sah sie mich wieder direkt an. «Ist das wahr?»

Ich schluckte. Natürlich war es wahr. Aber Anna hatte echt noch nie verstanden, dass man nicht jede Wahrheit auch immer gleich rausposaunen musste. «Nein», sagte ich und schüttelte den Kopf.

Sie fasste unter ihr Sitzkissen und zog einen gefalteten Scheck hervor. «Hier», sagte sie und streckte ihn mir entgegen.

«Äh, danke», antwortete ich. Ich nahm ihn und steckte ihn in meine Hosentasche, ohne ihn näher anzuschauen, weil ich das als indiskret empfunden hätte. Hätte ich es gemacht, wäre ich aber von der Bank gefallen.

«Jetzt bist du frei, *Sladkij*», sagte meine Mutter mit ihrer tiefen, dunklen Stimme. «Jetzt habe ich niemanden mehr.»

«Keine Sorge», antwortete ich. «Ich komme trotzdem noch zu dir. Du bist die Einzige, die noch verrückter ist als ich. Das brauche ich manchmal, damit ich mich besser fühle.»

Früher hätte ich mich nie getraut, so mit ihr zu reden, aus Angst, dass sie gleich in Tränen ausbrechen würde. Doch an diesem Abend fühlte es sich richtig an. Und tatsächlich schenkte sie mir zum Abschied noch einmal ein Lächeln, als ich zurück auf mein Zimmer ging.

Eigentlich hatte ich ja auch noch vorgehabt, ihr während meines Besuchs endlich von meinem Umzug zu erzählen. Doch nach der Sache mit dem Scheck wäre das vom Timing her ein wenig unglücklich gewesen. *Na ja*, dachte ich. *Wird sich schon bald eine Gelegenheit finden.* Tat es dann aber nicht. Denn ein paar Wochen später erfuhren wir, dass sie wirklich Krebs hatte.

Ich kenne niemanden, der sein Leben so im Griff hat wie Anna. Und ich bestreite auch gar nicht, dass ich sie deshalb oft beneide. Nur, wie mit so vielem kann man es auch mit dem Alles-im-Griff-Haben echt übertreiben. Wenn ich mir anschaue, wie erbarmungslos sie ihr Leben durchorganisiert, hat sie es nämlich eher im Würgegriff. Und das größte Problem dabei ist, dass sie das locker mit einer Hand hinkriegt. Deswegen hat sie dummerweise noch ihre zweite frei, um damit mich an den Eiern zu packen.

«Was ist dein Ziel im Leben?», fragte sie. «So ganz allgemein?» Wir saßen an einem Samstagvormittag im KaDeWe und aßen Krabbenbrötchen. Die schmecken dort nämlich fast wie die am Strand von Blankenese.

Ich kaute extra langsam, um Zeit zu haben, mir eine Antwort auszudenken. Doch mir fiel keine ein. «Mein Ziel im Leben ist es, irgendwann nicht in den Rückspiegel schauen zu müssen mit einem Gesichtsausdruck, als hätte ich gerade eine Katze überfahren», sagte ich deshalb nur.

«Na, dann machst du ja alles richtig», antwortete sie mit nicht allzu feiner Ironie. «Wer sich überhaupt nicht bewegt, kann nämlich auch nichts über den Haufen fahren.»

«Eben.» Ich schob mir den letzten Bissen meines Brötchens in den Mund und tat so, als wüsste ich nicht ganz genau, dass diese Unterhaltung noch nicht vorbei war.

Doch offensichtlich hatte Anna an diesem Tag keine Nerven für lange Herleitungen. Also zog sie einen Flyer aus ihrer Handtasche und knallte ihn mir auf den Tisch. «Du fängst am Dienstag bei uns im Verein an. Wir brauchen eine Aushilfe im Büro.»

«Wir?», fragte ich und nahm den Zettel in die Hand. «‹Die Aufklärer›? Das klingt aber schlüpfrig.»

«Ist es nicht.»

«Was ist es dann?»

«Wohltätigkeit. Wir vermitteln Botschafter, die irgendeiner Minderheit angehören, an Schulen, damit die den Kindern ein bisschen Respekt beibringen.»

«Was für Minderheiten?»

«Rollstuhlfahrer, Russlanddeutsche, Syrer, Moslems, Juden, Blinde, was du willst. Und natürlich…»

«Homos», sagte ich.

«Massenweise. Wir haben sogar eine taubstumme Lesbe in der Kartei. Die kommt kaum mehr hinterher mit ihren Buchungen.»

«Sehr lustig. Und was bist du für 'ne Minderheit?»

«Gar keine. Ich leite die Seminare, in denen wir die Leute auf ihre Einsätze vorbereiten.»

«Ich setze mich sicher nicht vor eine Schulklasse und erzähle denen was vom Schwulsein!», sagte ich bestimmt.

«Keine Sorge, Bruderherz. Ich bin nämlich auch diejenige, die die Botschafter auswählt. Und du bist nicht gut im Schwulsein. Dich können wir nur fürs Büro brauchen.»

«Mhm.» Ich konnte ihr nicht einmal widersprechen. Die Frage war bloß, worin ich überhaupt gut war. «Wusste gar nicht, dass du das machst», sagte ich, um mich selbst von diesem tristen Gedanken abzulenken.

«Könnte daran liegen, dass wir meistens über dich sprechen», gab sie zurück.

«Falls das ein Vorwurf sein soll, kannst du den an dich selber richten. Meinetwegen können wir nämlich gerne mal über was anderes reden als über meine ganzen Unzulänglichkeiten.»

«Ein Schritt nach dem anderen», sagte Anna und klopfte noch einmal auf den Flyer.

«Und was soll ich da machen?»

«Die eingehenden Anfragen der Schulen aufnehmen und an die infrage kommenden Ehrenamtlichen weiterleiten. Dann die Termine vereinbaren und dafür sorgen, dass alle wissen, wann sie wo erwartet werden. Und falls tatsächlich mal einer anruft, der uns was spenden will, die Kontonummer durchgeben und brav Danke sagen. Ist nicht so schwierig.»

«Aha. Und wie oft muss das gemacht werden?»

«Dreimal die Woche, von zehn bis zwei. Geld gibt's übrigens kaum dafür. Aber das hast du ja jetzt auch nicht mehr nötig.»

Die Sache mit dem Scheck. Die hatte sie echt sehr geschickt eingefädelt – jetzt konnte ich ihr nämlich keine Szene mehr machen wegen der Art, wie sie Mama und mich hatte sitzen lassen. Trotzdem nervte es mich, dass sie seither so tat, als müsste ich hauptsächlich ihr dankbar für die ganze Kohle sein. Denn die hatte schließlich immer noch Mama gehört.

«Und wenn ich da keine Lust drauf habe?», fragte ich.

Doch sie war natürlich vorbereitet. «Dann sage ich Mama, dass du seit einem Jahr in Berlin wohnst und ihr das die ganze Zeit verschwiegen hast.»

Ich seufzte. Es war inzwischen tatsächlich schon ein ganzes Jahr, und wie zum Beweis wehte im selben Moment der Herbstwind ein paar tiefrote Blätter am Fenster vorbei. Wieder eines dieser Jahre, von denen ich nur hoffen konnte, dass mich später niemand fragen würde, was ich in der Zeit eigentlich getrieben hatte.

Bis vor ein paar Wochen war es tagsüber so unerträglich heiß gewesen, dass ich mir angewöhnt hatte, erst morgens um vier joggen zu gehen, also direkt bevor ich schlafen ging. Dabei hatte ich bemerkt, dass eines der großen Bürogebäude am Potsdamer Platz um diese Uhrzeit von oben bis unten erleuchtet war, weil sich da die Putzkolonnen durcharbeiteten wie schlafwandelnde Bienen in einem verglasten Stock. Und ich hatte entdeckt, dass auf der dritten Etage eine kleine Frau mit dunkelroten Locken arbeitete, die überhaupt nicht lustlos durch die Zimmer schlurfte wie ihre ganzen Kolleginnen. Stattdessen wirbelte sie Nacht für Nacht mit einem Eifer durch die Gegend, als könnte sie sich absolut nichts Schöneres vorstellen, als morgens um halb fünf Schreibtische abzuwischen. Und jedes Mal, wenn ich dort eine Weile stehen blieb, um ihr dabei zuzuschauen, dachte ich: *Hoffentlich finde ich irgendwann auch mal was, das mir so einen Spaß macht.* Ich konnte mir zwar nicht unbedingt vorstellen, dass der Telefondienst bei den Aufklärern mir diese Erfüllung verschaffen würde. Aber mir war durchaus bewusst, dass man nun einmal irgendwo anfangen musste. Und im Zweifelsfall war so ziemlich alles besser, als ausgerechnet jetzt Mama erklären zu müssen, warum ich aus Hamburg weggezogen bin. Denn dass Anna ihre Drohung wahr machen würde, daran hatte ich keinen Zweifel.

«Also gut», nickte ich und schaute sie böse dabei an. «Dienstag um zehn.»

Sie lächelte zufrieden. «Die Adresse steht auf der Rückseite. Carlo wird dich in Empfang nehmen und dir alles zeigen.»

«Großartig.» Ich schob den Flyer in meine Jackentasche, und wir schwiegen eine Weile. Dabei beobachtete ich sie, wie sie lustlos den Touristen hinterherschaute, die in Richtung Weinabteilung an uns vorbeischlenderten, und mir war klar, dass sie irgendwas beschäftigte. «Wenn du wissen willst, wie es ihr geht, kannst du mich einfach fragen», sagte ich nach einer Weile. Drei Tage zuvor war Mama ein Lymphknoten entfernt worden, um zu überprüfen, ob ihr Muttermal schon gestreut hatte. Das hatte sich nämlich dummerweise als malignes Melanom entpuppt.

«Ich weiß, wie es ihr geht», gab sie patzig zurück. «Ich habe nämlich gestern mit ihr telefoniert.»

«Oha! Da hat sich aber jemand Sorgen gemacht.»

«Natürlich hab ich das! Ich bin ja kein Unmensch.»

«Sie wird schon nicht sterben», sagte ich mehr zu mir selbst als zu ihr und trank mein Wasserglas leer.

«Tja, dumm für sie. Sonst würde sie nämlich recht behalten, was den blöden Fleck angeht.»

«Was hast du dann auf dem Herzen?», fragte ich, um sie von dem Thema abzubringen. «Irgendwas geht dir doch im Kopf rum.»

«Ich hab ein Date heute Abend», sagte sie. «Und ich weiß nicht, ob ich noch weiß, wie das geht.»

Ich grinste. Anna hatte lange Zeit so ziemlich immer einen Freund gehabt, nur war das alle paar Monate ein anderer gewesen. Doch nun hatte es schon seit Jahren keinen Mann mehr in ihrem Leben gegeben. Außer mir, versteht sich.

«Wer ist denn der Tapfere?», fragte ich.

«Ein Dachdecker.»

«Und woher kennst du einen Dachdecker?»

«Von Tinder.» Sie sprach nun deutlich leiser als zuvor.

«Keine Sorge, dann will er eh nur vögeln. Und das hast du bestimmt nicht verlernt. Zur Not liegst du halt nur unten, dann –»

«Schon gut!», rief sie genervt. «Ich hätte es dir gar nicht erzählen sollen.»

«Hey! Wenn dich was beschäftigt, kannst du mit mir darüber reden, okay? Und ich versuche, dich so gut es geht ernst zu nehmen. Einverstanden?» Sie nickte grimmig. «Also, seit wann bist du bei Tinder?»

«Ich wollte es halt mal ausprobieren.»

Wieder musste ich grinsen. Sich per App zu Dates – oder eher einfach nur für Sex – zu verabreden, war auch eines der Dinge, mit denen wir Schwulen angefangen hatten. Und die Heteros fanden das so lange eklig, bis sie gemerkt haben, wie praktisch das ist. Seitdem waren sie ebenfalls fleißig dabei.

«Und der ist der Erste?», fragte ich.

«Ist er.»

«Muss echt aufregend sein, wenn man mit Ende dreißig noch Dinge zum ersten Mal macht, oder?»

«Ich bin *fünfunddreißig*, du kleiner Scheißer!»

«Noch vier Wochen lang», entgegnete ich. Sie holte Luft, um etwas zu antworten, doch dann seufzte sie nur. «Zeigst du mir ein Foto von ihm?», fragte ich. Als ob sie nur auf das Stichwort gewartet hätte, griff sie nach ihrem Handy und entsperrte es. Das Bild wurde sofort angezeigt. «Oh Gott, der sitzt ja tatsächlich auf einem Dach!», lachte ich.

«Wieso denn nicht?»

«Na ja, das ist ein bisschen wie ein Chirurg, der auf seinem Foto eine Leber in der Hand hält, oder?»

«Du spinnst doch!», schimpfte sie. «Ich sitze auch am Schreibtisch auf meinem Bild.»

«Zeig mal!» Sie wischte ein paarmal auf ihrem Bildschirm herum, dann drehte sie es wieder zu mir. «Wir müssen dir dringend ein paar bessere Fotos schießen», sagte ich nach einem kurzen Blick. «Das geht so nicht.»

Anna ist eine schöne Frau. Und das liegt in erster Linie daran, dass sie ihre Gesichtszüge hauptsächlich von unserer Mutter geerbt und sogar ein bisschen von deren natürlicher Eleganz abbekommen hat. Nur die Nase hat sie von Papa. In gewisser Hinsicht macht sie das sogar noch interessanter, aber wenn man sie mit einer Kamera im falschen Winkel erwischt, sieht sie leider aus wie unser Vater in einem Kleid.

«Was stimmt denn damit nicht?», fragte sie.

«Nichts», sagte ich schnell und hoffte insgeheim, dass der Dachdecker jetzt nicht mit ganz falschen Erwartungen an die Sache heranging. «Aber das kann man noch besser machen. Der Kerl sieht übrigens gut aus. Und sympathisch. Wie ein Sattmacher.»

«Danke, finde ich auch.» Sie steckte ihr Handy weg, dann zog sie ihr Portemonnaie aus der Tasche und winkte dem Kellner «Wir müssen langsam los», sagte sie. «Ich hab gleich noch einen Termin zum Ansatznachfärben. Und vorher brauche ich noch neues Make-up.»

Fünf Minuten später schlenderten wir durch die Kosmetikabteilung im Erdgeschoss, und Anna probierte Lippenstifte aus, während ich nach einem Geschenk für Mama Ausschau hielt.

«Meinst du, das würde ihr gefallen?», fragte ich und hielt ihr das neue Parfüm von Chanel entgegen, damit sie daran riechen konnte. Doch sie beachtete mich gar nicht. Stattdessen war sie damit beschäftigt, angestrengt über meine Schulter hinwegzustarren. «Alles okay?», fragte ich.

«Sag mal, wie hieß noch mal dieser Transvestit, mit dem du befreundet warst?»

«Tamara Testicles. Aber mit dem war ich nicht befreundet. Warum?»

«Weil ich mir ziemlich sicher bin, dass der gerade panisch hinter die Säule mit den Selbstbräunern gehechtet ist, als er uns gesehen hat.»

Wir schlichen uns von beiden Seiten an, damit uns niemand entwischen konnte, und ich sprang mit einem Satz hinter die Säule. Da stand tatsächlich ein Kerl, und ich erkannte ihn sofort. Obwohl ich ihn seit einem Jahr nicht mehr gesehen hatte (und davor fast immer nur als Frau), gab es keinen Zweifel: die kurz rasierten schwarzen Haare, die Adlernase, der schlanke Körper und nicht zuletzt die unübersehbare Beule in der viel zu engen Jeans. Das war ganz eindeutig er. Oder sie. Oder was auch immer.

«Benito?», fragte ich. Das war Tamaras bürgerlicher Name. Hatte sie zumindest mal behauptet.

«Tut mir leid», antwortete er und zeigte auf das Namensschild an seinem schwarzen T-Shirt.

«Hugo», las Anna vor.

«Ügoh», korrigierte er. «Wie Victor, der Schriftsteller.»

«Müssen ja belesene Eltern gewesen sein», sagte ich.

«Die waren eher *Les Misérables*», erwiderte er, als ob es noch einen weiteren Beweis gebraucht hätte, wer da vor uns stand. «Also», fragte er spitz. «Kann ich Ihnen irgendwie behilflich sein?»

«Seit wann bist du in Berlin?», fragte ich.

«Oh, ich lebe schon seit zwanzig Jahren hier.»

«Ich meine es ernst. Wann bist du hierhergekommen?»

«Wie gesagt», wiederholte er. «Ich bin schon so gut wie immer hier. Und ich kenne keinen Benito. Leider.»

Ich holte noch einmal Luft, doch Anna zog mich am Ärmel. «Lass gut sein, Felix», sagte sie. «Er will nicht.»

Jetzt wurde ich sauer. Und in dem Moment fiel mir auch endlich wieder ein, wie wütend ich sowieso noch war auf diese... Person.

«Hab mich vielleicht wirklich geirrt», sagte ich jetzt. «Der, den ich meine, war unverschämt und die meiste Zeit echt nervig. Aber er war nicht feige.»

Ich drehte mich um und lief so schnell in Richtung Ausgang, dass Anna kaum hinterherkam. Im Gehen zog ich mein Handy aus der Hosentasche, und um ein Haar hätte ich Emilie geschrieben, wen ich da gerade getroffen hatte. Doch dann ließ ich es bleiben, denn wenn sie das gelesen hätte, hätte sie sich in den nächsten Zug nach Berlin gesetzt und unter Freudengeschrei das KaDeWe gestürmt. Und das hatte dieser Vollidiot nicht verdient.

———

Die nächsten Monate verliefen zur Abwechslung mal erfreulich, und zwar eigentlich für jeden von uns.

Gabriel hatte mit seinem Symposiumsauftritt im Frühjahr einen solchen Eindruck hinterlassen, dass er im gerade gestarteten Herbstsemester einen Kurs am King's College leiten durfte. Voller Stolz flog er nun jede Woche für zwei Tage nach London, und wir bedauerten nur, dass er dabei nicht den Kabinentrolley von Rimowa benutzen konnte, den Emilie und ich ihm extra dafür zum Geburtstag geschenkt hatten. Leider war der genau einen Zentimeter zu breit für die Handgepäcksbestimmungen von Ryanair. Und nachdem er deswegen beim ersten Mal alles an Strafe hatte zahlen müssen, was er in London für ein professorenmäßiges Tweedjackett ausgeben wollte, ließ er das Ding lieber zu Hause. Darüber tröstete ihn allerdings bald ein walisischer Bengel hinweg, der im Philosophy Department als studentische Hilfskraft arbeitete und auf die einzige Art mit Gabriel flirtete, die nicht zu subtil war, um überhaupt von ihm bemerkt zu werden: Er schubste ihn eines Abends in den Kopierraum, schlug die Tür hinter ihnen zu und verpasste ihm einen Blowjob. Von da an hängte Gabriel gerne mal das Wochenende dran und kam immer öfter erst am Montagmorgen nach Hamburg zurück.

«Ausgerechnet Gabriel», sagte ich kopfschüttelnd zu Emilie, als wir an Neujahr wie alte Leute vor den bodentiefen Fenstern ihrer neuen

Wohnung saßen, uns in unsere Ohrensessel kuschelten und Kaffee tranken. Ein paar Wochen zuvor war sie endlich von zu Hause ausgezogen, und im Gegensatz zu mir hatte sie schon mehr als ein Zimmer eingerichtet.

Am Vorabend war unter dem Titel «Naughty New Year» die erste von ihr organisierte Party im Berliner Stil gestiegen. Die hatte in einem heruntergekommenen Freudenhaus in der Nähe der Reeperbahn stattgefunden, das ihr Vater gekauft hatte, um es demnächst auf Vordermann zu bringen, und es waren tatsächlich pünktlich um zehn ein paar Leute erschienen. Da das aber hauptsächlich Emilies Freundinnen vom Ballett mit ihren langweiligen Typen waren, war die Stimmung zunächst eher reserviert geblieben. Erst sehr viel später, als nach und nach die besoffenen Überbleibsel der magischen Silvesternacht durch die zerschlissene Samttür stolperten, wurde es dann doch noch so *naughty*, wie Emilie es sich im Vorfeld ausgemalt hatte. Vielleicht sogar ein kleines bisschen mehr.

«Freu dich doch für Gabriel», sagte sie jetzt, während wir auf den vereisten Zollkanal unter uns blickten. «Ich meine, seit wann kennen wir ihn?»

«Seit bald zehn Jahren», antwortete ich. «Also, ich zumindest.» Bis zu meinem Coming-out bei Emilie und dem damit einhergehenden ersten Treffen der beiden hatte es ja noch ein bisschen gedauert.

«Und in der ganzen Zeit hatte er nie so was wie einen Freund, oder?»

Ich schüttelte den Kopf. Seit einer unglücklich verlaufenen Geschichte mit einem Soap-Darsteller, die lange vor meiner Zeit zu Ende gegangen war, hatte Gabriel kein Interesse mehr an Romantik gezeigt. Und irgendwie war ich davon ausgegangen, dass das auch für immer so bleiben würde. Aber so konnte man sich in den Menschen täuschen. Ich zog mein Handy aus der Sesselritze und zeigte Emilie das Bild von ihm und Shaun, das er mir kurz nach Mitternacht geschickt hatte. Gabriel sah glücklich aus, auch wenn er wie auf jedem Selfie etwas aufgescheucht wirkte, weil er immer noch nicht verstanden hatte, wo genau in diesen verdammten Dingern jetzt die Kamera versteckt war.

«Also ich finde, der sieht richtig scharf aus», sagte Emilie. «Wie ein echter Waliser.»

«Aber nicht wie ein Philosoph und noch weniger wie ein Schwuler, oder?»

«Meinst du, er ist ein Heiratsschwindler?», fragte sie.

«Da wäre er bei Gabriel aber an der falschen Adresse», grinste ich und überlegte. «Ein Geheimagent vielleicht. Der ihm irgendeine philosophische Weltformel abluchsen soll. Würde zumindest erklären, warum er sich so dermaßen an ihn rangeschmissen hat.»

«Sind wir vielleicht ein bisschen neidisch?», fragte Emilie und sah mich prüfend über ihre Brille hinweg an, die sie neuerdings trug.

Doch statt zu antworten, schaute ich nur wieder aus dem Fenster. War ich vielleicht wirklich neidisch? Und wenn ja, worauf genau? Zum ersten Mal seit Langem gab mir mein Leben eigentlich keinen Grund zum Klagen. Inzwischen arbeitete ich seit etwas über zwei Monaten bei den «Aufklärern». Und auch wenn ich den Namen immer noch total bescheuert fand, war genau das eingetreten, was ich davor schon in ungefähr achtunddreißig Selbsthilfebüchern gelesen und nie geglaubt hatte: dass eine gewisse Struktur im Alltag das Leben gleich viel übersichtlicher und vor allem weniger unnütz erscheinen ließ. Denn auch wenn das, was ich da tat, wirklich nicht sehr schwierig war und genau dem entsprach, was Anna mir angekündigt hatte, bekam ich dabei das Gefühl, etwas Sinnvolles zu tun. Und zu meiner echten Überraschung fühlte sich das wirklich gut an.

Kurz vor Weihnachten hatte ich Anna gefragt, ob es nicht möglich wäre, mit der ganzen Organisation aus Berlin heraus zu expandieren, nach Hamburg zum Beispiel. Die hatte mich angeschaut wie einen Dalmatinerwelpen, der beim hundertsten Versuch endlich Pfötchen gibt, und mir aufgetragen Überlegungen anzustellen, wie man das bewerkstelligen könnte. Und auch wenn ich deswegen über mich selbst den Kopf geschüttelt hatte, war ich stolz gewesen. Weil mich mit so einem Blick schon lange keiner mehr bedacht hatte, und Anna erst recht nicht.

Was das alles mit meinem angeblichen Neid auf Gabriels Liebesglück zu tun hatte? Gar nichts. Eigentlich. Höchstens, dass ich inzwischen manchmal abends im Bett lag und mich bei dem Gedanken ertappte, wie es wäre, wenn da jetzt noch jemand neben mir läge. Und meistens kam ich dabei zu dem Schluss, dass das, rein theoretisch, sogar schön sein könnte.

«Die Trennung von Martin ist jetzt fast zweieinhalb Jahre her», sagte ich nach langem Schweigen zu Emilie und sah dabei in den trüben Hamburger Neujahrshimmel. «Seither hatte ich nicht mal ansatzweise so was Ähnliches wie einen Freund. Und ich hab's eigentlich auch nicht vermisst.» Ich hatte noch nicht einmal richtige Affären gehabt, wenn man von der kurzen Sache mit Alexander einmal absah. Und von Amir natürlich. Den hatte ich im letzten Herbst ein paarmal getroffen, und er hatte mir jedes Mal Weingummis von Haribo mitgebracht, die ich lutschen musste, bis beim Rumknutschen mein ganzer Mund danach schmeckte. Er selbst durfte die nämlich nicht essen, wegen der Gelatine. Amir war echt süß gewesen. In den hätte ich mich vielleicht sogar irgendwann verliebt. Nur ist ihm leider nach ein paar Wochen eingefallen, dass das mit uns nur ein großes Missverständnis war, weil er sich nun plötzlich doch zu hundert Prozent hetero fühlte und ja sowieso auf irgendeinem persischen Berggipfel schon eine Braut für ihn parat saß.

Davon abgesehen hatte ich ab und zu ein paar Dates gehabt, aber unter denen war kein einziger Kerl gewesen, den ich nach dem ersten Mal hätte wiedertreffen wollen. Und das lag oft genug daran, dass ich die Berliner Schwulen noch anstrengender fand als die in Hamburg. Weil die sich nämlich noch weniger Mühe gaben, einfach normale Menschen zu sein.

«Findest du es sehr schlimm, dass ich eigentlich nur auf Männer stehe, die nicht schwul sind?», fragte ich Emilie. «Also nicht so richtig, du weißt schon.»

«Von Martin mal abgesehen», bemerkte sie und griff nach ihrem Strickzeug.

«Stimmt», antwortete ich. «Von Martin mal abgesehen.» Den hatte ich immer einen gelernten Schwulen genannt, wenn ich ihn ärgern wollte. Aber ich hatte ihn trotz seines Jobs bei der Aids-Hilfe geliebt und trotz seiner schwulen Fußballmannschaft. Weil er dabei immer noch ein *Mann* gewesen war. Ich seufzte, weil ich wusste, dass mich diese Gedanken irgendwann einmal in Teufels Küche bringen würden. Spätestens wenn ich sie vor den falschen Leuten aussprach.

«Vielleicht willst du deshalb keinen Freund haben, weil dich das in dem Moment zu einem kompletten Homo machen würde», sagte Emilie nach einer Weile. «Weißt du, wie ich meine? Sobald du einen Typen neben dir liegen hast, bist du ganz offiziell schwul. Und dagegen wehrst du dich, weil du immer noch nicht deinen Frieden damit gemacht hast, genau das zu sein.»

«Quatsch!», sagte ich laut. «Ich hatte noch nie ein Problem damit, dass ich schwul bin.»

«Ach ja, stimmt. Nur damit, dass alle Homos außer dir komisch sind, richtig?» Ich seufzte. «Im Ernst, *Honey*», fuhr sie fort. «Als du mir das erste Mal gesagt hast, dass du einer bist, fand ich das echt gar nicht schlimm. Da hatte ich aber auch noch keine Ahnung, was da alles mit dranhängt.»

«Ich auch nicht», brummte ich.

«Und trotzdem beschwere ich mich nicht die ganze Zeit, oder? Und ich kann dir gerne ein Geheimnis verraten: Sich mit Heterotypen rumzuschlagen, ist auch nicht immer das pure Vergnügen, okay? Kann schon sein, dass man zu schwul sein kann. Aber man kann genauso gut zu hetero sein. Und damit hat auch keiner Spaß, glaub mir.»

Ich glaubte ihr, denn sie war es ja, die sich immer zielstrebig an exakt diese Arschlöcher heranschmiss. Genau deshalb hätte sie eigentlich verstehen müssen, dass man sich eben nicht aussuchen kann, wen man attraktiv findet und wen nicht.

«Ich hasse Neujahrstage», sagte ich nach einer Weile. «Da grübelt man einfach zu viel.»

«Genauso wie du Sonntage hasst, weil man da zu viel grübelt? Und Montagnachmittage und die Zeit kurz nach Sonnenuntergang und auch die kurz davor?»

«Schon gut, Em. Hab's verstanden.»

«Deine Schwester hat schon recht, *Honey*. Du bist einfach nicht gut im Schwulsein. Und dass du genau jetzt in dieser Sekunde überlegst, ob du das vielleicht sogar als Kompliment auffassen sollst, ist der beste Beweis dafür.» Ich brummte abfällig, um davon abzulenken, dass ich mich ertappt fühlte. «Und eine Sache muss ich dir leider echt mal sagen», fuhr sie fort. «Als Hetero wärst du auch ganz schön scheiße. Und das liegt nicht nur daran, dass du viel zu gerne *Grey's Anatomy* guckst, um jemals eine Frau befriedigen zu können.»

Ich beschloss, die Beleidigung zu ignorieren, und fragte stattdessen: «Hab ich dir eigentlich erzählt, dass ich Alexander getroffen habe?»

Emilie ließ erschrocken ihr Strickzeug sinken. «Nein. Wann?»

«Bei Annas Weihnachtsparty. War sozusagen ein Déjà-vu.»

«Und?»

«Pf!», machte ich. «Der war mit seinem Freund da. Haben uns eine Stunde lang von Weitem beäugt, und als wir uns dann zufällig beim Glühweinholen in der Küche getroffen haben, haben wir kurz ein bisschen Small Talk gemacht. Mehr ging nicht, standen ja zehn Leute um uns herum. Aber dabei hat er mich die ganze Zeit auf so eine krasse Art angeschaut, dass ich danach erst mal aufs Klo musste, damit nicht alle meinen Steifen sehen.»

«Und das war's?», fragte sie enttäuscht.

«Wieso? Ist doch eine schöne Geschichte.»

«Wenn nix passiert, ist es auch keine Geschichte!» Emilie hatte noch nie viel von anspruchsvoller Literatur gehalten. «Hast du seine Nummer noch?», fragte sie. «Schick ihm doch mal 'ne Whatsapp. Irgendwas Versautes, mitten in der Nacht.»

Doch ich schüttelte nur den Kopf. Alexander war mindestens der zweittollste Mann, mit dem ich jemals etwas gehabt hatte. Und genau deshalb würde ich es gut sein lassen. Denn ich wollte mir lieber eine schöne Erinnerung bewahren, als im zweiten Anlauf mal wieder alles kaputt zu machen.

«Ich muss langsam los», sagte ich nach einem Blick auf die Uhr. «Hab Mama versprochen, dass ich um drei bei ihr bin.»

«Wie geht's ihr denn?»

«Ansichtssache», erwiderte ich. «Seit sich herausgestellt hat, dass ihre Lymphknoten nicht befallen sind, ist die Sache eigentlich mehr oder weniger erledigt. Aber es ist natürlich möglich, dass der Krebs irgendwann zurückkommt, also rein theoretisch. Und deshalb bereitet sie sich jetzt schon seit Wochen auf ihr Ableben vor. Also ist es schwer zu sagen, wie es ihr geht. Anna meint jedenfalls, dass sie wahrscheinlich schon seit Jahren nicht mehr so viel Spaß hatte wie beim Probeessen für ihren Leichenschmaus.» Emilies Blick ging zum Fenster hinaus, und mir fiel jetzt erst ein, dass das gerade wahrscheinlich ziemlich pietätlos gewesen war. «Tut mir leid», sagte ich schnell. «Ich bin ein Idiot.»

Doch sie lächelte. «Quatsch! Alles gut.»

«Fehlt sie dir manchmal?», fragte ich. Emilies Mutter war vor Jahren einfach tot umgefallen.

Sie überlegte lange und zuckte dann mit den Schultern. «Ehrlich gesagt ... eigentlich nicht», sagte sie schließlich. «Das Schlimmste daran ist das schlechte Gewissen, das ich manchmal deswegen habe.» Ich nickte. Emilie war schon von klein auf ein Papakind gewesen, und ich konnte sie gut verstehen. Ihre Mutter hatte auf mich immer irgendwie distanziert gewirkt. «Also, erzähl schon!», sagte sie plötzlich laut, um uns beide abzulenken. «Hat sie sich schon einen Sarg ausgesucht? Oder lässt sie sich den von deinem Vater tischlern?»

Wir lachten.

«Keine Ahnung!», sagte ich dann. «Aber vor Weihnachten war sie beim Fotografen, um Bilder für ihre Traueranzeige machen zu lassen.»

«Ach du Scheiße!», flüsterte Emilie.

«Na ja, das finde ich gar nicht mal so doof, ehrlich gesagt. Ich hab mir dann nämlich überlegt, wenn ich morgen vom Bus überfahren werde, gibt's kein einziges gescheites Foto von mir. Nur lauter Selfies mit dir und Gabriel. Oder welche vorm Badezimmerspiegel, aber die sind noch weniger geeignet.»

«Apropos Selfies», sagte Emilie und griff nach ihrem Handy. «Dieses Jahr haben wir noch kein einziges gemacht.» Ich setzte erst eine leidende Miene auf, beugte mich dann aber doch zu ihr rüber. «Frohes neues Jahr, *Honey*», sagte sie, während sie ihren Arm in die Höhe streckte und ein Foto von uns knipste.

«Frohes neues Jahr», antwortete ich und atmete tief ein, weil ich den Duft ihres Pfirsichshampoos so liebte. «Stell dir mal vor», sagte ich dann, «wenn wir mal sterben, so in hundertfünfzig Jahren, und unsere Kinder sich durch die ganzen Bilder klicken, die wir von uns gemacht haben. Spätestens da verlieren die doch jeden Respekt vor uns.»

«Zumindest *die* Sorge ist echt überflüssig. Du und ich werden nie Kinder haben. Das hab ich mir schriftlich geben lassen, vom Schicksal höchstpersönlich.»

Ich grinste. Denn damals gab ich ihr noch recht.

Am selben Nachmittag erzählte ich meiner Mutter, dass ich seit über einem Jahr in Berlin wohnte. Das heißt, genau genommen habe ich ihr gesagt, dass ich überlegte, vielleicht bald dorthin zu ziehen. Aber auf das Ergebnis bezogen war das ja eigentlich kein Unterschied. Und da wir immer erst am sechsten Januar Weihnachten feierten, war ihre Reaktion sozusagen ein verfrühtes Weihnachtswunder.

«Hast du dort einen Freund gefunden, *Sladkij*?», fragte sie, und ich musste erst einmal kurz überlegen, ob sie gerade tatsächlich meinen Kosenamen in einem Satz mit etwas potenziell Schwulem benutzt hatte.

Hatte sie.

«Nein», sagte ich schnell und hätte um ein Haar noch ein *keine Sorge* angefügt.

Sie nickte traurig. «Ich wusste, dass du nicht mehr lange bei mir bleiben würdest», sagte sie dann. «Viele homosexuelle Männer ziehen nach Berlin.»

«Ah. Ja.» War mir bisher noch gar nicht aufgefallen. Ich schob mir schnell noch ein großes Stück Kuchen in den Mund und beobachtete sie. Sie drehte unschlüssig eine fast leere Teetasse in ihren Händen und überlegte offenbar, ob sie noch etwas hinzufügen sollte. Ich hoffte, dass sie es nicht tun würde. Doch es nützte nichts.

«Du weißt, dass du dich schützen musst, ja?» Sie sprach leise, ohne mich dabei anzuschauen.

«Mama!», rief ich.

«Ich bin schon ruhig!», sagte sie schnell und trank den letzten Schluck Tee. Dann klingelte sie nach Doris, damit sie zum Abräumen kam.

Jetzt hatte ich ein schlechtes Gewissen. Ich wusste, ich konnte es ihr gar nicht hoch genug anrechnen, dass sie sich dazu durchgerungen hatte, dieses Thema anzusprechen. Wahrscheinlich hatten sie das zuvor mindestens zehnmal in der Selbsthilfegruppe geübt. Trotzdem wäre es mir lieber gewesen, sie hätte es gelassen.

«Ich hab dich lieb, Mama», sagte ich, nachdem Doris wieder weg war. «Ich ziehe nach Berlin, weil ich eine Veränderung brauche. Aber ich komme dich trotzdem oft besuchen, okay?» Sie nickte. «Ich versprech's dir. Du wirst gar nicht merken, dass ich weg bin.» Ich legte meine Hand auf ihren Unterarm. «Und wenn ich mal einen Freund habe, dann bringe ich ihn mit hierher. Nach Hause. Wenn ich das darf.»

«Natürlich», flüsterte sie und sah mich jetzt endlich an. Ihre Augen waren glasig.

Ich lächelte. Dann stand ich auf und drückte ihr einen Kuss auf die Stirn. Und dachte dabei, wie schade ich es fand, dass Anna gerade nicht hier war. Denn wahrscheinlich hätte in diesem Augenblick nicht einmal sie etwas gefunden, woraus sie Mama einen Strick hätte drehen können.

Auch im neuen Jahr gingen die Dinge erstaunlich gut weiter.

Ich arbeitete mich erst durch ein paar Bücher zum Thema Fundraising, klapperte dann einige Hamburger Firmen ab und bekam am Schluss tatsächlich genug Spenden zusammen, um meine Stelle für mindestens ein Jahr von zwölf auf dreißig Stunden aufzustocken. Dadurch hatte der Vereinsvorstand, in dem außer Anna noch eine anglikanische Priesterin, ein schwuler Imam und ein gehässiger kleiner Sozialpädagoge saßen, fast gar keine andere Wahl, als mir offiziell die Expansion nach Hamburg zu erlauben und mir aufzutragen, auf die Suche nach geeigneten Botschaftern zu gehen.

«Und wer soll die alle schulen da drüben?», schimpfte Anna, als wir nach der Sitzung in ihrem klapprigen Golf zu ihr nach Hause fuhren. «Das bleibt natürlich an mir hängen. Und ich bekomme nicht mal Geld dafür, im Gegensatz zu dir.»

«Ich geb dir gerne was von meinem Gehalt ab», antwortete ich. «Ist genug für alle da.»

«Schon gut», sagte sie und fasste zu meinem Schrecken zu mir rüber, um mir die Schulter zu tätscheln. Anna war eine beschissene Autofahrerin, und ich machte mich gerne darüber lustig, dass sie das Lenkrad immer mit den Händen umklammerte, als wollte sie es mit der Wurzel ausreißen. Wenn sie aber plötzlich nur noch eine Hand zum Fahren nutzte und dann nicht einmal mehr auf die Straße schaute, weil sie mir einen Stolze-Schwester-Blick zuwerfen wollte, fühlte ich mich auch nicht besser.

«Bring uns einfach heil nach Hause», sagte ich schnell und zeigte nach vorne. «Das ist Dank genug.»

An dem Abend kochten wir zu dritt mit ihrem Freund. Dirk (ich hatte mir inzwischen abgewöhnt, ihn immer nur den Dachdecker zu nennen) und sie waren zwei Wochen nach ihrem ersten Date ein Paar geworden und immer noch auf fast beängstigende Art glücklich. Vor allem wenn ich daran dachte, dass Annas Techtelmechtel ansonsten ungefähr einen Monat lang gut gingen. Mir war das Ganze recht, auch weil ich ihn wirklich gern mochte. Außerdem stellte sich bald heraus, dass er gleich zwei schwule Brüder hatte, was wohl der Grund für seine profimäßige Reaktion war, als ich ihn irgendwann wissen ließ, dass ich mich ebenfalls lieber an Männer hielt.

Auch Gabriel war nach wie vor schwer verliebt und hatte nicht zuletzt wegen Shaun sein Gastspiel in London um das Sommersemester verlängert. Im März besuchten mich die beiden für ein paar Tage in Berlin. Und das war schon deshalb gut, weil ich so endlich mal gezwungen war, einen der beiden immer noch leer stehenden Räume in ein Gästezimmer zu verwandeln. Obwohl ich wegen Shauns walisischem Dialekt kaum ein Wort verstand, wenn er etwas sagte, war ich sofort ein kleines bisschen verknallt in diesen Kerl, der exakt aussah wie der raubeinige Naturbursche mit dem Herz aus Gold, dem die Heldinnen in den Pilcher-Romanen reihenweise verfallen.

«Sag mal, verstehst du eigentlich alles, was er sagt?», fragte ich Gabriel, als Shaun gerade im Bad war. «Ich hab da so meine Probleme.»

«Manchmal kommen wir wirklich nicht zusammen», erwiderte er. «Dann behelfen wir uns mit Altgriechisch.»

«Trick siebzehn, was?»

«Aber es geht eigentlich gut so weit. Wenn ich mit seinen Eltern spreche, wird es schon schwieriger.»

«Die kennst du auch schon?», fragte ich.

«Sind nach Neujahr dort gewesen.»

«Und in dem Dorf hat keiner ein Problem mit euch?»

«Ich sag mal so», sagte Gabriel. «Die haben achtzig Einwohner. Und als er sich mit vierzehn geoutet hat, haben dreißig von denen im nächsten Sommer eine CSD-Parade organisiert und sind mit ihm über die Wiese gezogen.» Ich holte gerade Luft, doch er hob die Hand. «Bevor du fragst: Ich hab die Bilder gesehen.»

«Dann hoffe ich, dass das bald verfilmt wird», sagte ich. Und freute mich.

Emilie organisierte weiter fleißig ihre Pornopartys, die jedes Mal wilder wurden und schon nach der dritten Wiederholung schwarze Zahlen schrieben – trotz des nicht gerade geringen Putzaufwands im Anschluss, der einen ganz schönen Batzen in ihrer Kalkulation ausmachte. Zu guter Letzt hatte auch sie sich kurz nach Jahresbeginn mal wieder einen neuen Typen angelacht. Und weil der schon auf dem Bild, das sie mir von ihm zeigte, mindestens so gemein aussah wie die meisten seiner Vorgänger, war ich froh, dass die Sache schneller wieder vorbei war, als ich ihn kennenlernen konnte. Allerdings dachte ich am Anfang auch noch, dass sich ihr Anflug von Liebeskummer wie immer nach einer Flasche Asti und ein paar Folgen *Sex and the City* erledigt haben würde. Doch dieses Mal traf die Sache sie deutlich härter als sonst. Und als sie mich Wochen später für ein paar Tage besuchen kam, brach sie beim Frühstück plötzlich in Tränen aus.

«Hey, was ist denn los?», fragte ich und riss ihr schnell ein Stück Küchenpapier ab.

Doch sie griff sich direkt die ganze Rolle und lief damit ins Gästezimmer rüber, wo sie die Tür hinter sich zuschlug. Erst blieb ich ratlos sitzen, dann schrieb ich ihr eine Whatsapp, dass sie sich melden solle, wenn sie was brauchte. Doch als sie zwanzig Minuten später immer noch nicht rausgekommen war, klopfte ich zaghaft an die Tür und trat dann vorsichtig ein.

«Tut mir leid, dass ich das Frühstück versaut habe», sagte sie und sah mich mit verheulten Augen an.

«Du sollst dich doch nicht ständig entschuldigen.» Ich setzte mich neben sie. «Also, was ist los?» Sie schniefte und zuckte mit den Achseln. «Komm schon, Em. So toll kann der Typ doch gar nicht gewesen sein.»

Jetzt lachte sie. «Ich bitte dich! Der war die totale Flachpfeife!»

«Das klingt schon mehr nach dir.» Ich streichelte ihr über den Arm. «Was ist es dann?»

Sie schnäuzte sich noch einmal. «Ich fühle mich manchmal echt so scheiße einsam, Felix», sagte sie danach. «Ich habe keine Geschwister, und ich habe keine Freundinnen außer diesen blöden Tussis vom Ballett, die hinter meinem Rücken über mich lästern, weil mein Beruf was mit Sex zu tun hat und das eklig ist. Ich hab keine Mutter mehr, mit der ich mich streiten kann, und ich hatte noch nie einen Freund für länger als ein paar Monate. Ich hab einfach fast niemanden.» Ich holte Luft, um etwas zu sagen, doch sie legte mir einen Finger auf die Lippen. «Ich weiß», sagte sie leise. «Und ich liebe dich. Aber ich kann doch nicht mein Leben lang an dir dranhängen wie eine Klette. Irgendwann hast du auch wieder 'nen Freund, und wenn ihr dann zusammenwohnt, sagt der jedes Mal, wenn das Telefon klingelt: ‹Nicht die Gestörte schon wieder!›»

Sie fing wieder hemmungslos zu schluchzen an, und ich packte sie und drückte sie so fest, wie ich konnte. Ich fühlte mich überfordert. Emilie ließ mich selten hinter ihre Fassade schauen, aber wenn sie doch mal ein kleines Fenster aufmachte, stürzte mir immer gleich ein ganzer Tsunami entgegen.

Ich überlegte lange, während sie in meinen Armen zitterte, und ich fragte mich, ob ich das wirklich tun wollte. Doch mir war klar, dass es sein musste und dass ich eh schon ein Arschloch war, weil ich es nicht längst erledigt hatte.

«Em, ich hab was Dummes gemacht», sagte ich, und meine Stimme war jetzt auch brüchig. «Oder genauer gesagt, ich habe es nicht gemacht. Ich hätte dir schon lange was zeigen sollen. Du wirst mir bestimmt böse sein, und das hab ich auch verdient.» Sie schaute mich mit großen Augen an. «Zieh dich an», sagte ich, «ich geh schon mal runter und organisiere uns ein Taxi.»

Ich wusste nicht, ob er an diesem Tag arbeitete oder ob er überhaupt noch in der Stadt war. Und ich wusste genauso wenig, worauf ich hoffen sollte. Denn eigentlich wäre es mir am liebsten gewesen, wenn er sich schon längst wieder in Luft aufgelöst hätte, wie ein schräger Traum, an den man sich zwei Sekunden nach dem Aufwachen noch erinnert, aber einen Augenblick später schon nicht mehr. Doch meine Überlegungen wurden in dem Moment überflüssig, in dem wir das KaDeWe betraten und ich ihn bei den Lippenstiften stehen und mit einer Kundin reden sah. Ich stupste Emilie an, die sich gerade noch fragte, was wir überhaupt hier wollten, und zeigte in seine Richtung. Eine halbe Sekunde später stürzte sie los.

Als ich bei ihnen ankam, lagen sie sich in den Armen und schluchzten beide so heftig, dass der Sicherheitsmann in ein paar Metern Entfernung schon ganz nervös wurde.

«Du hast mich gefunden», flüsterte Hugo. «Wie die Karten es prophezeit haben.»

Ich schaute mir das eine Weile an, und ich muss zugeben, dass ich den Anblick auf eigenartige Weise sogar rührend fand. Dennoch wurde es mir schnell zu viel, also nahm ich Hugo den offenen Lippenstift aus seiner zur Seite gestreckten Linken und wandte mich der älteren Dame zu, die immer noch völlig überrumpelt neben uns stand.

«Der passt wirklich gut zu Ihren Augen», sagte ich. «Ich würde ihn nehmen.»

———

Die Kellnerin an der Champagnerbar im fünften Stock war eine offenherzige Mittvierzigerin im Neunzigerlook, die aussah, als wäre sie vor zwanzig Jahren von ihrem Millionärsfreund dort vergessen worden und seither einfach nicht nach Hause gegangen. Ich bestellte drei Gläser bei ihr, und die Art, wie sie Hugo beim Servieren zuzwinkerte, ließ mich vermuten, dass er sich gerade nicht zum ersten Mal von Kunden einen ausgeben ließ.

«*Cheers, queers*», sagte er, hob sein Glas und trank es in einem Zug halb leer.

«Seit wann bist du in Berlin?», fragte Emilie, die sich gerade noch die letzten Tränen trocknete.

«Seit einem halben Jahr», erwiderte er.

Sie bekam also tatsächlich eine Antwort auf diese Frage.

«Und du heißt jetzt Hugo?», fragte sie mit einem Blick auf sein Namensschild.

«Tamara hat diesen Körper noch in der Nacht ihrer Trauerfeier für immer verlassen. Und als ich am nächsten Morgen aufwachte, war ich Hugo. Doch Tamaras Liebe zu dir war so stark, dass mein Herz sich an dich erinnert hat wie an eine wundervolle Verheißung.» Emilie nickte gerührt und schniefte schon wieder. «Und als du eben erschienen bist, habe ich dich sofort erkannt. Obwohl du noch schöner bist, als ich es mir immer erträumt habe.»

Jetzt lachte Emilie verschämt und warf mir einen schnellen Seitenblick zu, um nachzuschauen, ob ich auch so verzückt war wie sie. War ich nicht.

«Und wo genau bist du aufgewacht nach Tamaras Abschiedsfeier?», fragte ich.

«An dich hat mein Herz sich nicht erinnert», sagte Hugo, der mich jetzt zum ersten Mal wirklich ansah. «Deshalb dachte ich, du wärst ein Fremder, an jenem Tag, ein Verrückter vielleicht. Doch jetzt kommst du mir vage bekannt vor. Felix, richtig?» Ich seufzte und zwang mich, mich nicht auf dieses irre Spiel einzulassen. Stattdessen sagte ich mir, dass es richtig gewesen war, Emilie hierher zu bringen, und dass ich das eigentlich schon längst hätte tun sollen. Jetzt hier zu sitzen und mir dieses Gewäsch anzuhören, war meine gerechte Strafe. «Im Nachtzug nach Paris bin ich aufgewacht», fuhr Hugo fort. «Ich hatte so tief geschlafen, dass wir schon fast am Gare du Nord waren, ehe ich wieder zu mir kam.»

«Ach ja», sagte ich und nahm mir vor, später zu googeln, ob es überhaupt einen Nachtzug von Hamburg nach Paris gab.

«Und bist du die ganze Zeit dortgeblieben, bevor du nach Berlin gekommen bist?», fragte Emilie. Hugo nickte, während er den Rest seines Glases leerte. Er stellte es mir vor die Nase, woraufhin eine Sekunde später wieder die Ausschankdame vor uns stand. Sie hielt eine offene Flasche in der Hand und sah mich fragend an. Ich stöhnte, dann nickte ich grimmig. Strafe muss sein. «Und was hast du da gemacht?»

«Mich prostituiert, und zwar Tag und Nacht.» Er schüttelte sich und verzog das Gesicht in wollüstigem Ekel. «Es war eine widerliche Zeit, ohne Geld und ohne Scham. Ich habe sozusagen vom Schwanz in den Mund gelebt.» Emilie legte ihm mitfühlend die Hand auf den Arm. «Aber ich habe es für meinen großen Traum getan.»

«Nämlich?», fragte ich unwillig, damit die Geschichte endlich weiterging.

«Für einen einzigen Abend das ‹Folies Bergère› zu mieten, um dort eines meiner Stücke aufzuführen.»

«Und hast du das geschafft?», fragte Emilie gespannt.

Hugo nickte. «Ich habe mich ein Jahr lang vorbereitet und alle Rollen selbst gespielt. Es war ein Triumph! Das Publikum hat es geliebt.»

«Warum bist du dann nicht dageblieben?», fragte ich, während ich mir auch noch ein Glas einschenken ließ.

Er blickte melancholisch in die Ferne (also zum Teeregal) und seufzte gedankenverloren, bevor er antwortete: «Es war weit nach Mitternacht, als ich das Theater verließ, und ich schlenderte an der Seine entlang nach Hause, mit nichts als dem Strauß Rosen in der Hand, der mir in die Garderobe geschickt worden war. Und das Schicksal wollte es, dass mein Weg mich an einer alten Zigeunerin vorbeiführte, die auf einem Blecheimer saß, eine herzzerreißende Version von ‹The Winner Takes It All› auf der Ziehharmonika spielte und in ihrer urtümlichen Sprache dazu sang. Ich blieb stehen, um ihr zuzuhören, und in dem Moment wurde mir schmerzlich bewusst, dass meine Zeit in dieser Stadt vorüber war.»

«Was hast du dann gemacht?», fragte Emilie, die ihn gebannt anstarrte.

«Ich legte ihr all meine Rosen vor die Füße, streichelte ihr sanft die runzlige Wange und sagte: ‹*Thank you for the music.*› Dann kramte ich das letzte Kleingeld aus meinen Taschen, doch als ich es gerade in ihre Büchse werfen wollte, schimmerte auf einer der Münzen das Brandenburger Tor im schmutzigen Licht des Mondes.» Er zog ein goldenes Kettchen unter seinem schwarzen Rollkragenpullover hervor, an dem ein poliertes Zehncentstück hing. «In diesem Moment wusste ich, wo meine Bestimmung lag.»

«Da wird sich die Dame aber bedankt haben», brummte ich. «Dass du ihr das Geld erst hingehalten und es dann wieder eingesteckt hast.»

«Genug von mir», sagte Hugo, «wie ist es euch ergangen?»

«Gut», lächelte Emilie. «Mir geht's gut.» Wäre das wahr gewesen, hätten wir gar nicht hier sitzen müssen. «Aber Felix geht es nicht so gut», fügte sie schnell hinzu. «Seine Mutter ist krank.»

Hugo schlug sich erschrocken die Hand vor den Mund, und ich warf

Emilie einen sehr bösen Blick zu. «Sie ist nicht krank, sie war krank», sagte ich. «Alles wieder in Ordnung.»

«Die Seele heilt oft weniger schnell als das nackte Fleisch», bemerkte er. «Vor allem die russische.» Daran erinnerte er sich natürlich noch. Er war schon immer ein Fan meiner Mutter gewesen, obwohl die beiden sich nie getroffen hatten und obwohl die Bewunderung höchstwahrscheinlich nicht auf Gegenseitigkeit beruht hätte. «Doch nach allem, was ich über sie weiß, macht der Tod ihr keine Angst. Weniger zumindest als das Leben.»

«Na ja», erwiderte ich. «Ich glaube, oft klammern sich gerade die Leute, die am meisten über das Leben schimpfen, nachher am verzweifeltsten daran fest.»

«Felix musste ihr versprechen, dass er ihre Hand halten wird, wenn sie stirbt», sagte Emilie.

«Und gedenkst du, das auch einzuhalten, *Babyboy*?», fragte Hugo und sah mich prüfend dabei an.

«Falls nicht, kann sie mir zumindest nicht mehr lange böse sein.»

«Du musst immer noch lernen, worüber man sich nicht lustig macht», tadelte er mich streng. «Meine Mutter starb vor zweiundvierzig Tagen. Und ich war bei ihr.»

Emilie riss die Augen auf. «Ich dachte, du und deine Eltern, ihr wärt...», begann sie, doch Hugo legte ihr die Hand auf den Arm und brachte sie damit zum Schweigen.

«Ich habe Urlaub genommen und fuhr nach Wattenscheid. Sie lag in einem Pflegeheim zuletzt, und ich saß Tag und Nacht an ihrem Bett. Die Pfleger hatte ich bestochen, damit sie mich warnten, wenn mein Vater oder meine Brüder kamen. Doch das war nicht besonders oft. Ich glaube, die meiste Zeit dachte sie, sie bilde sich mich nur ein, wie einen wunderschönen Racheengel.»

«Habt ihr euch unterhalten?», fragte Emilie.

Hugo nickte. «Über viel zu viel und viel zu wenig. Oft hat sie mich angefleht, endlich zu verschwinden, doch ich blieb. Das war meine Strafe für sie. Und für mich.»

«Wie hat es sich angefühlt?», fragte ich.

«Schlimmer, als ich es mir jemals ausgemalt hatte. In der Realität ist sterben so viel ekelhafter als im Film. Und es dauert vor allem viel, viel länger.»

«Wie lange?», fragte ich mit belegter Stimme.

«Zwei Wochen und drei Tage. Und ich habe jede einzelne Sekunde gehasst. Aber das zähe Biest ließ einfach nicht los. In mancher Stunde war ich kurz davor, es mit einem Kopfkissen zu beenden. Weil ich Angst hatte, dass ich sonst noch vor ihr an der Reihe wäre.» Er machte eine Pause, um sich eine Träne aus dem Gesicht zu wischen. Und das war das Erste, was an diesem Tag nicht unecht an ihm wirkte. «Diese Zeit war mein Kreuzweg», fuhr er dann fort. «Aber ich bin ihn aufrecht gegangen. Und irgendwann hatte ich so viele von ihren fauligen Fürzen gerochen, mich so oft vor meinen Brüdern auf dem Gästeklo versteckt und so viele Folgen von *Sturm der Liebe* aufgenommen, die ich niemals alle würde anschauen können, dass es mir einfach egal war. Es war mir egal. Ich sah sie an und sagte: ‹Leb noch ewig so weiter. Mach, was du willst, du alte Fotze. Ich bleibe. Mich wirst du nicht los.› Und in diesem Moment hörte sie auf zu atmen.» Er seufzte schwer. «Ich habe ein Gebet für sie gesprochen. Und ich wollte ihr ein letztes Mal über die Wange streicheln, doch ich konnte sie einfach nicht mehr anfassen. Bevor ich ging, zog ich den Ehering aus meiner Tasche, den ich ihr Jahre zuvor gestohlen hatte, und legte ihn auf ihren Nachttisch. Und ich hoffe wirklich, dass den keine dieser habgierigen Schwestern eingesackt hat. Weil mein Vater wissen soll, dass ich da war.»

Jetzt wischte auch ich mir eine Träne aus dem Augenwinkel. Ich hatte keine Ahnung, ob ich ihm die Geschichte glauben sollte. Doch in dem Moment war es mir egal. «Mein Beileid», murmelte ich, und ich meinte es ernst.

«Danke», hauchte er und griff nach dem Taschentuch, das Emilie ihm entgegenstreckte. «In den letzten Wochen habe ich an einem Monolog geschrieben, den ich eines Tages aufführen werde. Sobald ich die Kraft dazu habe.» Er schnäuzte sich. «Der Titel ist ‹Are You Dead, Babette?›.»

«Aber deine Mutter hieß doch gar nicht Babette», sagte Emilie.

«Stimmt. Aber auf Francesca reimt sich nur *puttanesca*.»

In dem Moment klingelte mein Handy.

«Gut, dass ich dich erreiche», sagte Anna, nachdem ich rangegangen war. «Hast du gerade Zeit, mir einen Riesengefallen zu tun?»

«Nichts lieber als das. Was soll ich machen?»

«Okay, pass auf. Michel hat mich angerufen, weil er im Büro keinen erreicht hat. Er sollte eigentlich in einer Stunde einen Klassenbesuch machen, aber er ist krank.»

«Wahrscheinlich hat er eher verpennt oder spontan was bei Grindr gefunden», sagte ich genervt. Von all unseren Minderheitlern war Michel der unzuverlässigste. Aber Anna schickte ihn trotzdem gerne los, weil er seine Sache wirklich gut machte – wenn er sie machte. «Soll ich einen Ersatz organisieren?», fragte ich.

«Das ist ja das Problem. Ich habe schon alle abtelefoniert, die infrage kommen. Aber so kurzfristig kann keiner. Deshalb rufe ich dich an.»

Der Groschen fiel spät bei mir, aber er machte dafür umso mehr Lärm dabei. «Oh nein!», rief ich. «Keine Chance!»

«Bitte, Felix! Sonst muss ich der Schule absagen.»

«Dann ist das halt so.»

Sie seufzte. «Das ist ein Auftrag vom Mundelfinger.»

Scheiße!, dachte ich. Der Mundelfinger war ein stockschwuler Münchner, der durch ein paar Erbschaften zu beträchtlichem Reichtum gekommen war, das halbe Jahr in Berlin lebte und uns großzügig unterstützte. Dafür erwartete er aber auch, dass wir brav alle Schulen besuchten, die er nach einem für uns nicht durchschaubaren System auswählte.

«Kann doch vorkommen, dass mal einer krank wird», entgegnete ich trotzdem. «Der wird uns sicher nicht gleich die Kohle streichen.»

«Willst du es drauf ankommen lassen?», fragte sie. «Ich nicht.»

Jetzt seufzte ich. «Selbst wenn ich wollte, Anna. Ich hätte gar keine

Ahnung, wie das abläuft. Ich hab ja noch nicht mal deinen Kurs besucht.»

«Ach, der ist eh für die Katz! Wenn du Ja sagst, hab ich dir in zwei Minuten erklärt, wie das funktioniert. Bitte!» Ich schaute zu Hugo und Emilie rüber, die gespannt meinem Gespräch lauschten, während sie sich gegenseitig die Arme krauelten. «Das ist im Kollwitzkiez», schob Anna noch flehend hinterher. «Da tut dir keiner was. Versprochen. Wahrscheinlich haben die meisten da selber zwei Väter. Und du hast was gut bei mir. Für immer.»

Ich kniff angestrengt die Augen zusammen und überlegte. Dann seufzte ich noch einmal und sagte: «Wenn ich jemals rauskriege, dass du das geplant hast, weil das irgendeine therapeutische Maßnahme für mich sein soll, dann bringe ich dich um. Das ist dir klar, oder?»

«Danke!», rief sie. «Danke! Wo bist du gerade?»

«Im KaDeWe.»

«Dann schnapp dir ein Taxi und ruf mich zurück, wenn du drinsitzt. Ich erklär dir dann alles.»

«Mhm», machte ich und legte auf. «Euch kann ich ja wahrscheinlich alleine lassen, oder?», fragte ich die beiden Turteltäubchen.

«Alles okay?», wollte Emilie wissen.

«Frag mich in einer Stunde noch mal», sagte ich und stand auf.

Zu einer Minderheit zu gehören bedeutet, dass man sich für Menschen rechtfertigen darf, die man im Zweifelsfall selber nicht leiden kann. Und dass man sich immer wieder genötigt fühlt, sich von irgendwelchen Bekloppten zu distanzieren, obwohl man mit denen nichts gemeinsam hat außer der Hautfarbe oder der Religion – oder der Vorliebe für das eigene Geschlecht. Homosexualität nennt man das. Und manchmal frage ich mich, ob ich Schwule noch anstrengender fände, wenn ich nicht zufällig selbst einer wäre. Oder ob sie mir dann einfach egal wären, weil ich nämlich keinen Grund mehr hätte, den halben Tag über sie nachzudenken.

Anna hatte schon recht, als sie sagte, dass ich nicht besonders gut bin im Schwulsein. Dabei bin ich in den letzten Jahren sogar schon viel besser darin geworden, wenn man das so sagen kann. Weil ich mir inzwischen eben nicht mehr ständig den Kopf darüber zerbreche, ob ich gerne schwul bin oder nicht. Und was ich mit anderen Schwulen gemeinsam habe und was nicht. Es ist normaler für mich geworden und auch für mein Umfeld. Ein kleines bisschen ja sogar für meine Mutter. Wenn ich mich trauen würde, würde ich sie gerne fragen, was ihr vor meinem Coming-out spontan in den Sinn kam, wenn sie an Schwule dachte. Als Allererstes bestimmt unser früherer Nachbar, der irgendwann angefangen hat, mit Pumps und Perücke den Hund auszuführen. Dann wahrscheinlich Olivia Jones und die knallbunten Halbnackten aus dem *Tagesschau*-Bericht über den CSD. Und natürlich Aids.

Nichts davon sagt etwas darüber aus, wer ich bin. Und trotzdem fühle ich mich permanent verpflichtet zu erklären, dass ich zwar schwul bin, aber deswegen noch lange nicht so, wie immer gleich alle denken. Als ich sechzehn war, hätte ich den CSD am liebsten verboten, nur damit keiner, der das sieht, auf die Idee kommt, dass ich auch so wäre. So laut und so schrill. Heute ist mir klar, dass der Gedanke ganz schön dämlich war, weil es beim CSD ja genau darum geht, dafür zu kämpfen, dass jeder so sein darf, wie er möchte. Man bräuchte nur vielleicht noch eine zweite Parade, in der man dann noch dafür demonstriert, nicht permanent mit allen anderen in einen Topf geschmissen zu werden.

Emilie hatte übrigens auch recht. Wenn man anfängt, schwul zu sein, hat man noch keine Ahnung, was da alles mit dranhängt. Aber das merkt man schneller, als einem lieb ist, weil man sich nicht nur mit seinem Umfeld ganz neu auseinandersetzen muss, sobald man sich erst einmal geoutet hat. Man ist auch plötzlich Mitglied in einer Art Club, dessen Regeln man erst mal verstehen und in dem man sich irgendwie positionieren muss, wenn man nicht ganz alleine bleiben will auf dieser Welt. Früher habe ich mir echt was drauf eingebildet, ganz anders zu sein als die anderen Schwulen. Bis mir irgendwann Martin erklärt hat, dass es genau dieses Gefühl ist, das mich mit den allermeisten von uns verbindet. Da habe ich mich echt ertappt gefühlt. Genauso wie ich mich auch heute noch manchmal ertappt fühle, wenn mal wieder irgendwo steht, dass nur Schwule noch Madonna hören. Weil ich vor drei Jahren auf einem Konzert von ihr war.

Das Gemeine ist, dass man sich als Heteromann überhaupt keine Gedanken machen muss über all das. Heterosexuell ist man halt. Die brauchen sich nicht erst groß zu überlegen, ob sie das jetzt gut finden sollen oder schlecht. Und es musste sich bisher auch noch keiner rechtfertigen, nur weil irgendwo mal wieder eine Horde Hooligans unterwegs war. Weil niemand jemals auf die Idee kommen würde, dass deshalb gleich alle Männer so sind.

Das waren in etwa die Gedanken, die mir durch den Kopf gingen, während sich mein Taxi im Schritttempo die verstopfte Torstraße hochquälte. Ich blickte nervös auf die Uhr und wünschte mir gleichzeitig, dass wir gar nie ankommen würden. Mein Herz schlug wie wild, und ich war mir sicher, dass es auch allen Grund dazu hatte. Denn ich hatte schon genug Geschichten von unseren Botschaftern gehört, die vor lauter «Schwule Sau»-Rufen überhaupt nicht zu Wort gekommen waren. Doch Anna hatte hoffentlich recht. Es ging hier nicht um Neukölln, sondern um den Kollwitzkiez.

Die Lehrerin erwartete mich schon vor dem Gebäude, als das Taxi endlich hielt. Sie war eine verkniffene Mittfünfzigerin, die sich mit kühler Höflichkeit als Frau Wilmendorfer vorstellte und mich bat, ihr zu folgen.

«Ich würde mir nur wünschen, dass Sie nicht allzu sehr ins Detail gehen», sagte sie, ohne sich zu mir umzudrehen, als ich hinter ihr den Schulflur entlanglief.

Ich antwortete aber nicht, weil ich zu sehr damit beschäftigt war, Mordanschläge auf meine Schwester zu planen. Die hatte nämlich irgendwie vergessen, mir zu sagen, dass das hier eine der wenigen katholischen Schulen in Berlin war. Und die beschäftigten sich mit so was Zwielichtigem wie mir nur gezwungenermaßen, weil sexuelle Vielfalt in Berlin nun einmal auf dem Lehrplan steht. Und zwar für alle. Dass hier einer der Schüler zwei Männer als Eltern hatte, war also schon einmal recht unwahrscheinlich.

Die Lehrerin öffnete die Tür zum Klassenzimmer und bat mich herein. *Okay*, dachte ich. *Showtime.*

«Das ist unser heutiger Gast», sagte sie, während ich in die neugierigen Gesichter von knapp dreißig Achtklässlern schaute. «Und wir machen es, wie wir besprochen haben.»

Kurz fragte ich mich, ob wohl besprochen worden war, dass man mich mit Steinen bewerfen wollte, doch außer Frau Wilmendorfer rührte sich keiner. Die nickte mir knapp zu und setzte sich danach auf einen freien Platz in der ersten Reihe.

Die folgende Stille war eine der aufdringlichsten, die ich jemals erlebt hatte. Und das Schlimmste an ihr war, dass ich genau wusste, wer sie als Einziger beenden konnte. Also atmete ich noch einmal tief durch und sagte dann: «Hallo an alle. Mein Name ist Felix Lipfels, und ich bin schwul.»

Mein Rücken kribbelte, als ich das aussprach, und kurz fürchtete ich, dass gleich ein großes Johlen einsetzen würde, dass man mich auslachen, beschimpfen oder tatsächlich mit irgendwas bewerfen würde. Doch die Blicke der Schüler waren überhaupt nicht angriffslustig oder bedrohlich. Stattdessen schauten mich die meisten an, als wäre ich ihnen mindestens genauso unheimlich wie sie mir. Und das beruhigte mich schon fast wieder ein bisschen.

In der zweiten Reihe hob sich schüchtern eine Hand.

«Ja?», fragte ich das blonde Mädchen, dem sie gehörte.

«Sie sehen gar nicht aus wie ein Schwuler», sagte sie schüchtern und machte meinen Tag damit noch ein kleines bisschen weniger schlimm.

«Wie sehen Schwule denn aus?», fragte ich.

«Wie Clemens!», rief es irgendwo von hinten links, und jetzt kicherten doch ein paar, was Frau Wilmendorfer mit einem ungnädigen Zischen quittierte.

«Wer ist Clemens?», wollte ich wissen.

«Der da», rief ein anderes Mädchen und zeigte mit dem Finger auf einen schmächtigen Jungen in der dritten Bankreihe, der sich offensichtlich gerade wünschte, irgendwo anders zu sein.

Scheiße!, dachte ich. *Der sieht wirklich aus wie einer.* Ich überlegte fieberhaft, was ich jetzt tun sollte. Anna hatte mir aufgetragen, zum Einstieg eine kleine Klischeesammlung zu machen. Also die Kinder alles aufzählen zu lassen, was sie für typisch schwul hielten, und das an die Tafel zu schreiben, um es nachher Punkt für Punkt auseinanderzunehmen. Einen Selbstläufer hatte sie es genannt. Am Arsch! Mir war klar, dass mindestens jeder zweite Beitrag einen Bezug zu Clemens hätte, wenn ich jetzt anfangen würde, dieses Spiel zu spielen. Und das konnte ich ihm nicht antun. Er sah nämlich jetzt schon aus, als müsste er gleich weinen. Ich konnte ihn gut verstehen.

«Es gibt wissenschaftliche Studien, die ganz klar belegen, dass über achtzig Prozent aller homosexuellen Männer nicht als solche erkannt werden», sagte ich. «Weil sie nämlich nicht so aussehen, wie die Mehrheit sich einen typischen Schwulen vorstellt.» Das war komplett ausgedacht. Die ganzen Zahlen, die Anna mir am Telefon um die Ohren gehauen hatte, hatte ich nämlich eine Minute später schon wieder vergessen. «Und von den zwanzig Prozent, die angeblich aussehen wie Homosexuelle, sind es mehr als die Hälfte gar nicht», schob ich hinterher. Allgemeines Schweigen. Nur Frau Wilmendorfer putzte sich die Nase. «Ich will mit euch aber nicht darüber reden, warum manche Schwule schwul aussehen und andere nicht. Ich will von euch wissen, warum das schlimm sein sollte.»

«Es ist nicht *schlimm*», sagte die Lehrerin schnell, «darüber haben wir ja schon gesprochen.»

«Also ist es ganz normal?», fragte ich. Jetzt verzog sie leidend das Gesicht und bereute es offenbar, sich so leichtfertig aus der Deckung gewagt zu haben. Ich deutete das als ein Nein. «Warum ist es eurer Meinung nach nicht normal?», fragte ich in die Runde.

«Weil Schwule eklig sind», rief es wieder von hinten links. Dort saß offensichtlich das Alphamännchen der Klasse, das mich jetzt provozierend ansah.

«Warum?», fragte ich.

«Weil die sich auf der Straße küssen», sekundierte ein dralles Mädchen mit *Bitch Face*, das offenbar beim Alpha Eindruck machen wollte.

Ich würde das niemals tun, dachte ich, *und zwar weil ich Angst vor den Kommentaren genau solcher Dumpfbacken wie dir hätte*. Aber das sagte ich nicht. «Machen alle anderen auch, oder?», fragte ich stattdessen.

«Aber da ist es halt nicht eklig», ging das *Bitch Face* argumentativ aufs Ganze.

Ich seufzte. «Ich weiß ja nicht, wie deine Eltern aussehen», sagte ich dann, «aber ich kann mir sehr gut vorstellen, dass ich denen auch nicht unbedingt beim Knutschen zugucken will. Und trotzdem bin ich voll dafür, dass die das dürfen.» Ein Raunen ging durch die Klasse, und Frau Wilmendorfer begann, sich hektisch eine Notiz zu machen. «Okay», sagte ich schnell. «Zeit für ein Rollenspiel.»

Ich wartete, bis alle Tische an die Seiten geschoben waren, dann teilte ich die Schüler scheinbar wahllos in Dreiergruppen auf. Ich achtete aber darauf, dass ich Clemens mit den beiden am harmlosesten aussehenden Mädels zusammensteckte. Die nächste halbe Stunde ließ ich sie Coming-out-Situationen durchspielen, und zwar der Reihe nach bei ihren Eltern, vor Freunden und am Arbeitsplatz. Dabei lief ich zwischen den Gruppen hin und her und beobachtete überrascht und zufrieden, dass die meisten ihre Aufgabe wirklich ernst nahmen und es schafften, sich richtig in die Rollen einzufühlen.

«Ganz schön blöd, wenn man abgelehnt wird für etwas, wofür man gar nichts kann, oder?», fragte ich am Ende und erntete hier und da tatsächlich zaghaftes Nicken. «Okay», sagte ich nach einem Blick auf die Uhr. «Dann kommen wir jetzt noch zu euren Fragen.» Wie von Anna aufgetragen, hatte ich der Klasse in der kleinen Pause die Möglichkeit gegeben, anonym Fragen auf Zettel zu schreiben und die auf dem Lehrerpult zu sammeln. Ich faltete den ersten auseinander und las vor: «Willst du mir einen blasen?» Wieder gab es hier und da Gekicher. «Wie alt seid ihr?», fragte ich.

«Vierzehn», sagte ein pickeliger Junge, der zuvor im Rollenspiel einen überraschend verständnisvollen Vater abgegeben hatte.

«Dann nein», antwortete ich. Ich nahm den nächsten Zettel vom Tisch: «Was ist *Fisting*?»

Zwanzig Minuten später hatte ich unter anderem zu erklären versucht, warum Schwule so gerne Tanktops trugen, was die Begriffe *Top* und *Bottom* bedeuteten, und ich hatte bestätigt, dass sich nicht alle von uns gerne wie Frauen schminkten. Als ich den letzten Zettel auffaltete, erkannte ich auf den ersten Blick, dass den nur Frau Wilmendorfer geschrieben haben konnte, und zwar schon allein an der Schrift. «Warum wollen homosexuelle Menschen unbedingt heiraten dürfen?», las ich vor. Ich lächelte kurz, weil Anna mich darauf vorbereitet hatte, dass diese Frage mit Sicherheit kommen würde. Und glücklicherweise hatte ich mir ihre nach dem neuesten pädagogischen Stand ausgearbeitete Musterantwort tatsächlich gemerkt. Die war nämlich gut.

Ich schaute kurz in die Runde, doch es fühlte sich keiner genötigt, einen witzigen Kommentar abzulassen. Also tat ich so, als müsste ich kurz nachdenken, und sagte dann: «Wie die Frage schon andeutet, wollen ja gar nicht unbedingt alle Homosexuellen heiraten, das ist wie bei heterosexuellen Menschen auch. Aber genau wie die Heterosexuellen wollen wir es dürfen. Und ich bin der Meinung, dass in einer offenen Gesellschaft wie unserer derjenige die Argumente braucht, der etwas verbieten will. Und nicht der, der etwas erlauben möchte.» Ich blickte in die Runde und meinte tatsächlich sehen zu können, wie in ein paar Köpfen etwas ratterte. «Also», fuhr ich fort, «was könnte man dagegen einwenden? Frau Wilmendorfer zum Beispiel, was fällt Ihnen da so ein?» Es befriedigte mich zu sehen, wie sie erschrocken zusammenzuckte und dann überrumpelt nach einer Antwort suchte.

«Gott hat die Ehe für Mann und Frau geschaffen», startete sie einen mauen und vor allem vorhersehbaren Versuch.

«Mir reicht das Standesamt», antwortete ich und lächelte. «Und das ist konfessionslos.»

«Aber ist es nicht so», fragte sie nun, «dass die klassische Ehe zwischen Mann und Frau entwertet wird, wenn auf einmal… jeder heiraten darf?»

«Haben Sie schon einmal an einer Wahl teilgenommen?», fragte ich sie, anstatt ihr zu antworten. Sie sah mich irritiert an. «Haben Sie schon einmal ihre Stimme abgegeben», präzisierte ich also, «zum Beispiel bei einer Bundestagswahl?»

«Natürlich», gab sie zurück.

«Dann finden Sie es richtig, dass Sie als Frau wählen dürfen?» Sie biss sich auf die Unterlippe, weil sie ahnte, dass sie in irgendeine Falle getappt war, aus der sie wahrscheinlich nicht mehr herauskommen würde. Uns Schwulen war aber auch einfach nicht über den Weg zu trauen. «Das Frauenwahlrecht gibt es in Deutschland seit fast genau einhundert Jahren», informierte ich nun mehr die Klasse als Frau Wilmendorfer, weil die das wahrscheinlich schon wusste. «Und nun versetzt euch mal in diese Zeit zurück und stellt euch vor, wir würden hier darüber diskutieren, ob wir das einführen wollen oder nicht. Und jetzt komme ich und sage den Damen unter euch, dass es meine Stimme als Mann entwerten würde, wenn ihr ab sofort auch wählen dürftet.» Nun sah ich wieder Frau Wilmendorfer an. «Wäre das logisch für euch?» Der blanke Hass, mit dem die Alte mich anstarrte, war die schönste Antwort, die ich mir hätte wünschen können. Ich lächelte, während die Klingel die Doppelstunde beendete und mich damit erlöste. Ich konnte nach Hause gehen. Aber Clemens musste hierbleiben. Deshalb wollte ich noch eine Sache loswerden. «Irgendwann werdet ihr alle mal in Situationen kommen, in denen euch irgendjemand sagen will, dass ihr nicht *normal* seid, was auch immer das bedeuten soll», sagte ich in die wachsende Unruhe, weil manche der Schüler schon aufstanden. «Und ich möchte, dass ihr euch dann eines klarmacht: Ihr seid freie Menschen. Und ihr seid auch nicht dumm. Also beleidigt euch nicht selbst, indem ihr versucht, euch zu verstellen, nur damit ihr irgendjemandem besser gefallt, in Ordnung?» Ich bemühte mich, nicht allzu offensichtlich Clemens anzuschauen, doch ich konnte sehen, wie er vorsichtig nickte. «Und ich weiß, dass das klingt wie eine Binsenweisheit», fuhr ich fort. «Aber glaubt mir, das ist das Wichtigste, was ihr je lernen werdet.»

Ich wünschte allen noch einen schönen Tag, bedankte mich für den zaghaften Applaus und verkniff mir gerade noch, zum Abschied die *Born-this-way*-Kralle in die Höhe zu recken. Dann verließ ich das

Zimmer, noch bevor sich Frau Wilmendorfer aus ihrem viel zu niedrigen Stuhl gekämpft hatte.

Als ich aus dem Gebäude trat, war ich stolz auf mich, und ich verspürte ein richtiges Hochgefühl, fast wie nach dem allerersten Sprung vom Zehnmeterbrett. Ich machte mich auf den Weg zur nächsten Bahnstation, und als ich gerade ein paar Schritte gelaufen war, musste ich plötzlich lachen. Denn mir war der Gedanke gekommen, dass ich an diesem Tag vielleicht den ersten Schritt getan hatte, endlich ein guter Schwuler zu werden.

Abends gingen Emilie und ich Pizza essen, und nachdem ich ihr dabei von all meinen Erlebnissen des Tages berichtet hatte, schauten wir auf dem Heimweg noch auf dem Friedhof hinter meinem Haus vorbei. Wir hatten uns angewöhnt, bei jedem ihrer Berlinbesuche eine Weile am Grab der Gebrüder Grimm zu sitzen und uns eins oder zwei ihrer Märchen vorzulesen. Das war Emilies Idee gewesen, um mir die Angst vor den ganzen Leichen in meinem Garten zu nehmen. Und erstaunlicherweise hat es tatsächlich funktioniert.

Weil es so ein schöner und warmer Frühlingsabend war, setzten wir uns danach noch auf den Sockel einer großen und unfassbar kitschigen Engelsstatue und blickten schweigend über die Gräberreihen des sanft abfallenden Geländes.

«Ich hab uns was mitgebracht», sagte Emilie nach ein paar Minuten und zog eine Fantaflasche aus ihrem Turnbeutel, die mit einer trüben rosafarbenen Flüssigkeit gefüllt war.

«Nicht dein Ernst, oder?», rief ich bei dem Anblick und lachte.

«Hab ich vorhin schnell angerührt, als du duschen warst», grinste sie stolz und hielt mir die Flasche entgegen. Es war ihre Spezialmischung aus Grapefruitsaft, Fanta, Korn und rotem Brausepulver, mit der wir uns als Vierzehnjährige unseren allerersten Rausch angetrunken hatten. «Warst ja wieder in der Schule heute.»

«Oh Gott!» Ich verzog das Gesicht, nachdem ich einen Schluck getrunken hatte. «Das schmeckt echt noch genauso eklig, wie ich es in Erinnerung hatte.»

«Das ist ein Tonikum», entgegnete sie, bevor sie selbst einen großen Schluck nahm. «Was ein bisschen komisch daran schmeckt, ist seine Zauberkraft.»

«Fang du nicht auch noch an», sagte ich. «Ich hab heute schon genug wilde Geschichten gehört.»

Seit sie zwei Stunden zuvor endlich nach Hause gekommen war, hatten wir nicht über unsere Begegnung mit der fleischlichen Hülle von Tamara Testicles gesprochen. Aber mir war klar, dass Emilie darauf wartete, dass ich noch einmal etwas dazu sagte. Und mich entschuldigte, weil ich ihr meine Entdeckung so lange verheimlicht hatte.

«Weißt du, *Honey*», sagte sie nach einem weiteren Schluck von ihrem Gebräu, «ich bin ja nicht blöd. Ich weiß schon, dass man ihr höchstens die Hälfte glauben kann von dem, was sie erzählt. Aber was ich sicher weiß, ist, dass man sich immer auf ihn verlassen kann. Er hat mich noch nie verarscht, wenn es darauf ankam. Oder mir etwas verheimlicht.» Während ihrer letzten Worte hatte sie mich streng von der Seite angeschaut.

«Du bist sauer auf mich, oder?», fragte ich.

Doch sie reichte mir die Flasche rüber und wuschelte mir durch die Haare. «Ich war es für fünf Minuten. Aber ich kann dich auch verstehen.» Ein paar Sekunden war sie still. Dann sagte sie: «Danke, dass du mich heute zu ihm gebracht hast.» Ich nickte, und für eine Weile sahen wir uns grinsend in die Augen. Dann verpasste sie mir einen Fausthieb gegen die Schulter und sagte: «Und jetzt trink.»

Ich tat es und stellte wieder einmal fest, dass das Zeug mit jedem Schluck besser wurde. «Ich geb's ja wirklich nicht gerne zu», sagte ich dann, «aber zumindest die Sache mit ihrer Aufführung in diesem Theater ist tatsächlich wahr.» Das hatte ich am Nachmittag ergoogelt, und meine Französischkenntnisse hatten gerade noch ausgereicht, um eine überraschend euphorische Zeitungskritik zumindest in groben Zügen zu verstehen. «Er hat sich eine Art Remake von *Priscilla* –

Königin der Wüste ausgedacht. Nur dass bei ihm drei französische Tunten in einem Kleinbus durch die syrische Wüste gefahren sind, um gegen den IS zu kämpfen.»

«Ich weiß.» Emilie schüttelte grinsend den Kopf. «Er hat mir noch Fotos gezeigt, nachdem du weg warst. *Allahu Akbar, Chérie* hat er das Stück genannt.»

«Glaubst du ihm die Geschichte mit seiner Mutter?», fragte ich.

Sie seufzte und zuckte mit den Schultern. Doch dann lächelte sie wieder. «Na ja, auf einer metaphysisch-metaphorischen Ebene vielleicht.»

Ich nahm noch einen Schluck und ließ meinen Blick über die opulenten Familiengrüfte links von uns schweifen, an denen gerade eine Gruppe Zwanzigjähriger vorbeischlenderte. Ich musste an das Versprechen denken, das ich meiner Mutter gegeben hatte. Und ich hoffte, dass es noch lange dauern würde, bis ich es irgendwann einlösen müsste. «Würdest du überhaupt wollen, dass jemand bei dir ist, wenn du stirbst?», fragte ich. «Ich meine, das ist doch echt auch was ziemlich Privates, oder?»

«Ich glaube eigentlich auch, dass das ein bisschen so wäre, wie wenn mir einer auf dem Klo zuguckt», stimmte Emilie zu.

«Da bin ich aber froh», sagte ich. «Dann muss ich zumindest nicht auch noch dein Händchen halten, wenn es mal so weit ist.»

Wieder verpasste sie mir einen Fausthieb und nahm mir danach die Flasche ab. «Als ob ich vor dir dran wäre. Kannst froh sein, dass ich überhaupt aus einer Flasche mit dir trinke, bei deinem Lebenswandel.»

«Ich muss dich wohl mal wieder daran erinnern, dass du die Erste von uns beiden mit einer Geschlechtskrankheit warst.»

«Drüsenfieber zählt nicht», sagte sie bestimmt. «Das kann man sich auch im Freibad holen.»

«Je nachdem, mit wem man dort hinter den Umkleiden rumknutscht, während ich deine Mutter ablenken muss.»

Die Zwanzigjährigen waren jetzt an uns vorbeigelaufen und hatten das erste der Aids-Gräber entdeckt.

«Iiih!», rief einer von ihnen. «Besser nix anfassen, Leute!» Sie lachten.

«Ey, wusstet ihr, dass der Thomas schwul ist?», fragte eine andere.

«Was?», rief ein Dritter entsetzt. «Vor dem hab ich gestern noch gepisst!»

Ich wartete, bis sie weitergelaufen waren. Dann sah ich Emilie an. «Glaubst du, dass es jemals normal sein wird?», fragte ich leise. «Ich meine, so, dass es nicht mal mehr ein Grund zum Kichern ist?»

«Wollt ihr das denn?», fragte sie.

«Ich schon.»

«Dann trink», sagte sie und hielt mir die Flasche entgegen. «Und wünsch es dir.»

Wir blieben noch sitzen, bis es komplett dunkel geworden war und Emilie im Schein des Vollmonds die letzten Schlucke ihres Zauberwassers trank. Wie schon zehn Jahre zuvor hatte sie den Korn nicht gerade sparsam dosiert, deshalb hatten wir jetzt beide ziemlich einen sitzen.

«Lass uns nach Hause gehen», sagte ich und legte meinen Kopf auf ihre Schulter. «Langsam fange ich an zu frieren. Und sich für dreißig Kackbratzen zum Vorzeigehomo zu machen, macht auch echt müde.»

«War ein schöner Abend mit dir», sagte sie leise und tätschelte mir die Stirn.

«Gleichfalls», antwortete ich. «Ich würde dich ja noch fragen, wie es dir geht. Aber ich weiß nicht, ob du mir darauf antworten willst.»

«Keine Sorge, *Honey*. Mir geht's gut. Jetzt gerade geht's mir sogar sehr gut.» Sie machte eine Pause, bevor sie plötzlich breit zu grinsen anfing. «Aber ich weiß, wem von uns drei Hübschen hier noch was fehlt zum Glück.» Sie schaute an der barocken Engelsstatue hoch, auf deren Sockel wir saßen. Dann ließ sie ihren Blick wieder nach unten wandern, bis er bei den nackten Marmorfüßen ankam, die unter dem wallenden Gewand hervorlugten. «Scharfes Outfit, oder?», fragte sie, und ich zuckte unsicher mit den Schultern, weil ich nicht wusste, worauf sie hinauswollte. «Und zum Glück habe ich das Einzige dabei, was unserem Freund noch fehlt zur Perfektion.» Sie kramte kurz in ihrem Beutel und zog danach zuerst ihre Brille und dann ein Fläschchen pinken Nagellack von Dior heraus. «Den hat Hugo mir geschenkt», sagte sie nicht ohne Stolz.

«Lass den Scheiß!», rief ich, als ich endlich kapierte, was sie vorhatte.

«Schhhht», machte sie. «Bevor Gott uns noch hört.»

Dann setzte sie sich die Brille auf und begann mit voller Konzentration, jeden einzelnen der zehn marmornen Fußnägel zu lackieren.

«Hält das überhaupt?», fragte ich.

«Mach dir lieber Gedanken, ob es jemals wieder abgeht.» Ich schüttelte den Kopf und sah mich vorsichtshalber um, ob uns irgendjemand beobachtete. Doch inzwischen waren wir die letzten auf dem Gelände. «So», sagte sie, als sie fertig war und zufrieden ihr Werk betrachtete. «Und jetzt noch ein Foto. Mit dir.»

Ich stöhnte «Muss das sein?»

«Muss es.» Sie stand auf und ging zwei Schritte nach vorne. Dann drehte sie sich um und zückte ihr Handy. «Kannst du ihm die Füße küssen, *Honey*?», fragte sie. «Aber nicht die Nägel. Sonst hast du pinke Lippen.» Sie kicherte

«Manchmal frage ich mich, ob wir jemals erwachsen werden», sagte ich, während ich mich nach unten beugte.

«Ich hoffe nicht!», antwortete sie bestimmt. Sie schoss ein paar Fotos und setzte sich dann wieder zu mir. «Erwachsen sein ist nämlich scheiße. Da passiert in deinem Leben nur noch dann was Aufregendes, wenn dein Kind Scheiße baut, dein Mann dich betrügt oder du ganz schnell einen Heimplatz für deine Eltern brauchst.»

«Also gut», sagte ich, weil ich das absolut einleuchtend fand. «Dann gehen wir jetzt nach Hause und stoßen aufs Niemals-erwachsen-Werden an.»

Sie strahlte. «Und darauf, dass wir immer so bleiben, wie wir sind.»

Ein halbes Jahr später war sie schwanger.

n Filmen wohnen Schwule ja meistens in Apartments, in denen sich die Muster der Dessertteller auf den Handtüchern im Gästebad wiederholen und wo die Farbe der Couch die Rötungen im Gesicht ihres Besitzers kaschiert. Solche Wohnungen gibt es auch wirklich, zum Beispiel die von Alexander. Die Einrichtung bei den meisten Schwulen, die ich kenne, ist aber echt ziemlich normal. Und dann ist da natürlich noch Gabriel. In dessen Bude in Ottensen sieht es immer noch aus wie vor zehn Jahren, als ich ihn zum ersten Mal dort besucht habe. Und das war schon damals nicht schön.

«Sag mal, Gabriel, willst du dir nicht vielleicht wenigstens 'ne neue Couch kaufen?», frage ich, während ich meine mitgebrachten Pfirsiche in seine verstaubte Obstschale lege, weil ja sonst keiner auf seine Ernährung achtet. Ich habe extra einen früheren Zug genommen, um bei ihm vorbeischauen zu können, bevor ich zu Emilie fahre. Und mit ihr ausdiskutiere, ob ich mir ihr Kind andrehen lasse. «Ich meine, du verdienst doch jetzt. Da kann man es sich doch auch ein bisschen schön machen.»

«Ich find's schön genug», brummt Gabriel, der offenbar keinen Grund sieht, sein Fachbuch wegzulegen, nur weil ich gerade zum ersten Mal seit Monaten bei ihm aufgekreuzt bin.

Also lasse ich mich auf das schrottreife Sofa fallen, um mir in Ruhe anzuschauen, wie er da konzentriert am Schreibtisch sitzt. Und auf einmal wird es ganz warm in meinem Bauch, weil ich daran denken muss, dass ich früher ständig hier war und wir dann immer genauso dasaßen wie jetzt. Auch wenn wir eigentlich nie viel geredet haben, weil er immer mit Schlausein und ich mit Fernsehen beschäftigt war, waren es schöne Abende. Doch dann gesellt sich zu dem warmen Gefühl in meinem Magen plötzlich ein seltsames Zwicken, weil mir auf einmal klar wird, dass diese Zeit endgültig vorbei ist. Als die Dinge noch einfacher waren. Und als ich nach Lust und Laune hier reinschneien und Gabriel mit Radiergummikügelchen bewerfen konnte, bis er endlich seine Bücher weglegte und mich leidgeprüft fragte, was ich auf dem Herzen hatte.

Inzwischen komme ich nur noch selten nach Hamburg, und wenn ich gerade mal da bin, ist Gabriel meistens in London. Ich bin mir sowieso ziemlich sicher, dass er bald ganz dorthin ziehen wird. Und zwar nicht nur, weil die am King's College immer noch ganz begeistert von ihm sind und ihn dort zu einer Art pfälzischem Sloterdijk aufbauen wollen, nur ohne das Nazigefasel. Sondern vor allem, weil er und Shaun seit tatsächlich anderthalb Jahren ein Paar sind. Und auch wenn er manchmal den Eindruck macht, als wäre er immer noch ein bisschen erschrocken über alles, was ihm da widerfahren ist, bin ich mir sicher, dass Gabriel glücklich ist. Und das freut mich fast genauso sehr, wie es mich traurig macht, dass wir uns bald wahrscheinlich noch weniger sehen werden als in den letzten Jahren.

«Wie geht's deinem Freund?», frage ich.

«Gut. Kommt morgen angeflogen. Wenn du dann noch hier bist, können wir was machen.»

Was machen. Mit sowas hat Gabriel auch erst durch Shaun angefangen.

«Mal schauen», sage ich. «Ich bin noch da, aber vielleicht werde ich die ganze Zeit bei Emilie sein.» Wir haben nämlich einiges zu besprechen.

Eine Weile schaue ich einfach still auf den ausgeschalteten Fernseher und mache mir Gedanken. Dann dreht er sich doch noch zu mir um. «Na los, Prinzessin. Was hast du auf der Seele?»

«Kannst du dir mich als Vater vorstellen?», frage ich, ohne zu zögern.

Wie immer, wenn ich mit einem Problem dieses Ausmaßes zu ihm komme, reagiert Gabriel so wenig überrascht, dass ich mir nicht sicher bin, ob er die Frage nicht versteht oder ob er sie schon seit Jahren erwartet hat.

«Hast es versehentlich mit so einem Transgender getrieben», antwortet er und nickt dabei verständnisvoll. Es ist also eine Mischung aus beidem.

«Nein, du Schlaumeier! Aber Emilie ist ganz schön schwanger, falls du dich erinnerst. Und sie ist auf der Suche nach einem Vater für ihr Kind.»

«Und warum sucht sie dann nicht da, wo sie ihn zuletzt gesehen hat?»

«Tja», sage ich. «Gute Frage.» In den letzten Tagen habe ich mir schon ausgemalt, dass es wahrscheinlich auf einer ihrer eigenen Sexpartys passiert ist. Und sie deshalb bisher nichts über den Vater erzählt hat, weil sie den in der Dunkelheit gar nicht zu Gesicht bekommen hat. Oder weil gleich vier verschiedene Typen infrage kommen. Das ist genau das Problem, wenn Heteros plötzlich so pervers sein wollen wie wir Schwulen. Die kriegen es einfach nicht hin, weil ihnen die Übung fehlt. Und dann wundern sie sich am Schluss, wenn es ein einziges Chaos gibt.

«Eines kann ich dir sagen, Prinzessin», brummt Gabriel nach reiflicher Überlegung. «Wenn ich an meinen Vater denke und an deinen und an den von Hugo, bin ich mir sicher, dass du es zumindest nicht schlechter machen wirst.»

«Du bist dir *sicher*?» Ich lächle, weil gerade er mir sonst immer vorbetet, dass man sich eigentlich bei gar nichts sicher sein kann.

Er überlegt noch einmal kurz. Dann legt er bedächtig seine Fingerspitzen aufeinander und sagt in einem Tonfall, als wäre er von sich selbst überrascht: «Ja, ich bin sicher.»

Ein paar Stunden später hole ich Emilie vor ihrem neuen Büro ab.

«Müsstest du nicht längst im Mutterschutz oder so sein?», frage ich, während sie mir schwerfällig entgegenwatschelt.

«Ich gehe ja nur noch alle paar Tage kurz nach dem Rechten sehen», antwortet sie. «Aber meine Dildos produzieren sich eben nicht von alleine.»

Kurz bevor sie schwanger wurde, hat Emilie noch angefangen, ihre neueste Geschäftsidee hochzuziehen. Weil allein die inzwischen sieben Freudenhäuser ihres Vaters einen echt beträchtlichen Verbrauch an Kondomen, Gleitgel und diversen Sexspielzeugen haben, ist sie in ihrer damals noch neuen Funktion als Controllerin schnell auf den Trichter gekommen, dass man das ganze Zeug ja auch direkt in China bestellen könnte, anstatt es teuer bei irgendwelchen Großhändlern einzukaufen. Und weil das tatsächlich gut funktionierte, ist sie nun im nächsten Schritt dabei, eine eigene Kollektion an Lustförderern für die moderne Frau von heute produzieren zu lassen, die sie unter einer eigenen Marke vertreiben will.

«Oh, übrigens», sagt sie und hält mir stolz eine Tüte entgegen. «Für dich, zum Testen. Nur nicht gleich heute Nacht in meiner Wohnung bitte.» Ich nehme ihr die Tasche ab, greife hinein und ziehe einen hochwertigen weißen Karton heraus, der aussieht, als befände sich darin eine teure Vase. HUGO steht in mintgrüner Schnörkelschrift auf der Verpackung. «Ein Prototyp», sagt sie und schaut mich vielsagend an.

«Sag mir bitte nicht, dass das…» Ich traue mich gar nicht, es auszusprechen.

Doch sie nickt. «Du wolltest ja nicht für mich Modell *stehen*», antwortet sie schulterzuckend und unterdrückt das Kichern über ihren gelungenen Wortwitz.

«Igitt!», rufe ich und lasse den Karton schnell wieder in die Tüte fallen. Den werde ich sicher nicht testen. Ich werde ihn mir nicht einmal anschauen.

Emilie grinst. «Du bist echt ein Mädchen, *Honey*», sagt sie.

«Bin ich nicht!» Ich hebe die linke Hand, woraufhin fünf Sekunden später ein Taxi neben uns hält. Meine einzige echte Superkraft. «Ich bin ein stolzer schwuler Mann, der sich nicht dafür schämt, dass er sich nicht alles hinten reinschiebt», sage ich noch schnell und öffne dann erst die Autotür. Denn man muss es ja auch nicht übertreiben mit dem Stolz.

Vor acht Monaten und zehn Tagen hat Emilie etwas getan, was sie sonst nie tut: Sie ist alleine auf ein Konzert gegangen. Im Gegensatz zu mir ist Emilie nicht besonders gut im Alleinsein. Und an diesem verregneten Oktoberabend fühlte sie sich ganz besonders einsam. Kurz davor hatte sie mal wieder mit irgendeinem Kerl Schluss gemacht, saß nun zu Hause und war damit beschäftigt, alles zu hassen, vor allem aber ihre hypermoderne Bonzenwohnung in der Hafencity. Der Nachteil an bodentiefen Panoramafenstern ist nämlich: Wenn da richtig der Regen dagegenhaut, kann man machen, was man will, es fühlt sich einfach an, als säße man selbst draußen und würde pitschnass. (Andererseits hätte sie natürlich auch einfach die Jalousien runterlassen und sich zum offenen Kamin drehen können. Doch zu den vielen Dingen, die wir gemeinsam haben, zählt leider auch unsere Unfähigkeit, etwas zu ignorieren, das uns wirklich auf die Nerven geht.)

Irgendwann hatte sie jedenfalls keine Lust mehr, hasserfüllt in den Sturm hinauszustarren, also entschied sie, dass sie an diesem Abend nicht alleine sein wollte. Weil aber weder ihr Vater noch ihre zwei am wenigsten nervigen Ballettfreundinnen Zeit hatten, zog sie sich kurz entschlossen ihre schwarze Lederjacke an und schnappte sich die beiden Konzertkarten, mit denen sie eigentlich ihren Typen hatte überraschen wollen. Aber der war ja nun nicht mehr ihr Typ.

SUCHE TICKET BITTE! stand verwaschen auf dem Pappschild des schlaksigen Kerls, der als Einziger komplett durchnässt im strömenden Regen stand, weil er nicht mehr zu den anderen unter das Vordach der Großen Freiheit gepasst hatte. Und Emilie ging direkt auf ihn zu, weil sie ihn einfach zu bemitleidenswert fand. Und ein kleines bisschen süß.

«Was bezahlst du denn?», fragte sie und hielt ihren Schirm dabei so, dass der Junge zumindest zur Hälfte mit drunter passte.

«*Sorry?*», entgegnete der aber nur und lächelte dabei auf eine so entwaffnend schüchterne Art, dass es ihr sofort ganz warm ums Herz wurde. Und das wunderte sie, weil sich sonst eher ein anderer Körperteil von ihr meldete, wenn sie einen Mann gut fand.

Kurz lächelte sie deshalb über sich selbst, dann antwortete sie: «*Never mind.*» Sie zog eines der beiden Tickets aus ihrer Jacke, drückte es ihm in die Hand und sagte: «Viel Spaß.» Kurz schaute sie ihm noch in seine staunenden Augen, doch bevor er etwas erwidern konnte, drehte sie sich schon weg und rannte durch den Regen Richtung Eingang.

«*I was looking for you*», rief er eine halbe Stunde später, als er plötzlich neben ihr stand und ihr eine Flasche Astra entgegenstreckte.

«*And I was waiting*», antwortete Emilie und nahm ihm das Bier ab. Da hatte gerade die Vorband angefangen zu spielen.

Sie prosteten sich zu und versuchten, über den Lärm hinweg ein paar Sätze zu wechseln. Doch sie merkte schnell, dass ihr schüchterner Junge nicht besonders gut Englisch konnte. Also standen sie die meiste Zeit einfach nebeneinander, bewegten sich sanft zur Musik und streiften dabei ganz zufällig immer wieder den Körper des anderen.

Als das Konzert zu Ende war, hatte sie immerhin in Erfahrung gebracht, dass ihr neuer Freund Jakub hieß und irgendwas mit Biologie studierte. Und dass er sich mittags kurz entschlossen ins Auto gesetzt hatte und fünf Stunden von Polen nach Hamburg gefahren war, nachdem er beim Frühstück gelesen hatte, wer an diesem Abend dort spielen würde.

Inzwischen hatte es aufgehört zu regnen, also spazierten die beiden die Reeperbahn entlang, und Emilie erzählte ihm ein paar Dinge über ihre Stadt, auch wenn sie nicht sicher war, ob er alles verstand. Darauf kam es ihr aber auch gar nicht an. Kurz vor Mitternacht begann es wieder zu regnen, also flüchteten sie in die nächste U-Bahnstation, und Emilie erklärte Jakub mithilfe des großen Plans an der Wand, wie er zurück in sein Hostel kommen würde. Weil der aber auf einmal wieder so verloren aussah wie Stunden zuvor mit seinem Pappschild in der Hand und weil Emilie sowieso grob in dieselbe Richtung musste, stieg sie einfach mit ihm in die nächste Bahn.

Und zehn Minuten später tat sie zum zweiten Mal an diesem Abend etwas, was sie sonst eigentlich nie tat: Sie wagte sich aus ihrer Deckung. Nachdem sie während der ganzen Fahrt geschwiegen und sich immer wieder ein kleines bisschen zu lange angeschaut hatten, nahm sie all ihren Mut zusammen und sagte in ganz langsamem Englisch, damit er sie auch verstand: «Okay, hör gut zu, die nächste Station ist meine. Da steige ich aus, weil ich eigentlich nach Hause muss. Aber wenn du nur ein Wort sagst, bleibe ich einfach sitzen. Und wir fahren noch ein bisschen zusammen.»

Sie hielt die Luft an und wartete darauf, dass er endlich den Mund aufmachen würde, doch Jakub erwiderte nichts. Stattdessen legte er seine warme Hand auf ihre. Dann lächelte er. Und drehte sich zu ihr, um sie zu küssen.

«Der hatte so weiche Lippen, Felix. Fast wie ein Mädchen», sagt sie wehmütig und beugt sich umständlich nach vorne, um ihren leeren Nudelteller auf den Wohnzimmertisch zu stellen.

«Aber irgendwas an ihm muss ja trotzdem noch hart geworden sein», antworte ich mit Blick auf ihren Bauch.

«Du bist echt ein Idiot!», motzt sie und setzt sich wieder aufrecht hin.

«Was habt ihr dann gemacht?»

«Na ja, wir sind zu ihm ins Hostel gefahren. Er war in einem Sechserzimmer, aber außer seinem Bett war zum Glück keines belegt. Also haben wir ein paar von den anderen Bettdecken auf dem Boden ausgebreitet und uns draufgesetzt. In der Bahnstation hatte er uns noch Salzbrezeln und Rotwein gekauft. Und er fand es echt ziemlich cool, wie ich den Korken einfach in die Flasche reingedrückt habe, damit wir überhaupt daraus trinken konnten.» Sie grinst. «Irgendwie war das alles neu für mich, weißt du? Ich meine, es war total klar, wie das mit uns ausgehen würde an dem Abend. Aber trotzdem haben wir es geschafft, so zu tun, als ob es das nicht wäre. Es war irgendwie unschuldig. Weil er noch so unschuldig war.»

«Wie alt war er denn?», frage ich.

«Zwanzig vielleicht?», sagt sie und schaut mich entschuldigend dabei an.

«Du warst aber nicht sein erstes Mal, oder?»

«Darüber haben wir nicht geredet. Aber ... er war auf jeden Fall sehr aufgeregt.»

Ich schüttele grinsend den Kopf. «Ist aber auch irgendwie eine süße Vorstellung», sage ich dann. «Der wird sich sein Leben lang daran erinnern, wie er für eine Nacht nach Hamburg gefahren ist, wo ihm eine reifere Frau zuerst ein Konzertticket geschenkt und ihm dann im Tausch seine Unschuld genommen hat.»

«Du kannst mich mal!», ruft Emilie und wirft ein Kissen nach mir. «Reifere Frau, ich glaub, es hackt.»

«Wie ging es dann weiter?»

«Na ja, ich hab bei ihm übernachtet. Und ich habe wirklich verdammt gut geschlafen in dieser Nacht. Morgens hab ich im Halbschlaf mitbekommen, dass er aufgestanden ist, aber ich hab mich noch mal umgedreht, weil ich dachte, er geht aufs Klo oder so. Aber als ich dann das nächste Mal wach geworden bin, waren er und seine Tasche verschwunden.»

«So ein Wichser», brumme ich, doch Emilie schüttelt den Kopf.

«Auf unserer Picknickdecke lag ein Croissant für mich. Und daneben stand ein Pappbecher mit lauwarmem Kaffee.» Sie zögert kurz. «Und da war noch ein Zettel. Mit einem Herzchen drauf. Und einer polnischen Handynummer.»

«Und?», frage ich aufgeregt.

«Was, und?»

«Hast du ihn angerufen?»

Sie schüttelt den Kopf. «Ich hab den Zettel dortgelassen.»

«Das ist nicht dein Ernst!», rufe ich.

«Ich sag dir mal was, *Honey*», gibt Emilie ebenso laut zurück. «An dem Morgen hatte ich ja noch keine Ahnung, dass bei der ganzen Sache das hier passiert ist.» Sie zeigt auf ihren Bauch. «Und ganz im Ernst, der Junge war großartig. Und ich hatte mich sogar ein kleines bisschen verknallt. Aber der war auch zwanzig und wohnt fünf Stunden weg und kann kein Deutsch und kein Englisch. Also bitte!» Ich atme tief durch, weil mir nichts einfällt, was ich dagegen sagen könnte. «Und selbst wenn ich es da schon gewusst hätte», fährt sie fort. «Eine große Hilfe wäre er sicher nicht gewesen. Im schlimmsten Fall hätte er mich direkt geheiratet. Dann wäre er nach Hamburg gezogen und hätte bei Starbucks angefangen, weil er gedacht hätte, dass er mich irgendwie ernähren muss.»

«Das wäre aber ein schöner Abschluss der Geschichte gewesen», sage ich.

«Hochzeiten sind *nie* der Abschluss von irgendwelchen Geschichten. Mit denen geht der ganze Ärger erst richtig los.»

«Also würdest du ihn nicht finden wollen? Wenn es eine Möglichkeit gäbe?» Sie schüttelt entschlossen den Kopf. «Was war das überhaupt für ein Konzert?», frage ich.

«Geht dich einen Scheißdreck an!»

«Hey! Wieso das?»

«Weil ich dich kenne, Felix. Du würdest dir einbilden, alles über ihn zu wissen, wenn ich dir den Namen der Band sage. Und das dann auf das Kind projizieren!»

«Würde ich gar nicht», maule ich. Aber nur halblaut.

«Also», sagt sie streng. «Eine Frage noch zum Vater, falls dir noch was auf dem Herzen brennt. Und dann ist das Thema beendet.»

Ich überlege kurz. «War er dunkelhäutig?»

«Nein, wieso?», fragt sie und sieht mich auf einmal komisch an. «Wäre das schlimm?»

«Quatsch!», sage ich schnell. «Ich wollte es nur wissen. Nicht dass ich total überrascht gucke, wenn ich das Kind zum ersten Mal sehe, und das Kleine meinen Gesichtsausdruck missversteht.» Emilie seufzt genervt und steht auf, um sich in der Küche noch ein Glas Saft einzuschenken. «Em?», rufe ich ihr hinterher.

«Was?»

«Rothaarig war er aber auch nicht, oder?»

Zwei Stunden später haben wir einen Film geschaut und einen ganzen Korb Erdbeeren gegessen.

«Wir müssen auch noch über ein paar andere Sachen sprechen», sage ich jetzt und schaue sie abwartend an. Sie sieht nicht gerade glücklich aus, aber sie nickt. «Okay. Also, mal angenommen, dass wir das zusammen machen, jetzt mal theoretisch gedacht…»

«Hab's verstanden, *Honey*! Was willst du wissen?»

Ich greife nach meinem Handy und öffne die Liste, die ich während der Zugfahrt geschrieben habe. «Punkt eins», sage ich, «wenn einer von uns beiden mal Veganer wird, soll der andere dem Kind trotzdem noch normales Essen geben dürfen, okay?»

Für einen Moment schließt sie leidend die Augen. «Abgemacht», sagt sie dann. «Was noch?»

«Wie stehst du zu Impfungen?»

«Positiver als zu Kinderlähmung. Nächste Frage.»

Doch jetzt wird das Ganze schon komplizierter. «Ich weiß immer noch nicht, wie du dir das alles vorgestellt hast», sage ich. «Also, konkret. Ich meine, was genau wäre meine Rolle bei der Sache? Soll ich nur dein Back-up sein auf dem Papier, falls dir mal was passiert? Oder soll ich ein richtiger Vater sein?» Ich schaue sie prüfend an. «Mit Sorgerecht.»

«Würdest du das denn wollen?», fragt sie.

«Würdest du es mir geben?» Wieder verdreht sie die Augen. «Im

Ernst, Em! Du verlangst echt ganz schön viel. Und ich will ja auch ernsthaft drüber nachdenken, aber dazu muss ich schon wissen, was du genau von mir willst. Und ich will mich nicht mit irgendwas auseinandersetzen, das vielleicht gar nicht zur Debatte steht, okay?»

«Okay!», antwortet sie laut. «Du hast ja recht.» Jetzt macht sie eine lange Pause, während der sie angestrengt zu überlegen scheint. «Wenn du das wollen würdest, würden wir uns das Sorgerecht teilen», sagt sie dann. «Aber das wäre für mich keine Bedingung, okay?» Ich nicke. «Obwohl ich glaube, dass du ein guter Vater wärst.»

«Du bist heute schon die Zweite, die mir das sagt.»

«Na also! Und beim Rest bin ich echt sicher, dass wir da den Dreh schon irgendwie rauskriegen. Du kommst uns einfach oft besuchen und wir dich. Und irgendwann ziehst du vielleicht wieder nach Hamburg. Oder wir nach Berlin. Aber das können wir auch in zwei oder drei Jahren noch entscheiden.»

«Und was sagen wir dem Kind?», frage ich.

«Dass wir es lieben, und zwar beide. Und wenn es irgendwann mehr wissen will, wird es schon fragen. Okay?» Ich nicke, aber ich bin immer noch nicht wirklich überzeugt. Nun sieht sie mich prüfend an. «Anna wollte, dass du das mit dem Sorgerecht fragst, oder?»

«Na ja», sage ich, weil ich mir ertappt vorkomme. Obwohl ich gar nicht weiß, warum. «Ja, wollte sie.»

«Und was hat sie sonst gesagt?» Dafür, dass Emilie meine Schwester eigentlich nicht leiden kann, ist ihr ihre Meinung schon immer verdächtig wichtig gewesen.

«Du kennst sie doch», antworte ich. «Sie hat mir nur einen Haufen fieser Fangfragen gestellt. Was sie selber davon hält, hat sie immer noch nicht rausgelassen. Das will sie mir erst sagen, wenn ich mich entschieden habe.»

«Den Sinn fürs Dramatische hat sie definitiv von eurer Mutter», sagt Emilie kopfschüttelnd.

«Ich weiß», grinse ich. Den Spruch werde ich mir merken und Anna vor die Füße halten, wenn ich sie mal wieder springen sehen will.

«Also, was steht noch auf deiner Liste?»

«Der nächste Punkt ist ein bisschen heikel.»

Emilie seufzt. «Sie will, dass du mich fragst, ob ich Unterhalt von dir möchte.» Ich schlucke. Dann nicke ich. «Möchte ich nicht!»

«Zumindest so lange nicht, bis irgendwann mal dein Dildolager abbrennt», erwidere ich.

«Keine Angst, *Honey*. Meine Dildos sind versichert. Deine auch?»

«Ich muss mir echt einen großen abschließbaren Schrank kaufen, wenn das Balg mal laufen kann», murmele ich.

Emilie grinst. «Kannst du dich erinnern, wie die komische Yvonne mal den Vibrator ihrer Mutter in die Schule mitgebracht hat, in der zweiten Klasse oder so? Und keiner wusste, wofür das gut sein soll?»

«Das wollen wir unserem Kind nicht antun, oder?»

Sie schüttelt den Kopf. «Er bewegt sich übrigens gerade wie verrückt», sagt sie dann. «Merkt wahrscheinlich, dass wir dabei sind, seine Zukunft zu versauen.»

«*Er?*», frage ich, und Emilie nickt. Mir wird flau im Magen und gleichzeitig ganz warm.

«Willst du mal fühlen?», fragt sie und rutscht auf dem Sofa zu mir rüber, damit ich ihren Bauch anfassen kann.

Ich lege meine Hand darauf und warte. Doch es dauert keine fünf Sekunden, bis ich einen heftigen Tritt abkriege. «Wow!», rufe ich. «Das muss ja ganz schön wehtun.»

«Da kannst du einen drauf lassen.»

«Wird bestimmt mal ein Balletttänzer», flüstere ich.

«Oder ein *Street Fighter*.»

«Wäre es schlimm für dich, wenn er schwul werden würde?»

«Wäre es schlimm für dich, wenn er hetero werden würde?»

«Kommt drauf an», sage ich. «Solange er nicht die Art von Hetero wird, vor der ich Angst habe, könnte ich damit Leben.» Ich mache eine Pause, dann sage ich: «Ich habe noch eine Bedingung, okay?»

«Raus damit.»

«Ich will nicht, dass du mich vor dem Kind *Honey* nennst.»

Sie lacht. «Ich werd's versuchen. Irgendwelche anderen Vorschläge?»

«Daddy», sage ich mit tiefer Stimme.

Sie schaut mich mit großen Augen an. «Heißt das, du machst es?»

Ich denke noch kurz nach. Dann sage ich: «Bist du mir böse, wenn ich mir noch nicht hundert Prozent sicher bin?»

Sie schüttelt den Kopf, obwohl sie jetzt ein kleines bisschen enttäuscht aussieht. «Paar Tage hast du ja noch.»

Fünf, um genau zu sein.

«Danke.»

Sie nimmt meine Hand von ihrem Bauch und steht auf. «Ich bin müde. Gehst du auch schlafen, oder machst du dich noch auf die Suche nach *Duweißtschon*?»

«Mit *Duweißtschon* habe ich abgeschlossen», antworte ich. «Glaube ich zumindest. Aber frag mich in ein paar Tagen noch mal.»

«Und Martin?»

Ich atme tief durch und zucke mit den Schultern. Martin war eine andere Geschichte. «Hab ihm nicht geschrieben», sage ich.

«Na ja. Wahrscheinlich besser so.»

«Ja», sage ich leise. «Wahrscheinlich.»

«Ich bin mal im Bad, *Honey*. Und falls du mich plötzlich schreien hörst, die Hebamme ist auf der Kurzwahl eins.»

«Sehr witzig», murmele ich und warte, bis Emilie um die Ecke verschwunden ist. Dann greife ich wieder nach meinem Handy. Für eine halbe Sekunde überlege ich, ob ich mich nicht tatsächlich bei Martin melden soll. Ich würde ihm gerne von Emilies Vorhaben mit der Vaterschaft erzählen. Aber zwischen uns ist es vorbei, und zwar mehr als jemals zuvor. Also öffne ich lieber Grindr und schaue nach, wer so alles in der Nähe wohnt. Wäre ja möglich, dass ich demnächst öfter hier bin. Doch die App hängt mal wieder, also lasse ich meinen Blick durch Emilies Wohnzimmer schweifen. Er bleibt an ihrer Bilderwand hängen, und ich muss grinsen, als ich das Foto von mir und den frisch lackierten Zehen des marmornen Friedhofsengels entdecke. Etwas mehr als ein Jahr ist das jetzt her, auch wenn es sich deutlich länger anfühlt. Und das liegt wahrscheinlich daran, dass mein Leben seither viel komplizierter geworden ist.

―――

Es begann damit, dass ich eine Whatsapp von unserer Praktikantin Carla bekam, die an meinem freien Montag im Büro die Stellung hielt. Garniert mit diesem augenrollenden Emoji schrieb sie, dass schon wieder eine Last-Minute-Anfrage einer Schule reingekommen ist. Es war Anfang Juli, und offenbar wurden manche Lehrer jedes Jahr aufs Neue davon überrascht, dass weder sie selbst noch ihre Schüler zwei Wochen vor den Ferien noch Lust auf normalen Unterricht hatten. Also holte man sich gerne kurzfristig ein paar Minderheiten ins Haus, um die Kleinen für zwei Stunden zu beschäftigen.

‹Hamburg oder Berlin?›, schrieb ich zurück. ‹Was brauchen sie denn?›

Als Antwort schickte mir Carla einen Screenshot der Anfrage. Ich las sie mir durch, und plötzlich wurde mir ganz kalt.

«Ach du Scheiße!», sagte ich zu Anna, mit der ich gerade im Garten ihrer Klinik zu Mittag aß.

«Was ist?»

«Martin hat geschrieben.»

«*Dein* Martin?»

«Ehemals mein Martin», erwiderte ich. «Er braucht 'nen Schwulen für seine Klasse.»

«Seit wann habt ihr denn wieder Kontakt?»

«Haben wir nicht! Das hätte ich dir ja wohl erzählt.» Hätte ich nicht. «Er hat ans Büro geschrieben.»

«Weiß er, dass du dort arbeitest?»

«Das kann ich dir leider nicht sagen, weil ich seit zwei Jahren keinen Kontakt mehr zu ihm hatte», antwortete ich süßlich. «Aber ich kann es mir nicht vorstellen. Mein Name steht ja nirgends auf der Website.»

«Und was machst du jetzt?» Sie sah mich misstrauisch an.

«Absagen», antwortete ich schulterzuckend. «Unsere Schwulen in Hamburg sind ausgelastet. Und drei Tage Vorlaufzeit sind so oder so ganz schön frech.»

«Carla kann ihm schreiben, dass er fürs neue Schuljahr was ausmachen soll», schlug Anna vor.

«Danke für den Hinweis. Wäre ich nicht von selber drauf gekommen.»

Sie seufzte und begann wieder zu essen. Ich konzentrierte mich auf den kalten Schauer, den ich noch immer auf meinem Rücken spürte, und überlegte noch ein paar Sekunden. Dann schrieb ich Carla: ‹Kannst zusagen. Ich übernehme das.›

Ich hatte dreißig Hemden, aber nichts anzuziehen. Vierzig Millionen Songs, aber keinen einzigen, der passte. Also entschied ich mich doch wieder für Feist und «The Bad in Each Other», weil ich das Lied nach meiner letzten Begegnung mit Martin zwei Stunden lang im Zug gehört hatte. Nach unserem Treffen bei Tamaras Abschiedsparty war ich direkt zum Bahnhof gefahren und hatte den ersten ICE nach Berlin genommen, weil ich dringend so weit wie möglich wegmusste von diesem Mann. Und jetzt fuhr ich ihm freiwillig wieder entgegen.

Im Taxi vom Bahnhof fragte ich mich zum fünfzehnten Mal an diesem Tag, ob ich eigentlich wahnsinnig war. Und was ich mir mit dieser Sache beweisen wollte. Oder ihm. Oder Anna. Ich hatte ihn zwei Jahre lang nicht gesehen. Und in letzter Zeit hatte ich nicht einmal mehr so wahnsinnig oft an ihn gedacht. Trotzdem hatte ich jedes Mal, wenn ich in Hamburg war, eine Scheißangst, dass er gleich zu mir in die Bahn steigen oder irgendwo hinter der nächsten

Ecke vorspringen würde. Und wahrscheinlich hoffte ich, genau das endlich abschütteln zu können, wenn ich mich ihm noch einmal stellte. So ganz genau weiß ich es aber nicht mehr.

Als das Taxi an das Schulgebäude heranfuhr, checkte ich zum letzten Mal im Spiegel, ob mir auch wirklich nichts mehr von meinem Lachsbagel zwischen den Zähnen hing und ob meine Frisur gut saß.

«Vorstellungsgespräch?», fragte der Fahrer.

«So was Ähnliches», gab ich zurück.

«Ist 'ne gute Schule», brummte er und nickte mir väterlich zu. «Viel Erfolg.»

«Hallo, ich bin Antje Petersen», sagte die junge Lehrerin, die vor dem Haupteingang auf mich wartete. Sie sah ein bisschen aus wie die spießige Referendarin aus *Fack ju Göhte* und streckte mir eifrig die Hand entgegen. «Und Sie müssen…» Ich merkte, dass sie plötzlich unsicher war und deshalb lieber gar nichts mehr sagte, sondern mich stattdessen nur ängstlich anschaute.

«… der Schwule sein», erlöste ich sie und griff nach ihrer Hand. «Der bin ich. Felix Lipfels, hallo.» Es fühlte sich immer noch komisch an, es einfach so auszusprechen. Obwohl es in der letzten Zeit schon besser geworden war. Denn das hier war inzwischen mein fünfter Schulbesuch als «Aufklärer».

Sie lächelte und öffnete uns die Tür. «Danke, dass Sie uns so kurzfristig besuchen. Wir hatten einen… Vorfall in der letzten Woche und hoffen, dass Sie uns helfen können.»

«Das habe ich in Ihrer Mail gelesen», antwortete ich. Offenbar hatte sich ein Schüler aus der Zehnten geoutet, und das hatte für einige Unruhe in der Klasse gesorgt.

«Herr Carstens hat Ihnen geschrieben. Er ist der Klassenlehrer, ich bin seine Stellvertreterin. Er wartet schon im Kursraum auf uns.»

Herr Carstens. Ich schluckte und atmete ein letztes Mal tief durch, dann lächelte ich und sagte: «Super!»

Martin stand mit dem Rücken zu uns, weil er gerade damit beschäftigt war, TYPISCH SCHWUL? an die Tafel zu schreiben. Und zumindest von hinten sah er aus wie früher. Obwohl inzwischen vielleicht ein kleines bisschen Kopfhaut unter seinen braunen Haaren durchschien. Das konnte aber auch am fiesen hellen Licht in diesem Zimmer liegen.

«Da sind wir», sagte Frau Petersen, und er drehte sich zu uns um. Ich zitterte. Und ich hoffte wirklich, dass ich gerade nicht so dämlich dreinschaute wie er. Denn sein Gesicht sah aus, als hätte es sich aufgehängt wie eine kaputte Festplatte – irgendwo auf halber Strecke von seinem typischen Lächeln zu einem Ausdruck des absoluten Entsetzens. Und das Schlimme dabei war, dass er trotzdem noch gut genug aussah, um meinen Magen einen Hüpfer nach oben machen zu lassen, wie wenn man viel zu schnell über einen Hügel fährt.

«Hi», sagte ich, und weil meine Stimme dabei viel zu hoch klang und auch ganz schön leise, räusperte ich mich schnell und sagte: «Hallo.»

Außer dass er jetzt wie in Zeitlupe den Arm sinken ließ, mit dem er gerade noch an der Tafel geschrieben hatte, zeigte er immer noch keine Reaktion. Und weil die Stille langsam schon komisch wurde, riss wenigstens ich mich zusammen und holte noch einmal tief Luft: «Ich bin –»

«Felix», sagte Martin. Auch er räusperte sich. «Hi.»

«Ihr kennt euch?», fragte Frau Petersen, die jetzt nervös ihre Kleidung glatt strich, was bei einem Faltenrock ein ziemlich aussichtsloses Unterfangen ist.

«Antje», sagte Martin, ohne seinen Blick von mir abzuwenden. «Bist du so gut und holst noch schnell das Flipchart? Hab ich vergessen.»

Sie nickte dankbar und eilte davon.

Ein paar Sekunden lang schauten wir uns weiter schweigend an, und ein Teil von mir wollte auf der Stelle in Tränen ausbrechen, während ein anderer Teil ihn mindestens umarmen, vielleicht sogar küssen, ihm aber gleichzeitig auch eine verpassen wollte. Wie ein hysterisches Weib in einem Film aus den Fünfzigern.

«Was machst du hier?», fragte er mich. Es klang ... neutral. Weder erfreut noch vorwurfsvoll.

«Ihr habt einen Schwulen bestellt, oder? Hier bin ich.»

«Hätte nicht gedacht, dass du so was machst.» Er legte die Kreide auf sein Pult, um sich danach daran festzuhalten. «Ich meine, du bist ...»

«Nicht gut im Schwulsein?» Jetzt mussten wir beide lächeln. Ein kleines bisschen.

«Ich meinte eher ... Ich wollte ...» Er brach ab, schloss seine Augen und atmete durch. «Hör zu», sagte er dann, sprach danach aber einfach nicht weiter.

«Ja ...?», fragte ich nach ein paar Sekunden, weil ich unsicher war, ob wieder die Festplatte hing.

«Ich bin hier nicht geoutet», sagte er plötzlich schnell und leise, und der Blick, den er mir dabei zuwarf, diese flehende Verletzlichkeit, die ich zuvor nur ein einziges Mal bei ihm gesehen hatte, brach mir fast das Herz. Obwohl ich ihn gleichzeitig auslachen wollte, weil ich es so aberwitzig fand, dass ausgerechnet er jetzt ausgerechnet mich darum bat, ihn auf der Arbeit weiter die Klemmschwester spielen zu lassen.

Ich wollte gerade etwas antworten, als schon wieder die Tür aufging und die unermüdliche Frau Petersen das Flipchart ins Zimmer schob. «Die Schüler sind auch gleich da», sagte sie und blickte unsicher lächelnd zwischen uns beiden hin und her. «Hab sie eben aus der Sporthalle kommen sehen.»

«Prima», sagte Martin und klatschte in die Hände. «Felix, nimm doch gerne schon vorne Platz. Wir haben dir ein Glas Wasser hingestellt.»

«Der Junge, um den es eigentlich geht, ist leider seit ein paar Tagen krankgemeldet», erklärte mir Frau Petersen, während ich zum Pult ging und mich auf den linken von drei Stühlen setzte.

«Das ist vielleicht gar nicht so schlecht», sagte ich. «Für die betroffenen Schüler sind solche Veranstaltungen eher unangenehm.»

«Seine beste Freundin ist aber da», merkte Martin an und lächelte jetzt zum ersten Mal verschmitzt. Früher hatte er das ständig getan. «Du wirst sie sicher schnell erkennen.»

«Gibt es sonst noch Schüler in der Klasse, die *queer* sein könnten?», fragte ich ganz professionell.

«Schwer zu sagen», erwiderte er. «Man sieht es einem Menschen ja nicht unbedingt an.»

Ich warf ihm einen strengen Blick zu, der *Komm schon!* sagte, woraufhin er kurz zu Frau Petersen schielte (die aber wieder mit ihrem Rock beschäftigt war) und danach knapp den Kopf schüttelte. Gut. Dann würde ich zum Einstieg doch noch mal diese Klischeesammlung probieren. Die beiden setzten sich jetzt neben mich, und Martin verschränkte die Arme vor der Brust. Frau Petersen saß zwischen uns, doch zuvorkommenderweise war sie klein und schmal genug, um mir nicht die Sicht auf meinen Ex-Freund zu versperren. Deshalb konnte ich sehen, wie er seinen Bizeps anspannte, und kurz fragte ich mich, ob er das aus Nervosität machte oder weil er ein bisschen vor mir posieren wollte.

Dann wurde die Tür aufgerissen, und dreißig aufgeregt durcheinanderquatschende Sechzehnjährige strömten in den Raum. Ich beobachtete, wie mich einige von ihnen abschätzend musterten und mir ein Junge mit Basecap auf übertrieben tuntige Art einen Kuss zuwarf. Witzig. Martin wartete, bis sich alle gesetzt hatten, dann stand er in einer fließenden Bewegung auf. Sofort wurde es still im Raum.

Der Mann hat seine Klasse im Griff, dachte ich. *Sexy.*

«Danke, dass ihr alle pünktlich seid», sagte er in einem Tonfall, als würde ihn das gar nicht so sehr beeindrucken. «Wir hatten ja darüber gesprochen, dass wir heute einen Gast haben.» Er wies mit der rechten Hand auf mich. «Das ist Felix Lipfels aus Berlin, aber er wird sicher gleich noch selbst ein paar Worte über sich sagen. Mir ist heute besonders wichtig, dass wir alle respektvoll miteinander umgehen. Und wir denken natürlich auch daran, dass die mündlichen Noten noch nicht gemacht sind.» Er ließ seinen Blick noch kurz auf der Klasse ruhen, dann ging er zur Seite, lehnte sich mit seinem prallen Hintern an die Fensterbank und nickte mir zu.

Ich stand auf und sagte: «Meinen Namen habt ihr ja schon gehört. Was für euch aber wahrscheinlich spannender ist: Ich bin schwul.» Der Junge mit dem Basecap warf mir noch einmal einen besonders herzhaften Luftkuss zu, woraufhin Martin ein kleines Notizbuch aus seiner Hosentasche zog und etwas hineinschrieb. Sonst blieb es ruhig. «Herr Carstens hat die Frage ja schon an die Tafel geschrieben», fuhr ich fort. «Also, was ist typisch schwul?»

Innerhalb von einer Sekunde schossen ungefähr zehn Hände in die Höhe. Ich nickte einem blauhaarigen Mädchen mit Nasenpiercing zu, worauf die mit trotziger Stimme «Mutig sein» antwortete.

«Schöner Einstieg», sagte ich lächelnd, nachdem ich den ersten Schreck verdaut hatte. Ich drehte mich zur Tafel, um ihre Antwort aufzuschreiben, wobei ich kurz Martins Blick erhaschte. *Hab dich ja vorgewarnt*, sagte der.

Die nächsten Antworten waren allerdings nicht mehr so ermutigend. Fünf Minuten später hatte ich Dinge wie ARSCHFICKEN, SCHMINKE BENUTZEN und KOMISCH TANZEN an die Tafel geschrieben. Und ich machte mich seufzend daran, jeden einzelnen Punkt auszudiskutieren, wobei ich natürlich immer wieder darauf hinauswollte, dass längst nicht alle Schwulen dieses und jenes taten, und selbst wenn, war das doch eigentlich auch nicht weiter schlimm. Danach waren die Rollenspiele an der Reihe, und das war wie immer der Teil, bei dem ich kurz durchatmen konnte. Getrennt voneinander gingen Martin, seine Kollegin und ich von Gruppe zu Gruppe, hörten überall ein bisschen zu und mischten uns nur ein, wenn die Gespräche gar zu weit ins Fantastische abdrifteten («Und außerdem habe ich einen Auspuff-Fetisch, Papa!»). Ein paar Gespräche, die ich als besonders gelungen empfand, ließ ich noch einmal vor der Klasse vorspielen. Und wie schon bei den Schulbesuchen davor war ich erstaunt und auch berührt, weil vor allem dieser Teil bei den Schülern tatsächlich etwas zu bewegen schien – worüber ich sogar kurz vergaß, mich von Martin beobachtet zu fühlen. Zum Schluss teilte ich die Zettel für die anonyme Fragenbox aus und tat so, als würde ich nicht bemerken, dass er auch einen ausfüllte.

«Ist es dir peinlich, dass du schwul bist?», war der erste, den ich fünf Minuten später vorlas. Nicht Martins Handschrift. Keine Ahnung, ob die Frage ernst gemeint war oder einfach nur besonders komisch sein sollte. Aber ich hatte gelernt, dass man am besten damit fährt, wenn man alles ernst nimmt.

«Peinlich ist vielleicht nicht das richtige Wort», antwortete ich also. «Aber natürlich gibt es manchmal Situationen, die nicht so angenehm sind. Das liegt aber nie an meinem Schwulsein selbst», log ich, «sondern immer nur daran, wie andere darauf reagieren.»

«Gibt es da Beispiele?», fragte Martin von seinem Fensterplatz aus.

«Ich habe das große Glück, dass ich nie noch ernsthaft diskriminiert oder sogar angegriffen wurde», sagte ich nach kurzem Überlegen. «Damit bin ich aber leider eine Ausnahme. Denn es gibt auch heute noch junge Homosexuelle, die sich kaum mehr in die Schule trauen, weil manche Menschen es lustig finden, ihnen das Leben schwer zu machen.» Ich schaute streng in Richtung Basecap, und der Bengel guckte tatsächlich schon nach zwei Sekunden auf die Tischplatte, weil er meinen Blick nicht aushielt. «Trotzdem ist es auch für mich immer wieder eine Überwindung, mich zu outen. Meine Schwester hat zum Beispiel seit ein paar Monaten einen Freund. Ich verbringe viel Zeit mit ihr, deshalb ist es mir wichtig, mich auch mit ihm gut zu verstehen. Und obwohl ich natürlich davon ausgehen konnte, dass er mich nicht verprügeln würde, war ich nervös, als ich ihm gesagt habe, dass ich schwul bin. Weil ich Angst hatte, dass unser Verhältnis danach komisch sein könnte.»

«Und wurde es das?», fragte Martin scheinbar nur abstrakt interessiert.

Ich lächelte. «Nein. Er hat auf die beste Art reagiert. Nämlich gar nicht. Er behandelt mich einfach weiter so wie davor. Und das hat mich natürlich erleichtert.»

«Erleichtert?», rief jetzt das blauhaarige Mädchen in eingeschnapptem Tonfall.

«Äh, ja», sagte ich und fragte mich sofort, ob das Wort neuerdings als unsensibel galt.

«Das klingt, als ob Sie etwas Schlimmes gemacht hätten und froh waren, dass keiner sauer auf Sie war.»

«Das habe ich so nicht gesagt.»

«Wenn er nicht gut reagiert hätte, wären Sie ihm dann aus dem Weg gegangen?», bohrte sie weiter.

«Kann schon sein», antwortete ich.

«Also raten Sie uns, im Zweifelsfall den Schwanz einzuziehen, statt für sich selbst einzustehen und klarzumachen, dass der andere auf der falschen Seite steht?»

Verdammte Scheiße!, dachte ich. *Die Kleine ist gut.*

«Ich glaube, was Herr Lipfels sagen will, ist, dass man Menschen nicht immer für sich gewinnt, indem man auf irgendwelchen Standpunkten beharrt», sprang Martin mir ungebeten bei. «Sondern dass es dazu manchmal Zeit und Fingerspitzengefühl braucht.» Bei dem Wort *Fingerspitzengefühl* sah er das blauhaarige Miststück streng an, woraufhin die trotzig die Arme vor ihren flachen Brüsten verschränkte. Aber immerhin nichts mehr antwortete.

«Ganz genau», sagte ich und bemühte mich auszustrahlen, dass Martins Antwort gar nicht so schlecht war für jemanden, der sich natürlich nicht wirklich auskennt. Der nächste Zettel: «Haben Sie einen Ehemann?» Nicht Martins Handschrift. Und endlich etwas Unverfängliches, zumindest auf den ersten Blick. «Der Bundestag hat ja vor zwei Wochen endlich die Einführung der sogenannten Ehe für alle beschlossen», sagte ich unter vereinzeltem Klatschen und einem Buhruf. «Bis das tatsächlich auch umgesetzt wird, dauert es aber noch ein paar Monate. Also nein, ich bin nicht verheiratet. Und da ist auch erst mal nichts geplant.» Beim letzten Satz schielte ich zu Martin, doch der ließ sich nichts anmerken. Gar nichts.

«Also wollen Sie vielleicht mal heiraten?», fragte die blauhaarige Hexe mit eiskalter Freundlichkeit.

«Kann ich mir schon vorstellen», antwortete ich. «Und ich sehe auch nicht, was daran falsch sein sollte», schob ich direkt noch hinterher. Doch es half nichts.

«Falsch ist es nicht», antwortete sie jovial. «Kann ja jeder machen, was er will. Aber ein bisschen komisch ist es doch schon, dass sich ein schwuler Mann freiwillig dem heteronormativen Konformitätsdruck einer Gesellschaft unterwirft, die ihn vor ein paar Jahrzehnten noch am liebsten vergast hätte.»

«Natascha hat vorgestern ein Referat über Gender Studies gehalten», erklärte Frau Petersen nicht ohne Stolz.

«War sicher interessant», sagte ich und öffnete schnell den nächsten Zettel. Martins Handschrift. Und nichts außer einer Handynummer. Ich schaute zu ihm rüber, und er zog kaum merklich die rechte Augenbraue hoch, während der Rest seines Gesichts völlig unbewegt blieb. Der hatte vielleicht Nerven!

«Auf dem hier steht nichts drauf», sagte ich halblaut, bevor ich ihn mit großer Geste zerknüllte und in den Papierkorb warf.

«Doch, aber ich hab mit Wichse geschrieben!», rief das Basecap, bei dem mein Besuch offenbar doch nicht so viel bewirkte, wie ich zwischendrin schon gehofft hatte.

«Simon, raus», sagte Martin ruhig, aber unmissverständlich, und der Vollidiot stand tatsächlich klaglos auf und schlurfte aus dem Zimmer.

Auf dem nächsten Zettel stand: TUT POPOSEX WEH? Ich grinste erleichtert, bevor ich die Frage vorlas. Denn das war endlich wieder was, womit ich mich besser auskannte als Natascha.

Hoffentlich.

Zwanzig Minuten später überreichte mir Frau Petersen eine Flasche Wein als Dank für mein Kommen und bat die Klasse um einen Applaus, der zumindest freundlich ausfiel.

«Ich bringe Sie noch raus», sagte Martin und wartete geduldig, bis ich meinen Kram gepackt hatte.

Erst liefen wir nur schweigend hintereinander her, doch als wir ein paar Meter vom Gebäude weg waren, schaute er mich an und sagte: «Das war ja eine ziemliche Überraschung.»

«Tja», antwortete ich. «Hab dich hoffentlich nicht zu sehr erschreckt.»

«Du hast das gut gemacht, Felix.» Er sagte das, als wäre er tatsächlich ein bisschen stolz auf mich.

Ich nickte. «Du auch.»

«Danke, dass du ... du weißt schon. Nichts gesagt hast.» Er sprach jetzt noch ein bisschen leiser als ohnehin schon.

«Ausgerechnet du», sagte ich und grinste spöttisch. Er zuckte erst entschuldigend mit den Schultern und schaute dann verlegen zu Boden. «Schon gut», sagte ich. «Deine Entscheidung.»

Martins Blick wanderte wieder nach oben, und für ein paar Sekunden schauten wir uns in die Augen. Er sah eigentlich noch genauso aus wie vor zwei Jahren, nur ein kleines bisschen älter. Aber das stand ihm. Und zum Glück waren seine Haare jetzt wieder kürzer.

«Du wohnst also in Berlin?», fragte er nach einer langen Pause.

«Jepp. Seit einer ganzen Weile schon.»

«Ich bin öfter dort.»

«Oh», sagte ich. «Cool.»

Er griff in seine Hosentasche und hielt mir etwas entgegen. Es war der Zettel mit seiner Nummer, den ich in den Papierkorb geworfen hatte. Wann hatte er den denn wieder rausgefischt? Oder hatte er einfach immer einen griffbereit?

«Bitte nimm ihn», sagte er und sah mich sehr ernst dabei an. «Ich muss wieder rein. Aber ich würde mich gerne länger mir dir unterhalten. Sehr gerne.» Ich seufzte und zögerte noch ein wenig. Dann griff ich danach und steckte ihn ein. «Ist noch die gleiche Nummer wie vor zwei Jahren», sagte Martin jetzt. «Hast dich nie gemeldet.»

«Weil ich den Zettel damals in Fetzen gerissen und vom Balkon habe fliegen lassen», antwortete ich.

«Bevor oder nachdem du mich mit einem Whiskyglas erschlagen wolltest?» Martins Tonfall war schwer einzuordnen, deshalb konnte ich nicht genau sagen, ob er das im Scherz meinte oder nicht.

«Ich wollte dich nicht erschlagen», sagte ich und bemühte mich, ebenfalls im Dunkeln zu lassen, wie ernst ich das meinte. Nach unserem Wiedersehen auf Tamaras Abschiedsparty war ich auf dem Balkon geblieben, auf dem wir unseren Showdown ausgefochten hatten, während Martin das Weite suchte. Und genau in dem Moment, als er unten zum Ausgang rausstürmte, war mir mein Glas aus der Hand gerutscht und einen Meter neben ihm auf den Boden geknallt. Das Foto dieses Scherbenkunstwerks hängt heute noch an meiner Kühlschranktür.

«War wirklich schön, dich zu sehen», sagte Martin, zögerte eine halbe Sekunde und umarmte mich dann, ohne sich vorher umzuschauen, ob uns jemand beobachtete. «Bis bald», flüsterte er mir ins Ohr. Dann ließ er mich los und verschwand wieder im Gebäude.

Ich blieb noch eine Weile stehen. Und wartete, bis mein Magen aufhörte, sich um sich selbst zu drehen.

Drei Tage später fuhr ich morgens ins KaDeWe, wo ich eine vorbestellte Lammkeule abholte, um deren Zubereitung ich mich den Rest des Tages kümmern wollte. Gabriel war gerade in Berlin, weil er eine Exkursion seiner Londoner Studenten leitete. Und Emilie war sowieso jeder Grund recht, für eine Nacht aus ihrer Wohnung rauszukommen, also hatte ich beschlossen, beide zu einer Dinnerparty einzuladen, um damit meinen Geburtstag nachzufeiern. Und weil mich ein seltsam nostalgisches Gefühl überkam, als ich mit meiner Lammkeule Richtung Ausgang lief und ihn dabei in der Ferne mit zwei Kolleginnen tratschen sah, lud ich tatsächlich auch noch Hugo ein.

Als Gabriel abends klingelte und mir wie ein altmodischer Kavalier eine Rose und eine Schachtel Pralinen überreichte (wobei man bei ihm nie genau sagen konnte, ob er so was ernst meinte oder ironisch), hatten Emilie und ich schon anderthalb Flaschen Kochwein getrunken. Auch deshalb umarmten wir unseren selten gewordenen Gast so lange von beiden Seiten, bis der vor Verzweiflung in seinem pfälzischen Singsang «Isch kriege gleich eine Erektion» sagte. Da ließen wir ihn ganz schnell wieder los.

«Wie läuft's mit deinen Studenten?», fragte ich, als wir kurz darauf in meiner Küche standen.

«Die habe ich ins Theater geschickt», antwortete er. «Und sie denken, dass ich auch da bin, nur irgendwo ein paar Reihen hinter ihnen.»

«Du wirst auch immer wilder», kicherte Emilie und drückte ihm ein Glas Wein in die Hand.

«Heißt das, dass du gleich wieder losmusst?», fragte ich.

«Keine Sorge», sagte er, «ist Castorf.»

«Verstehe ich nicht», murmelte Emilie.

«Macht nichts.» Ich drückte ihr einen Kuss auf die Schulter. «Konzentrier dich einfach darauf, hübsch zu sein. Und den Salat hier ins Wohnzimmer zu tragen.»

«Okay.» Sie lächelte erleichtert.

«Du hast Möbel», sagte Gabriel, als wir drüben angekommen waren.

«Hat ja auch nur zwei Jahre gedauert», grinste Emilie.

«Wenigstens fühle ich mich jetzt wohl in meiner Wohnung», erwiderte ich und streckte ihr die Zunge raus.

«Kommt deine Schwester auch?», fragte Gabriel mit Blick auf die vier Teller auf dem Tisch. Anna und er hatten sich schon immer gemocht, auch wenn ich nicht verstand, was ausgerechnet diese beiden aneinander fanden.

«Nein, die ist gestern mit ihrem Dachdecker in die Toskana gefahren.»

«Dirk heißt der», warf Emilie vorwurfsvoll ein.

«Richtig», sagte ich. «Mit Dirk.»

«Und wer kommt dann?», fragte Gabriel.

Ich holte tief Luft. «Gabriel, wir müssen dir etwas sagen», begann ich. Obwohl er und Tamara sich immer gut verstanden hatten, hatte ich ihm noch nicht von deren erneutem Auftauchen als Mann erzählt. Um ihn nicht unnötig zu verwirren. «Ein Bekannter von uns allen kommt zu Besuch», erklärte ich nun. «Er heißt Hugo. Und er war früher mal eine Frau oder so ähnlich. Du erinnerst dich vielleicht noch an Tamara.»

«Ach so», sagte Gabriel und setzte sich prüfend auf meine neue Couch.

Emilie und ich sahen uns kurz an und zuckten dann gleichzeitig mit den Schultern. In diesem Moment klingelte es.

«*Joyeux anniversaire*», flüsterte Hugo, als er über die Türschwelle trat, und hauchte mir einen Kuss auf die Wange, bevor er mir ein Parfüm aus der *Private-Blend*-Kollektion von Tom Ford überreichte. Ich sah ihn erstaunt an, weil ich wusste, dass die locker zweihundert Euro kosteten, deshalb sagte er schnell: «War ein Schnäppchen, wenn du verstehst. Ich war gerade alleine im Lager. Und jetzt brauche ich was zu trinken.»

Eine Stunde später saßen wir satt auf der Couch, tranken Baileys und wippten träge mit den Füßen, weil Emilie Alexa aufgetragen hatte, etwas von den Jackson Five zu spielen.

Es war ein schöner Abend. Gabriel hatte überraschend schnell seinen Frieden damit gemacht, dass Tamara in leicht abgewandelter Form wieder zu uns gestoßen war, und auch ich musste widerwillig zugeben, dass er oder sie einfach irgendwie dazugehörte. Mit den dreien hier zu sitzen, fühlte sich fast an wie früher.

«Felix strahlt ja richtig», sagte Emilie.

«Stimmt», pflichtete Gabriel bei. «Regelrecht unheimlich.»

«Lasst mich doch», brummte ich. «Mir geht's eben gut.»

«Wenn ich einen Penny bekommen hätte für jedes Mal, dass ich das aus deinem Mund höre, hätte ich jetzt einen Penny», sagte Hugo.

«Ich glaube, ich weiß auch, warum er so strahlt», sagte Emilie, die plötzlich gar nicht mehr so müde wirkte. «Er hat diese Woche nämlich jemanden wiedergetroffen.»

«Bitte nicht!», sagte ich. Doch es war zu spät.

«Und wer wäre das?», fragte Hugo und ließ erwartungsvoll seine langen Spinnenfinger auf der Armlehne tanzen.

«Ihr kennt ihn alle», flötete Emilie drohend.

«Und du kennst ihn sogar besonders gut», sagte ich in Richtung Hugo.

«Dann weiß ich, wer es ist», rief Gabriel fröhlich, weil er auch mal was erraten hatte.

«Danke, Em», sagte ich. «Hab ich dich nicht gebeten, dass Thema heute sein zu lassen?»

«Kann schon sein», erwiderte sie, während sie mit den Fingern nach der Cocktailkirsche in ihrem Baileys fischte. «Aber ich hab ein bisschen was getrunken. Und ich tratsche einfach gern.»

«Und wo seid ihr euch über den Weg gelaufen?», fragte Hugo.

«Das hat er dir ja wahrscheinlich eh schon erzählt», entgegnete ich. Plötzlich wusste ich wieder genau, warum ich ihn eigentlich gar nicht erst hatte einladen wollen.

Doch er zuckte nur traurig mit den Schultern: «Ich habe ihn seit zwei Jahren nicht mehr gesprochen. Im Gegensatz zu dir.»

Mal wieder wusste ich nicht, ob ich ihm glauben sollte. Aber das war jetzt auch schon egal. Ich seufzte, dann erzählte ich die ganze Geschichte.

«Und hast du den Zettel wieder weggeworfen?», fragte Gabriel am Schluss.

«Nicht ganz. Ich habe ihn in drei Stücke gerissen, und die habe ich wie Horkruxe in der ganzen Stadt verteilt.»

«Ich hab auch eins!», rief Emilie stolz. «Das hab ich bei mir im Bad, in der Box, wo meine Tampons drin sind.»

«Du weißt, wozu das führt, nicht wahr, *Babyboy*?», fragte Hugo mit furchtsamem Vibrato in der Stimme. «Hängt im ersten Akt ein Horkrux an der Wand, wird er spätestens im letzten Akt abgefeuert.»

«Hat schon Tschechow gewusst», pflichtete Gabriel bei.

«Kann schon sein», sagte ich. Ich wusste ja auch nicht genau, warum ich die Nummer nicht gleich ganz weggeworfen hatte. Wobei sich mir so eine Ahnung aufdrängte. Aber keine gute.

Emilie stand auf. «Ich geh auf den Balkon, eine rauchen», sagte sie. «Kommt jemand mit? Gabriel, du vielleicht?»

«Na ja», antwortete der erschrocken. «Eigentlich wollte ich –»

«Du kommst mit!» Sie zog ihn vom Sofa hoch, und auf dem Weg zur Tür nickte sie Hugo auf eine Weise zu, die auch nur sie für subtil halten konnte.

Ich rollte mit den Augen. «Also, was sollst du mir sagen?», fragte ich, nachdem die beiden verschwunden waren.

«Ich *möchte* dir etwas sagen», erwiderte er.

«Nämlich?»

«Du bist mir immer noch gram.»

«Tolle Neuigkeiten», sagte ich und verschränkte die Arme vor der Brust.

«Es stimmt, mein süßer kleiner Felix. Ich wusste, wo er war, nachdem er dich so schändlich verlassen hatte. Und dass ich dir das nicht gesagt habe, beschämt mich bis heute.»

«Ist ja wohl auch das Mindeste.» Ich stand auf, um die leeren Gläser in die Küche zu tragen.

Doch Hugo griff nach meinem Arm und hielt mich zurück. «Ich habe es dir nicht gesagt, weil ich es ihm schwören musste. Und wo ich herkomme, gilt ein Schwur noch was.»

«In Oz?», fragte ich und wollte mich gerade von ihm losmachen. Doch die Art, wie er mich ansah, sorgte dafür, dass ich mich doch wieder setzte.

«Es gibt eine Sache, die du verstehen musst», fuhr er düster fort. «Nur weil ich meinen Schwur gehalten habe, heißt das nicht, dass ich sein Verhalten guthieß. Im Gegensatz zu ihm habe ich dich nämlich leiden sehen.»

«Du hast nicht unbedingt so gewirkt, als ob du besonders mit mir gefühlt hättest.»

«Martin macht es den Menschen so viel einfacher, ihn zu mögen, als du», erwiderte er. Und obwohl ich das ganz schön beleidigend fand, war ich der Letzte, der ihm da widersprochen hätte. «Jedoch bedeutet das nicht, dass sich bei dir die Mühe nicht lohnt», fuhr er fort. Ich sah ihn erstaunt an, weil ich mir nicht sicher war, ob ich mich gerade verhört hatte. Er lächelte gütig. Doch er wurde schnell wieder ernst: «Ich schwöre es: Ich habe seit zwei Jahren nicht mehr mit ihm gesprochen.»

«Okay», sagte ich. «Abgehakt.»

«Versprochen?»

«Versprochen.»

«Für immer und ewig?»

Ich seufzte. «Für immer und ewig.»

Im gleichen Moment vibrierte mein Handy. «Oje!», sagte ich, nachdem ich die SMS gelesen hatte. «Mein Vater gratuliert mir zum Geburtstag.» Das hatte er seit Jahren nicht mehr getan. «Vielleicht bedeutet Erwachsensein doch genau das, was ich mir früher immer darunter vorgestellt habe», sagte ich. «Nämlich dass der halbe Tag dafür draufgeht, unsinnige Höflichkeiten auszutauschen, nur damit sich keiner auf den Schlips getreten fühlt.»

«Ich sage dir, was Erwachsensein bedeutet», entgegnete Hugo und klimperte mit den Eiswürfeln in seinem leeren Glas, damit ich ihm noch einmal nachschenkte. «Dass dich frühmorgens unter der Dusche ein Heulkrampf ereilt, weil das Lied, zu dem du deinen ersten Kuss bekommen hast, plötzlich auf einem Oldiesender läuft.»

«Wie alt bist du denn?», fragte ich.

«*I'm flirty-two*», antwortete er und nahm einen großen Schluck von seinem neuen Drink. «Also, was machen wir noch mit der Nacht?»

«Wollte ich auch schon fragen», sagte Emilie, die gerade wieder zur Tür reinkam.

«Wir fahren sicher nicht zum ‹Berghain›», sagte ich schnell, weil ich schon wusste, worauf das hinauslaufen würde. In den letzten zwei Jahren hatten Emilie und ich es insgesamt dreimal versucht und waren nie reingekommen. Und an meinem Geburtstag hatte ich wirklich keine Lust, erst zwei Stunden anzustehen, um mich dann wegschicken zu lassen.

«Dort hineinzukommen ist nun wirklich nicht schwer», sagte Hugo. «Mein Freund arbeitet da. Wieder von dort wegzukommen, ist die wirkliche Herausforderung.»

«Du hast einen Freund?», fragte ich erstaunt. In meinen Augen war er immer noch mehr ein Fabelwesen als ein echter Mensch. Und Fabelwesen waren ja sonst meistens Single.

«Es ist noch frisch, aber die Liebe ist groß.»

«Und wo hast du den aufgetrieben?»

«Im Supermarkt. Obwohl er mir dort zuerst gehörig auf die Nerven ging. Denn egal, was ich kaufen wollte, immer stand er schon davor und versperrte mir die Sicht. Irgendwann habe ich es nicht mehr ausgehalten und ihn gefragt, ob er zufälligerweise auch die Hähnchen-Tajine vom Kochblog der *New York Times* machen will, weil wir uns dann für den Rest der Liste auch aufteilen könnten. So haben wir es tatsächlich gemacht. Und an der Kasse haben wir angefangen, uns so angeregt über das große Syriendossier im *Guardian* zu unterhalten, dass wir auf dem Weg zum Bus in einem Café Station machten. Und danach fuhren wir zu mir. Um zu kochen, unter anderem.»

«Im Ernst?», fragte ich.

«Nein», sagte er. «Ich hab ihn aus dem Internet.»

«Und sein Profilname war ‹Balkan-Rute›», ergänzte Emilie, die inzwischen mit geschlossenen Augen auf der Couch saß. «Weiß ich alles schon längst. Also, was machen wir jetzt?»

«Na schön», seufzte ich und sah Hugo an. «Wenn du uns garantierst, dass wir reinkommen.»

«Ohne Schlangestehen», erwiderte er. «Aber vielleicht ziehst du dich vorher noch um. Ich will auch nächstes Mal noch Einlass finden.»

«Und ich?», fragte Emilie.

«Du siehst großartig aus, *ma chère*. Nur, vielleicht versuchst du, nicht ganz so aufgeregt zu wirken.»

«Mehr so wie Kate Moss?», fragte sie und zog eine angestrengt unbeeindruckte Schnute.

«So wird es gehen. Meine Chefin sagt, von Magersüchtigen lernen heißt siegen lernen.»

Emilie nickte mit gleichgültiger Miene.

«Lasst ihr mich an der Volksbühne raus?», fragte Gabriel.

«Schade, dass du nicht mitkommst», sagte ich. «Ich hätte gerne einen normalen Menschen dabei.»

Gabriel lächelte. Denn er wusste, es kam selten vor, dass ich ihn als normalen Menschen bezeichnete. Aber wenn ich es tat, meinte ich es auch so.

Ich erinnere mich nicht mehr an besonders viel. Ich weiß noch, dass wir tatsächlich in Hugos Windschatten an der kompletten Schlange vorbeigelaufen sind und nicht einmal Eintritt bezahlt haben. Dass es da drinnen verdammt dunkel war und unglaublich laut. Und dass ich gesehen habe, wie heterosexuelle Menschen Dinge taten, die ich davor nicht einmal Schwulen zugetraut hätte.

«Ich glaub, jetzt muss ich mich echt nie wieder dafür schämen, dass Schwule in Sexclubs gehen», sagte ich zu Emilie, als wir im Morgengrauen ins Taxi stiegen.

«Du solltest dich echt mal locker machen, *Honey*! Ich kenne niemanden, der so viel über Schwule nachdenkt wie Schwule.»

«Erika Steinbach vielleicht», murmelte ich. Wir schwiegen eine Weile, und ich schaute zum Fenster hinaus. «Berlin ist schön, wenn die Sonne aufgeht.»

«Aber auch nur dann», brummte sie.

«Meinst du, Hugo findet von selber wieder raus?», fragte ich. Nachdem er aus einer Flasche Club-Mate getrunken hatte, die uns irgendjemand auf der Tanzfläche hingestreckt hatte, hatte er selbst für seine Verhältnisse ziemlich melodramatisch zu tanzen begonnen und war uns irgendwann in der Menge abhandengekommen.

«Keine Sorge. Für den ist es noch nicht Zeit zu gehen. Der ist ja kein Weichei, so wie wir.»

«Und welcher von den vier Typen, mit denen er rumgeknutscht hat, war jetzt sein Freund?», fragte ich.

«Würde es dich wundern, wenn es die Summe aus allen vieren wäre?»

Ich dachte kurz nach. Dann schüttelte ich den Kopf. Würde es nicht.

Als wir auf meine Haustür zuliefen, sah ich die Ecke eines dicken Umschlags aus meinem Briefkasten schauen. «Komisch», sagte ich. «War der gestern schon da?»

Ich zog ihn heraus und öffnete ihn noch im Fahrstuhl. Es war das neue Buch von Alexander. Ich schlug es auf und las die handschriftliche Widmung auf der vordersten Seite: ‹Für Felix, nur das Beste zu deinem Geburtstag und herzlichen Dank für die Inspiration. Dein Freund A.›

Eigentlich wollte ich es Emilie zeigen, doch die schlief schon fast im Stehen ein. Also las ich den Klappentext und lächelte. Das Buch war eine Sammlung von Kurzgeschichten, die alle vom Kennenlernen handelten. Die Aufzugtür öffnete sich, und ich schob Emilie sanft vor mir her, bis wir vor meiner Wohnung standen. Ich schloss uns auf und bugsierte sie ins Bad.

Dann schlug ich das Buch wieder auf, und zwar an der Stelle, wo das Lesezeichen hineingelegt worden war. Das Kapitel hieß «Aleksandr». Ich setzte mich auf den nächstbesten Stuhl und begann zu lesen.

Hugo fand tatsächlich von alleine wieder aus dem ‹Berghain› heraus. Und irgendwie schafften wir es in den folgenden Monaten sogar, uns ein bisschen miteinander anzufreunden. Allerdings ließ er mir auch keine große Wahl. Denn er machte es sich schon bald zur Gewohnheit, ein- oder zweimal pro Woche nach der Arbeit zu mir zu fahren und sich einen Gin Tonic und ein Abendessen servieren zu lassen, wobei er mir meine Mühe mit gelegentlichen Mitbringseln aus dem KaDeWe bezahlte, die spätestens bei der nächsten Inventur jemand vermissen würde. Meistens aßen wir auf der Couch, während wir *Das Sommerhaus der Stars* schauten, und dass wir uns nicht allzu viel miteinander unterhielten, war wahrscheinlich auch schon das ganze Geheimnis unserer aufblühenden Freundschaft.

An Martin dachte ich nur wenig in dieser Zeit, allerdings träumte ich manchmal von ihm. Doch morgens wusste ich meistens nicht mehr, was genau wir im Traum gemacht hatten. Und eigentlich war es mir auch egal.

Alles in allem war dieser Sommer eine schöne, ruhige Zeit, die mir wahrscheinlich irgendwann langweilig geworden wäre, wenn ich nicht an einem Dienstagabend im September gleich zwei Einladungskarten aus meinem Briefkasten gezogen hätte. Ich habe mich über keine von beiden gefreut. Doch sie haben auf ganz unterschiedliche Art alles verändert.

«Warst du heute schon am Briefkasten?», fragte ich Anna, die ich als Erstes angerufen hatte.

«Leider», gab sie missmutig zurück.

«Und? Gehst du?» Sie seufzte, und zwar auf diese langgezogene Art, von der sie immer hoffte, dass das schon als Antwort ausreichte. Doch an dem Tag reichte es mir nicht. «Ja oder nein?», fragte ich.

«Ich muss erst mal schauen, ob ich da überhaupt Zeit habe.»

«Was soll bei dir außer ‹Knutschen mit Dirk› schon im Kalender stehen? Und das könnt ihr auch in Hamburg.»

Mein Vater hatte zu seinem sechzigsten Geburtstag geladen, worüber wir an diesem Tag durch eine geschmackvoll gestaltete Karte informiert worden waren. Und meine hatte er sogar eigenhändig unterschrieben, obwohl das große P von Papa verdächtig danach aussah, als ob es erst ein K für Klaus hätte werden sollen.

«Du gehst ja wahrscheinlich», sagte Anna angriffslustig.

«Und ich habe keine Lust, mich dafür von dir anmaulen zu lassen, okay?» Wir schafften es einfach nie, über unsere Eltern zu reden, ohne Streit anzufangen. «Ich will Mama da nicht alleinlassen, verstehst du das nicht?»

«Ich hab's dir schon hundertmal gesagt, Felix! Sie ist eine erwachsene Frau. Die muss für sich selber sorgen. Und wenn sie sich auf so ein Schmierentheater einlässt, muss sie es auch ausbaden.»

Auf der Einladung stand, dass die Feier bei uns zu Hause stattfinden würde, also genauer gesagt im Zuhause meiner Mutter, in dem mein Vater schon seit Jahren nicht mehr wohnte. Aber das wusste ja sonst fast keiner. Also würden die beiden wahrscheinlich wirklich für den einen Abend das glückliche Ehepaar spielen. Mal wieder.

«Du weißt genau, warum sie das macht», sagte ich. Mama würde niemals öffentlich zugeben, dass ihre Ehe gescheitert war. Das lag einfach außerhalb ihrer Vorstellungskraft. Und unser Vater hatte da auch kein Interesse dran. Mein Londoner Opa war nämlich schlau genug gewesen, auf einen Ehevertrag für seine Tochter zu bestehen. Deshalb konnten beide ganz gut mit dem aktuellen Arrangement leben. Und so gesehen hatte Anna natürlich recht, wenn sie sagte, dass das allein Mamas Problem war. Aber trotzdem. «Gehst du jetzt oder nicht?», fragte ich.

In den nächsten fünf Minuten entspann sich ein Streit zwischen uns, der so heftig war, dass wir am Schluss beide gleichzeitig wütend auflegten. Ich warf das Handy in hohem Bogen auf die Couch und holte es nur deshalb gleich wieder, weil ich neugierig war, wer mir während des Telefonats die ganzen Nachrichten geschickt hatte.

Es war Emilie. Auf fünf Selfies aus verschiedenen Perspektiven lächelte sie in einem roten Babydollkleid in die Kamera und fragte, ob das das passende Outfit für das anstehende Klassentreffen wäre.

Oh Gott!, dachte ich und ließ mich geschlagen auf die Couch fallen. Die zweite Einladung hatte ich schon wieder komplett vergessen.

‹Ich gehe da sicher nicht hin!›, schrieb ich ihr.

Zwei Sekunden später klingelte das Telefon.

«Sag mal, spinnst du, *Honey*? Natürlich gehen wir da hin! Wir müssen doch herzeigen, was aus uns geworden ist.»

«Können wir das ein anderes Mal diskutieren?»

Sie seufzte. «Was ist los?»

«Nichts ist los. Ich bin einfach nur ein Mensch, der nicht zurückschaut. Ich beschäftige mich viel lieber mit der Zukunft als mit der Vergangenheit.»

«Seit wann das denn?», gackerte sie.

«Seit jetzt.»

«Okayyyy», fragte sie lang gezogen in einem leidenden Tonfall. «Was wird mich das kosten?»

Mir war klar, warum Emilie nicht alleine gehen wollte. Wir beide waren nicht unbedingt die beliebtesten Schüler in unserer Klasse gewesen, und der Grund dafür war hauptsächlich, dass die anderen uns immer als die Bonzenkinder gesehen hatten (wobei Emilie das auch verdammt gerne hatte raushängen lassen). Und bei mir war noch dazu allen klar gewesen, dass ich schwul bin, auch wenn ich mich natürlich nie geoutet hatte. Nur war der dicke Mike zum Glück noch fünfmal schwuler gewesen als ich. Deshalb hatte er immer das ganze Mobbing abbekommen.

«Okay», sagte ich. «Hier ist mein Angebot: Du kommst mit zum Geburtstag meines Vaters, und ich gehe dafür mit dir zu diesem bescheuerten Klassentreffen.»

«Ach, ich weiß nicht», summte sie jetzt vor sich hin, weil das Miststück natürlich spürte, dass es plötzlich Oberwasser hatte. «Ohne Roger und Hellmuth wird das bestimmt kein schönes Fest mehr sein.» Sie sprach von Willemsen und Karasek, die beide häufig auf den Feiern meines Vaters zu Gast gewesen waren – und auf deren Schoß sie immer gerne gesessen hatte. «Außerdem müsste ich dann auch in Vorleistung gehen. Das Klassentreffen ist ja erst Ende November, und wer weiß, wie oft du dich bis dahin noch umentscheidest.»

«Emilie?»

«Ja?»

«Ich habe mich gerade schon echt heftig mit meiner Schwester gestritten, aber du treibst mich wirklich in den Wahnsinn.»

«Ich wünsche dir auch einen wunderschönen Abend», sagte sie säuerlich und legte auf.

Ich war mir nicht sicher, ob das noch ein Teil ihres blöden Spiels sein sollte oder ob sie jetzt ernsthaft eingeschnappt war. In dem Moment war es mir aber auch egal.

Scheißdreck! Mein Tag war echt gut gewesen, bis ich den Briefkasten aufgemacht hatte. Doch jetzt fühlte ich mich elend. Weil ich nicht nur keine Lust auf diese beiden Sachen hatte, sondern mich auf eine komische Art richtig davor fürchtete. Und dass ich überhaupt nicht verstand, warum das so war, machte es auch nicht besser.

Wieder griff ich nach meinem Handy und schrieb Hugo. ‹Wieso sieht es im Fernsehen immer so viel aufregender aus, wenn sich einer scheiße fühlt?›, fragte ich.

‹Weil dort stets die passende Musik gespielt wird›, antwortete er.

Möglich, dachte ich.

Er schickte noch eine Sprachnachricht hinterher, also drückte ich auf Play und hörte kurz darauf, wie er laut sagte: «Alexa, sei so gut und spiele etwas von The Fray.» Zwei Sekunden später ging in meinem Wohnzimmer die Musik an.

‹Besser?›, fragte er.

‹Viel besser›, schrieb ich zurück.

Es kamen dann doch alle mit zu Papas Geburtstag: Emilie, Anna und sogar Dirk. Und obwohl ich einerseits schon wieder genervt war, als wir mit einer halben Stunde Verspätung endlich alle vier im Taxi saßen, war ich alles in allem echt froh, dass die drei überhaupt dabei waren.

Weil Emilie und Anna nicht rechtzeitig fertig geworden waren, hatten Dirk und ich uns die Wartezeit vertrieben, indem wir durch die Hafencity spazierten, wo er und Anna sich ganz in der Nähe von Emilies Wohnung ein Hotel genommen hatten. Ich hatte ihm ein paar Dinge über Hamburg erzählt. Und über unsere sogenannte Familie. Das meiste hatte er allerdings schon gewusst.

«Bist du aufgeregt?», fragte er mich, als wir uns am Wasser an ein Geländer lehnten.

«Irgendwie ja», antwortete ich.

«Kopf hoch.» Er lächelte. «Denk einfach dran, dass das nicht deine Feier ist. Und nichts von dem, was dort passiert, muss dein Problem sein, wenn du es nicht zu deinem machst.»

«Du wärst echt ein viel besserer Therapeut als deine Freundin», sagte ich. «Weil du nett zu den Leuten bist, im Gegensatz zu ihr.»

«Deshalb ergänzen wir uns ja so gut», antwortete er, und wir grinsten.

Als wir endlich auf der Feier ankamen, öffnete uns ein breitschultriger Mann im Anzug die Tür und fragte höflich, wen er anmelden dürfe.

«Mein Gott, Timur», schimpfte Emilie, die bis gerade von Annas Hochsteckfrisur verdeckt worden war, und marschierte einfach an ihm vorbei. «Mach deine Augen auf, du Vollidiot!»

Der Rest von uns sah ihn entschuldigend an, und als er peinlich berührt eine einladende Geste vollführte, traten auch wir ins Haus.

«Mein Vater fand es total witzig, deinem Vater ein paar von unseren Türstehern zum Geburtstag zu schenken», kicherte Emilie, als wir sie wieder einholten.

«Ich lach mich auch tot», antwortete ich.

«Willkommen in meiner Familie», raunte Anna ihrem Freund zu und winkte einen Kellner mit einem Tablett voller Champagnerflöten zu uns heran.

«Ich muss erst mal mein Geschenk irgendwo abstellen», sagte ich. Früher war es immer eines der untrüglichsten Zeichen für das Ende des Sommers gewesen, wenn mein Vater einen Tag lang die Küche blockierte, um Maultaschen zu machen. Natürlich war das regelmäßig in die Hose gegangen, woraufhin er kommentarlos aus dem Haus gestürmt war, damit Doris in Ruhe putzen konnte. Also hatte ich ihm eine Nudelmaschine gekauft, die so groß und so schwer war, dass man sie mit beiden Händen halten musste. Als kleine Erinnerung daran, dass er nicht alles so gut konnte, wie er vielleicht dachte.

Das Haus war echt voll. In der Eingangshalle, im Speiseraum und in unserem großen Kaminzimmer drängten sich bestimmt hundert Leute. Mein Vater war zum Glück nirgends zu sehen, doch auf dem Weg zum Gabentisch entdeckte ich meine Mutter. Sie stand zwischen dem Hamburger Kultursenator und einem Ehepaar, das ich noch nie gesehen hatte, und ich erkannte schon von Weitem, dass sie es dieses Mal ein wenig mit dem Botox übertrieben hatte. Trotzdem konnte ich an ihrer Körperhaltung erkennen, dass sie sich offenbar einigermaßen wohlfühlte. Immerhin. Ich winkte ihr zu, nachdem ich die verpackte Nudelmaschine abgestellt hatte, und obwohl sie mir lächelnd bedeutete, zu ihnen rüberzukommen, drehte ich mich schnell weg und sah zu, dass ich zurück zu den anderen kam.

Die nächste halbe Stunde standen wir zu viert aneinandergedrängt in der Eingangshalle herum, fischten uns alle paar Minuten neue Häppchen von den vorbeifliegenden Tabletts und waren auf möglichst höfliche Art abweisend zu den ganzen Freunden unserer Eltern, die zu uns kamen, um Anna und mir zu sagen, wie erwachsen wir geworden waren.

«Die haben ja keine Ahnung», gluckste Emilie danach jedes Mal vergnügt.

«Du musst dich gerade aus dem Fenster lehnen, *Missy*», gab ich irgendwann zurück. «Ist ja nicht so, dass du schon Mann und Haus und Kind hättest. Oder einen gescheiten Schulabschluss.»

«Ach», winkte sie ab. «Mann und Kind, wer will das schon?»

«Ich», sagte Anna plötzlich, und wir sahen sie alle erstaunt an.

«Was hast du gesagt?», fragte Dirk.

«Ich», wiederholte sie.

«Okay», sagte er. «Abgemacht.»

«Wie, abgemacht?», fragte ich.

Dirk sah meine Schwester ernst an. «Abgemacht?», fragte er sie.

Anna zögerte nur kurz, dann nickte sie heftig und sagte: «Abgemacht!» Sie griff nach seiner Hand und drückte sie so fest, dass er vor lauter Schmerz plötzlich ganz dumm grinsen musste.

«Hat er gerade…?», fragte Emilie ungläubig.

«Ich weiß nicht genau», antwortete ich und sah die beiden an. «Habt ihr gerade –»

«Schhht!», machte Anna barsch. «Wenn die anderen das mitbekommen, müssen wir sie einladen.»

«Ich glaube, sie haben gerade», sagte ich zu Emilie. Dann besorgte ich uns vier neue Gläser, und wir stießen sehr diskret an.

Eine Stunde später hatte mein Vater eine Rede gehalten, in der er es nicht versäumt hatte, seiner lieben Frau und den beiden ganz reizenden Kindern für ihre Geduld mit ihm zu danken. Geschenkt. Im Kaminzimmer spielte inzwischen eine Band auf, und die meisten Gäste hatten schon so ordentlich einen sitzen, dass sich die Anwesenheit von ein paar Securitys vielleicht doch noch bezahlt machen würde. Wir hatten uns artig eine Weile mit Mama unterhalten, die offensichtlich so viel von was auch immer geschluckt hatte, dass sie aus Versehen sogar zu dem *Rotlichtmädchen* nett war. Ich hätte eigentlich gerne herausgefunden, ob der Rausch auch stark genug war, um zu verkraften, dass sie nun also einen Bauarbeiter zum Schwiegersohn bekommen würde. Doch ich beschloss, mich an dessen Rat zu halten und nicht immer alles zu meinem Problem zu machen, wenn es das nicht sein musste. Außerdem hatte mich gerade eine ganz andere Idee ereilt, und die war mindestens genauso dämlich. Nur vielleicht noch gefährlicher.

Ich entschuldigte mich bei den anderen zur Toilette, doch tatsächlich schlich ich in mein altes Zimmer hoch, hob dort das linke Ende meines Schreibtisches an, griff nach dem kleinen Zettel, der unter einem der Tischbeine versteckt gewesen war, und schob ihn in meine Hosentasche. Als ich gerade wieder in den Flur hinaustrat, hörte ich eine gedämpfte Stimme aus dem Raum, der früher mal das Büro meines Vaters gewesen war. Ich blieb stehen und lauschte eine Weile angestrengt, dann war ich mir sicher, seine Stimme durch die Tür zu hören. War jemand bei ihm? Ich konnte nur ihn sprechen hören, doch was er sagte, verstand ich nicht.

Als ich gerade noch überlegte, ob ich mich näher an die Tür heranschleichen sollte oder ob ich lieber nicht wissen wollte, was dahinter vor sich ging, wurde sie geöffnet, und mein Vater kam heraus.

«Oh, Felix», sagte er erstaunt, als er mich sah. «Suchst du mich?»

«Nein. Ich hab nur schnell was aus meinem Zimmer geholt.»

«Ah, okay.» Er nickte und stockte dann kurz. «Ich habe mit meiner Freundin telefoniert», sagte er dann.

«Äh, was?»

«Mit meiner Freundin.» Er sah mich prüfend an. «Du weißt, dass deine Mutter und ich kein Paar mehr sind.»

Ich weiß auch, *dass ihr eigentlich nie eins wart*, dachte ich. Doch ich sagte gar nichts.

«Sie ist gerade in Russland», fuhr er fort, als wären wir alte Kumpels. «Für so eine Art *Retreat*. Weil sie an einem Musical schreibt, über die Wende. Sie hat ein Haus dort geerbt, da war ich einmal mit, das kannst du dir gar nicht vorstellen!» Er schloss die Tür hinter sich und lehnte sich dagegen. «Von Moskau aus fliegst du ein paar Stunden, dann fährst du Zug, und dann läufst du. Nach einer Ewigkeit kommt ein Fluss, da bläst du dann ein Gummiboot auf und ruderst rüber. Und irgendwann ganz weit hinten kommt dieses Dorf. Da ist der Jüngste sechzig und die Älteste hundertzwei. Das ist echt ein Wahnsinn da. Aber wunderschön.» Die Geschichte kannte ich schon, die hatte er nämlich fast wortgleich mal in einer seiner Kolumnen erzählt. Nur dass er auf seiner Reise weibliche Begleitung hatte, hatte ich wohl überlesen. «Man hat natürlich so gut wie nie Handyempfang», fuhr er fort, «und wenn es doch mal welchen gibt, schreibt sie mir schnell. Dann rufe ich sie an, und wir versuchen kurz zu sprechen. Will gar nicht wissen, was das kostet.»

«Ich auch nicht», sagte ich. Er grinste, weil er meinen Tonfall offenbar für verschwörerisch gehalten hatte. «Also, ich gehe mal wieder runter.»

«Okay», antwortete er, «ich komme gleich nach, kannst Bescheid sagen unten.»

Ich war schon an der Treppe, als ich mich noch einmal zu ihm umdrehte und fragte: «Weiß Mama das?»

Er zögerte, und mir war klar, dass er gerade abwägte, welche Antwort jetzt wohl die schlauere wäre. «Nicht im Detail», sagte er dann.

«Und warum hast du es jetzt mir erzählt?», wollte ich wissen.

Er zuckte mit den Schultern, und zum ersten Mal in meinem Leben sah ich eine Spur von Unsicherheit in seinem Gesicht.

«Fick dich!», sagte ich laut und deutlich. Dann drehte ich mich weg, bevor er irgendwie reagieren konnte. Ich zwang mich, nicht zu rennen, weil er auf gar keinen Fall denken sollte, dass ich vor ihm weglief. Doch kaum, dass ich unten angekommen war, ging ich immer schneller und drückte mich unsanft durch die Menge, bis ich das Gästebad erreichte. Dort schloss ich mich ein. Erst danach begann ich zu zittern, und kurz darauf musste ich hysterisch lachen. Ich hatte es gedacht, aber ich hatte wirklich nicht geplant es auszusprechen. Und jetzt war ich fast genauso erschrocken darüber wie er. Die zwei Worte hallten noch immer in meinem Kopf, und ich hoffte, dass ihm auch klar war, wie ernst ich das gemeint hatte.

Ich atmete noch ein paarmal tief durch, dann verließ ich das Klo und steuerte mit gesenktem Kopf auf Emilie zu, die etwas verloren im Durchgang zum Kaminzimmer herumstand.

«Wo sind die anderen beiden?», fragte ich.

«Tanzen», antwortete sie. «Tanzt du mit mir?»

«Nicht jetzt. Wir müssen gehen.»

«Und deine Schwester?», fragte sie erstaunt.

«Die finden schon alleine zurück. Bitte komm jetzt.»

Ich erzählte ihr alles im Taxi, und Emilie wartete geduldig, bis ich fertig war, bevor sie nach meiner Hand griff und lächelte: «Das war wirklich mutig, Felix.»

«Danke.» Ich lächelte zurück. Wobei ich es gleichzeitig auch fast schon wieder peinlich fand, dass mich das Ganze so aus der Bahn warf.

«Trotzdem, *Honey*!» Sie las mal wieder meine Gedanken. «Er ist dein Vater. Dem ins Gesicht zu sagen, was für ein verschissener Wichskopf er ist, und es dabei auch noch so zu meinen, da muss man ganz schön mutig für sein.»

Als wir in Emilies Wohnung ankamen, war ich immer noch so voller Adrenalin, dass ich mich erst gar nicht hinsetzen wollte. Stattdessen schloss ich mich wieder im Bad ein, doch dieses Mal lag es nicht daran, dass ich in Ruhe durchatmen wollte. Ich suchte etwas, und zwar Emilies Tampons. Deshalb zog ich die oberste Schublade ihrer Kommode auf und entdeckte dort die kleine Blechbox, auf deren Deckel ‹Besuch der roten Ronja› stand.

«Sehr stilvoll, Em», murmelte ich.

Doch gleichzeitig war ich dankbar, weil das fragwürdige Design wenigstens meine Suche verkürzt hatte. Ich öffnete die Büchse, schob die unordentlich darin liegenden Tampons zur Seite und fand, was ich suchte.

«Ich gehe noch mal kurz raus, okay?»

Emilie hatte schon ihr Nachthemd angezogen und sich auf der Couch unter ihrer Decke zusammengerollt. «Wieso das denn?», fragte sie verwirrt. «Ich dachte, wie gucken noch 'ne Folge *Stranger Things*.»

«Bin ja gleich wieder da. Will nur schnell ins Hotel rüber und den beiden 'ne Flasche Schampus aufs Zimmer bestellen.»

«Das ist aber süß», strahlte sie. «Und praktisch. Ich hab nämlich keine Kippen mehr.»

Ich lief wirklich zuerst ins Hotel, bezahlte an der Bar den Champagner und schrieb den beiden einen Gruß auf eine Serviette, damit sie sich keine Sorgen wegen eines irren Stalkers machten. Dann ging ich die fünf Minuten zum einzigen Kiosk in der Gegend, der um kurz vor Mitternacht noch geöffnet hatte. Und auf dem Rückweg machte ich noch einen Schlenker Richtung Elbphilharmonie. Ganz in der Nähe der Stelle, an der ich vor der Feier mit Dirk gestanden hatte, hatte jemand ein paar Monate zuvor drei Ziffern ins Geländer geritzt. Ich.

Aus ein paar Metern Entfernung starrte ich hinüber und gab mir zum dritten Mal an diesem Abend Gelegenheit, von meinem Vorhaben abzulassen. Doch mir war klar, dass ich das nicht tun würde.

Ich fragte mich selbst, warum es ausgerechnet heute sein musste. Nicht die leiseste Ahnung. Aber brauchte man wirklich für jeden Scheiß einen Grund? Der Horkrux hatte jetzt lange genug an der Wand gehangen. Ich hatte zwar keinen blassen Schimmer, welcher Akt das gerade war. Aber es war an der Zeit, das Ding abzufeuern.

Ich trat ans Geländer und zog mit zitternden Fingern die beiden Zettel aus meiner Jackentasche. Kurz überlegte ich, wie noch einmal die richtige Reihenfolge war, doch es fiel mir überraschend schnell wieder ein. Ich tippte die Nummer ins Handy. Dann hielt ich es an mein Ohr.

Und zehn Sekunden später sagte ich: «Hi, ich bin's. Felix.»

Erst bin ich noch schnell zu Emilie hoch, um ihr die Zigaretten zu bringen.

«Hast du auch schon gehört, dass man sich in Mädelsfreundschaften über die Jahre immer mehr angleicht?», fragte sie, als ich ins Wohnzimmer kam.

«Kann schon sein. Warum?»

«Jetzt haben wir schon gleichzeitig unsere Tage.» Sie sah mich sehr streng an.

«Schimpf nicht mit mir, ja?», seufzte ich.

«Hast du es schon getan?»

Ich nickte.

«Und?»

«Wir treffen uns gleich. Er kommt mit der Bahn.»

«Es ist mitten in der Nacht!»

«Wäre es tagsüber eine bessere Idee?»

Sie überlegte kurz, dann schüttelte sie den Kopf. «Nein.»

Ich stand noch eine Weile unschlüssig da, dann sagte ich: «Okay, dann geh ich mal.»

«Warum machst du das?», fragte sie.

«Tja», antwortete ich. «Keine Ahnung.»

«Weil Anna jetzt heiratet?»

«Em, hör zu. Ich habe keine Ahnung, warum ich das mache. Aber keine Sorge – ich will ihn nicht zurück. Weil ich ihm nämlich nie wieder vertrauen könnte.»

«Er dir wahrscheinlich auch nicht.»

«Richtig. Danke für den Hinweis.» Tatsächlich war Martin ja nicht der Einzige, der sich wie ein Arschloch benommen hatte.

«Also, warum dann?»

Langsam wurde ich sauer. «Ich weiß es nicht, okay? Ich will ihn einfach wiedersehen. Habe ich deine Erlaubnis?»

«Nö», antwortete sie. «Aber das ist dir ja sowieso egal.»

Ich überlegte, ob ich darauf noch etwas antworten sollte. Doch ich ließ es bleiben. «Wird vielleicht später», sagte ich nur. «Musst nicht auf mich warten.»

«Sicher nicht», murmelte sie und drehte den Fernseher laut.

Wir trafen uns am Überseequartier.

Ich hatte mich hinter einer Litfaßsäule versteckt und beobachtete, wie er von der U-Bahn hochkam und sich suchend umsah. Er fuhr sich mit der rechten Hand durch die Haare. Und ich kannte ihn immer noch gut genug, um zu wissen, dass er das nur tat, wenn er nervös war.

Gut so, dachte ich. Dann war ich wenigstens nicht der Einzige.

Ich kam aus meinem Versteck hervor und lief mit festen Schritten auf ihn zu. Er entdeckte mich, als ich noch zwanzig Meter von ihm weg war, und die Straßenbeleuchtung war gerade hell genug, dass ich sehen konnte, wie er zu lächeln begann. Früher war ich bei dem Anblick jedes Mal dahingeschmolzen. Und jetzt? In meinem Magen rumorte es auf jeden Fall gewaltig, aber ob das daran lag, dass ich mich gerade neu verliebte, oder ob ich einfach kurz davor war, vor Aufregung zu kotzen, konnte ich nicht sagen.

«Schön, dich zu sehen», sagte er und breitete seine Arme aus, als ich ihm gerade meine rechte Hand hinstreckte. Seine Stimme war tief und warm, wie immer also.

Im Gegensatz zu meiner, denn mein «Hi» klang eher nach dem Schrei einer Nonne, die zwei Kolleginnen beim Sündenfall erwischt.

Martin ignorierte meine Hand. Er umarmte mich fest und herzlich, was mich so überraschte, dass ich erst auf die Idee kam, mich auf seinen Geruch zu konzentrieren, als er mich schon wieder losließ.

«Wollen wir ein Stück gehen?», fragte er.

«Gern.»

Wir liefen schweigend nebeneinander her, und ich konnte aus dem Augenwinkel sehen, dass er mir immer wieder süffisante Seitenblicke zuwarf. Das hatte er auch früher gemacht, wenn wir uns gestritten hatten und er mich zum Lachen bringen wollte. Doch dieses Mal würde ich es ihm nicht so einfach machen.

«Hätte nicht gedacht, dass du dich noch meldest», sagte er nach ein paar Minuten.

«Ich auch nicht.»

Er lächelte. «Ich bin jedenfalls froh, dass du es getan hast.»

«Wie geht's dir so?», fragte ich.

«Gut. Wirklich gut. Ich hatte Glück mit meiner Schule, hast du ja gesehen.»

«Also noch nicht zwangsgeoutet worden bisher?»

Jetzt wackelte er auf diese Art mit dem Kopf, die mir sagen sollte, dass er schon darauf gewartet hatte, dass ich das sage. Blöder Klugscheißer. «Hör zu, Felix –», begann er dann, doch ich unterbrach ihn.

«Schon gut», sagte ich. «Ich verstehe das. Aber du musst zugeben, dass es ein bisschen lustig ist.»

«Ich weiß.» Wir schauten uns an, und jetzt mussten wir beide grinsen. Fühlte sich gut an. «Und wie geht's dir?»

In den nächsten Minuten erzählte ich ihm von meinem Umzug nach Berlin (der natürlich absolut nichts mit ihm zu tun gehabt hatte) und meiner Arbeit für den Verein. Weil ich danach kurz fürchtete, dass uns jetzt schon die Gesprächsthemen ausgegangen waren, fragte ich ihn nach seinem jüngeren Bruder, den ich immer gemocht hatte, und nach Inge, dem gestrengen Patron der Hamburger Aids-Hilfe. Danach revanchierte er sich pflichtschuldig, indem er sich nach Anna, Gabriel und Emilie erkundigte, also brachte ich ihn auch in dieser Hinsicht auf den aktuellen Stand.

«Emilie wohnt hier in der Gegend?», fragte er, als ich fertig war.

«Wink ihr doch mal. Würde mich nicht wundern, wenn sie mit einem Fernglas am Fenster steht.»

«Oder mit einer Zielvorrichtung.»

Ich zuckte mit den Schultern. «Möglich wär's.»

«Ich würde niemals hier wohnen wollen», sagte er dann. «Viel zu steril alles.»

«Na ja, nach G20 sah es hier nicht ganz so steril aus», grinste ich. Emilie hatte sich ganze drei Tage lang nicht aus ihrer Wohnung getraut. Stattdessen hatte sie sich von Liefersushi ernährt, das sie jedes Mal mit der Kreditkarte bezahlte, damit sie die Wohnungstür erst aufmachen musste, wenn der Bote wieder weg war und sie keine Schritte mehr im Treppenhaus hörte. «Wo wohnst du denn?», fragte ich.

«St. Georg.»

«War ja klar.» Wir hatten uns inzwischen auf eine Bank gesetzt und blickten auf das dunkle Wasser vor uns.

«Und du?», fragte er.

«Schöneberg.»

«War ja überhaupt nicht klar.» Er stieß freundschaftlich seine Schulter gegen meine. «Wir kennen uns wohl einfach zu gut», sagte er dann.

«Scheint fast so», gab ich zurück.

Da war etwas zwischen uns. Ich konnte noch nicht genau sagen, was es war, und erst recht nicht, ob es gut war oder schlecht. Aber in jedem Fall war es da.

«Im Ernst, Felix», sagte Martin. «Ich hab viel an dich gedacht. In den letzten Jahren, aber vor allem, seitdem wir uns wiedergetroffen haben.»

«Und was hast du so gedacht?», fragte ich.

«Dass ich es immer noch verdammt scheiße von mir finde, dass ich das, was wir hatten, so gegen die Wand gefahren habe.»

«Ist echt ein hässlicher Fleck auf deiner weißen Weste», sagte ich, und er sah mich mit großen Augen an. Wahrscheinlich hätte er lieber gehört, dass alles vergeben und vergessen war. «Na ja», gab ich nach einer kleinen Spannungspause zu. «Ich hab auch Mist gebaut.»

«Stimmt», erwiderte er.

«Wenn auch nicht so großen wie du.»

«Stimmt auch. Was ich gemacht habe, war leider so schlimm, dass dein Fremdgehen jetzt gar nicht mehr so auffällt.» Er warf mir einen fast schon wütenden Blick zu, und mein Magen verkrampfte sich. «Und hast du mich jetzt angerufen, um das noch mal klarzumachen, oder gab es noch einen anderen Grund?», fragte er.

Ich seufzte. «Ich bin mir noch nicht sicher», sagte ich dann.

Erst lächelte er wieder. Doch dann sah er mich ernst an. «Du hast mir echt gefehlt», sagte er. «Wirklich. Oft habe ich irgendwas gesehen oder erlebt und dabei gedacht, wie gerne ich dir davon erzählen würde. Und ich fand's scheiße, dass das nicht ging.»

Ich nickte. «Kommt mir bekannt vor.» Dann fiel mir noch was anderes ein. «Tamara ist übrigens wieder aufgetaucht», sagte ich. «Sie ist jetzt aber ein Mann und verkauft Make-up.»

Als er das hörte, lachte Martin laut los. «Die hat echt 'nen Knall!», sagte er, und ich atmete beruhigt aus, weil ich mir sicher war, dass er das gerade zum ersten Mal gehört hatte. Fast sicher zumindest. Aber das musste erst einmal reichen.

«Du bist ab und zu in Berlin, hast du gesagt?»

Jetzt wurde er plötzlich wieder ernst. «Jepp.»

«Aus einem bestimmten Grund?»

«Ich hab da so was wie einen Freund.»

Das war der Moment, in dem mein Magen endgültig auf Kotzen umschaltete.

«Oh», sagte ich. «Schön.»

«Er ist nicht richtig mein Freund», sagte Martin schnell. Und die Tatsache, dass er mit diesem Typen nicht vor mir angab, sondern tatsächlich so wirkte, als ob ihm die Sache eher unangenehm wäre, machte ihn natürlich schon wieder zum Davonlaufen sympathisch. «Ich meine, wir sind noch ein bisschen unentschlossen.»

«Wird bestimmt noch.» Ich stieß ihm ebenfalls kumpelhaft in die Seite. Doch ich fiel fast von der Bank dabei.

«Und du?», fragte er. «Irgendjemand ... da?»

«Gerade nicht. Aber ich hatte ziemlich lange was mit Alexander Maroh. Kennst du vielleicht, ist ein bekannter Autor.» Martin nickte auf eine Art, die anerkennend sein konnte, aber auch mitleidig, und ich hätte mich sofort ohrfeigen können. Denn das hatte gerade nicht nur ganz besonders verzweifelt geklungen. Es war auch Alexander gegenüber echt unmöglich. «Aber wir haben das nicht an die große Glocke gehängt, wenn du verstehst.» *Halt's Maul, Felix. Halt einfach dein Maul.* «Also, wär gut, wenn du das nicht rumerzählen würdest.»

«Keine Sorge, mach ich nicht.» Martins Blick war jetzt vieles, aber definitiv nicht mehr anerkennend. Wahrscheinlich dachte er gerade, dass ich mir die Geschichte komplett ausgedacht hatte.

«Ich glaube, ich sollte jetzt langsam mal ins Bett», sagte ich.

«Gute Idee», antwortete er. «Ich auch.»

Wir gingen schweigend zur Bahnstation zurück, wo er mir die Hand hinstreckte, als ich ihn gerade umarmen wollte. Wir wünschten uns eine gute Nacht, und Martin versprach, sich zu melden, wenn er das nächste Mal in Berlin wäre. Ganz bestimmt.

Ich wartete, bis er in die Station verschwunden war, dann setzte ich mich auf die kalten Treppenstufen vor einem Bürogebäude und überlegte, was ich jetzt machen sollte. Es war halb zwei, gut möglich also, dass Emilie noch wach war. Und ich hatte echt keine Lust, ihr von meinem Treffen zu erzählen und mir dann auch noch ihre Kommentare dazu anhören zu müssen. Also zog ich mein Handy aus der Tasche und öffnete Grindr. Der nächste Typ, der noch online war, war aber tatsächlich fast fünfhundert Meter entfernt. Und er sah nicht einmal gut aus. *Martin hatte recht*, dachte ich. *Was für eine beschissen leblose Gegend.* Ich blieb noch eine Weile sitzen, aber irgendwann wurde mein Hintern zu kalt, also stand ich auf und lief nach Hause.

Als ich die Wohnungstür aufschloss, war alles dunkel. Erleichtert ging ich ins Bad und schlüpfte dann leise ins Schlafzimmer.

«Bist du das?», fragte Emilie schläfrig, während ich durch die Dunkelheit Richtung Bett schlich.

«Keine Ahnung, wen du meinst.»

«Wie war's?»

«Ungefähr so, wie ich es mir vorgestellt hatte.» Und gleichzeitig auch überhaupt nicht. Ich schob sie ein bisschen zur Seite und legte mich neben sie.

«Bist du böse mit mir?», murmelte sie.

«Du mit mir?»

«Glaub nicht. Kannst ja nichts dafür, dass du ein bisschen doof bist.»

«Schlaf gut, Em.»

«Du auch.»

Zehn Sekunden später hörte ich ihr leises Schnarchen. Doch ich lag noch lange wach in dieser Nacht.

Am nächsten Morgen weckte mich das Gurgeln der Kaffeemaschine. Als ich in die Küche kam, hatte Emilie schon den Tisch gedeckt und war gerade dabei, Orangen auszupressen.

«Womit hab ich das denn verdient?», fragte ich.

«Damit, dass du hier bist und nicht bei Martin.»

«Keine Sorge», sagte ich und setzte mich an den Tisch. «Der hätte mich gar nicht mitgenommen. Weil er nämlich einen Freund hat. Oder so was Ähnliches.»

Sie warf mir einen Blick zu, der sich zwischen mitleidig und erleichtert bewegte. Und weil ich das Wichtigste jetzt eh schon verraten hatte, erzählte ich ihr auch noch den Rest.

«Ich frage mich nur, warum es mich so getroffen hat, als er mir das von seinem Typen erzählt hat», sagte ich zum Schluss. «Meinst du, das heißt, dass ich immer noch irgendwie verliebt in ihn bin? Oder nur, dass ich einfach nicht teilen kann?»

«Das Schlimme ist, dass ich dir beides zutrauen würde.»

«Vielen Dank», gab ich zurück.

Doch weil sie mir in der gleichen Sekunde eine Scheibe French Toast auf den Teller schaufelte, bezog sie meine Worte darauf und lächelte stolz. «Hat Mama früher immer gemacht.»

«Weiß ich noch. Die waren echt gut.» Was leider auch schon das einzig Nette war, das man über ihre Mutter sagen konnte. Aber besser als nichts.

«Also, bereust du jetzt, dass du ihn getroffen hast?», fragte sie mit vollem Mund.

Ich schüttelte den Kopf. «Bin eigentlich sogar froh, es getan zu haben. Ich meine, ich wusste die ganze Zeit nicht, ob wir überhaupt noch normal miteinander reden können. Und ich finde es gut zu wissen, dass es geht.»

Sie schaute, als ob sie darüber erst einmal nachdenken müsste, doch dann nickte sie. «Vielleicht sollte ich mal meine Ex-Freunde abtelefonieren», sagte sie nachdenklich.

«Da kannst du ja froh sein, dass du eine Flatrate hast.»

Sie riss den Mund auf und streckte mir ihre Zunge raus, auf der sich eine Kraterlandschaft aus zerkautem Toastbrot auftürmte. «Und wie geht's jetzt weiter mit euch zwei Hübschen?», fragte sie, nachdem sie alles heruntergeschluckt und mit Saft nachgespült hatte.

«Keine Ahnung», antwortete ich. «Wahrscheinlich gar nicht.» Ich war ja auch nicht ganz dumm. War mir schon klar, dass es mit unserer Vorgeschichte fast unmöglich wäre, so was wie eine normale Freundschaft aufzubauen. Auch wenn ein Teil von mir das vielleicht noch gewollt hätte. Oder seit Neuestem wieder. «Wieso muss der auch so süß sein?», murmelte ich.

«Warum, warum ist die Banane krumm?», fragte Emilie zurück.

«Seine ist es auf jeden Fall nicht.»

«Nicht dass dich das noch betreffen würde.»

«Richtig», sagte ich. Ich dachte daran, wie peinlich ich mich verhalten hatte, nachdem Martin mir von seinem Typen erzählt hatte.

Dann griff ich nach einem Brötchen und sagte: «Der meldet sich sowieso nie wieder.»

Das allerdings war eine ziemliche Fehleinschätzung.

Das Europa-Center am Breitscheidplatz wirkte immer ein bisschen wie die versoffene Schwester des KaDeWe, die ihr Leben lang nur Pech mit Männern gehabt hatte. Trotzdem war Hugo froh, dass er dort eine Anstellung in einem kleinen Laden für Plastikschmuck gefunden hatte, nachdem er im KaDeWe rausgeflogen war. Aus Gründen, zu denen er sich nicht äußerte.

Wenn wir uns nun in seiner Mittagspause trafen, saßen wir also nicht mehr an der Champagnerbar, sondern auf einer ramponierten Plattform inmitten eines künstlichen Teiches und aßen Eisbecher.

«Wer schreibt denn da?», fragte er mit Blick auf mein vibrierendes Handy.

Kurz überlegte ich, ob ich lügen sollte. Aber eigentlich gab es dazu keinen Grund. «Martin», sagte ich also und öffnete die Nachricht. «Er ist ab morgen übers Wochenende in der Stadt und fragt, ob wir was zusammen machen wollen.»

«Und wollen wir?», fragte Hugo und leckte an seinem langen Löffel.

«Wir im Sinne von er und ich», stellte ich klar. «Und ich denke noch darüber nach.» Ich trank einen Schluck von meinem Cappuccino und schaute zur Decke, wo Arbeiter gerade damit beschäftigt waren, die Weihnachtsdekoration anzubringen. Seit unserem Treffen in der Hafencity waren drei Wochen vergangen. Seitdem hatte er sich nicht mehr gemeldet, und ich war vor ungefähr fünf Minuten zu dem Schluss gekommen, dass das wahrscheinlich besser so war. War ja klar, dass er genau jetzt wieder auftauchen musste.

«Meinst du, sein So-was-Ähnliches-wie-Freund ist dann auch dabei?», fragte ich Hugo. Auf den hatte ich nämlich überhaupt keine Lust.

«Wenn du das nicht möchtest, lässt du es ihn am besten direkt wissen.»

«Mhm, ist klar. Wirkt ja dann auch gar nicht dämlich.»

«Es wirkt, als wärst du ein Mann, der weiß, was er will, *Babyboy*. Und vor allem, was nicht.» Er überlegte kurz, dann zeigte er auf mein Handy und sagte: «Schreib ihm, ihr trefft euch Freitagabend in der Europatherme, alleine, und zwar im Dampfbad. Und zur Begrüßung packst du ihn am Schwanz. Aber so richtig am Schaft.»

Wir trafen uns tatsächlich, aber nicht im Dampfbad. Und es hat auch keiner den anderen am Schwanz gepackt. Stattdessen waren wir beim Inder und danach im Kino. Sein Dreiviertelfreund musste zum Glück arbeiten an dem Abend, weshalb wir nur zu zweit waren. Und das fühlte sich irgendwie seltsam an und gleichzeitig schön und vertraut. Die Stimmung war anders als in dieser Nacht in der Hafencity. Besser und vor allem unbeschwerter. Als hätten wir dort die Formalitäten erledigt und könnten jetzt endlich damit anfangen, einfach wieder gerne Zeit miteinander zu verbringen.

Wir waren nach wie vor ein eingespieltes Team, und das war oft verdammt lustig. Als wir auf dem Weg ins Kino einen Idioten in einer Thor-Steinar-Jacke vor uns laufen sahen, trennten wir uns ganz automatisch und überholten ihn gleichzeitig links und rechts, wie wir es Jahre zuvor immer mit dem Islamisten gemacht hatten, der neben Martins Wohnheim gelebt hatte. Um ihn für den Bruchteil einer Sekunde in einem schwulen Kraftfeld gefangen zu halten. Und als wir nach der Aktion wieder zusammentrafen, klatschten wir uns ab und lachten, als wäre überhaupt nichts zwischen uns vorgefallen.

Den ganzen Abend über gab es kein einziges peinliches Schweigen zwischen uns. Stattdessen unterhielten wir uns über alles Mögliche, umschifften dabei aber beide alle wirklich persönlichen Themen. Und vor allem sprachen wir nicht über *uns*. Denn obwohl ich immer noch ab und zu für eine halbe Sekunde das Gefühl hatte, dass diese ganze elende Geschichte irgendwie zwischen uns stand, war mir gleichzeitig klar, dass dazu schon wirklich alles gesagt worden war.

«War schön mit dir», lächelte Martin zum Abschied, als die U-Bahn an meiner Station hielt. «Lass uns das wiederholen.» Er sagte das mit dieser typisch sanften Martin-Stimme, aus der sein ganzes Selbstbewusstsein sprach.

«Okay», sagte ich. Dann stieg ich aus und lief den Bahnsteig entlang, ohne mich noch einmal zu ihm umzudrehen. Und ich kam mir echt verdammt cool dabei vor.

«Das läuft eh darauf hinaus, dass du am Schluss zurück in seine Arme rennst wie in einem billigen Liebesfilm», rief Emilie aus dem Schlafzimmer, wo sie sich gerade zum vierten Mal umzog. Es war Ende November, und das Klassentreffen stand bevor. «Das ist echt so dumm von euch!»

Ich blickte zu Gabriel, und der nickte nur bedauernd. «Ich muss dem lauten Mädchen leider recht geben.»

«Blödsinn!», erwiderte ich. Natürlich war die Sache dumm, das wusste ich schon selber. Aber nicht alles, was dumm ist, muss ja deswegen auch schlecht sein. Außerdem war ich mir sicher, dass Martin und ich niemals wieder ein Paar werden würden. Im echten Leben enden solche Geschichten nämlich nicht mit dem finalen Kuss in Großaufnahme. Da muss man es auch danach noch miteinander aushalten. Und ich konnte mir immer noch nicht vorstellen, dass wir uns irgendwann wieder wirklich hätten vertrauen können. «Übrigens solltet ihr auch nicht vergessen, dass er einen Freund hat», sagte ich.

«Und man hat ja an euch beiden gesehen, was das wert ist», rief Emilie kichernd und stolzierte zwei Sekunden später in einem ausladenden Ballkleid ins Zimmer.

«Hab ich überlesen, dass das ein Kostümfest wird, Cinderella?», fragte ich, worauf sie einen Schmollmund zog und sich direkt wieder rückwärts ins Schlafzimmer bewegte. Ich sah Gabriel an. «Willst du nicht doch mitkommen? Wir tun einfach so, als wärst du die ganze Zeit mit uns in der Stufe gewesen und als wäre es total witzig, dass sich außer Em und mir keiner an dich erinnert.»

«Klingt wirklich verlockend», gab er zurück. «Aber morgen früh um halb sieben geht mein Flieger nach Cardiff.»

Gabriel war zur Silberhochzeit von Shauns Eltern eingeladen. Und dass er schon zwei Gläser von Emilies selbst gemischtem Pfirsichlikör getrunken hatte, zeigte deutlich, dass er für seine Verhältnisse echt aufgeregt war.

Fünfzehn Minuten später hatte sich Emilie endlich für eine erstaunlich schlichte Kombination aus schwarzer Jeans und über dem Bauchnabel geknotetem Holzfällerhemd entschieden. «Also, ich freue mich drauf, alle wiederzusehen», sagte sie, während sie sich erschöpft in ihren Fernsehsessel fallen ließ.

«Und du freust dich darauf, ein bisschen vor allen anzugeben.» Ich deutete auf ihren linken Arm, wo sie den Hemdsärmel genau so weit hochgekrempelt hatte, dass er nicht versehentlich ihre neue Cartier-Uhr verdeckte. Obwohl ich bezweifelte, dass viele aus unserer alten Klasse die als solche erkennen würden.

«Wir sollten uns nicht dafür schämen müssen, dass wir es für ein paar Waldorfschüler echt weit gebracht haben», sagte sie und schaute selbstzufrieden in ihrer Wohnung umher.

«Für ein paar Waldorfschüler mit stinkreichen Eltern», antwortete ich. Ich mochte es nicht, wenn sie über unsere Schule herzog, nur weil man sich über Waldorfschulen eben lustig machte. Ich war gerne dort gewesen. Und zwar nicht nur, weil man überall sonst deutlich fieser zu mir gewesen wäre.

«Ist ja gut», lenkte sie ein, «Ich geb's zu, es war auch eine schöne Zeit.»

«Ich würde gerne noch mal zur Schule gehen», sagte ich. «Ich kann mich kaum noch daran erinnern, wie es war, keine anderen Sorgen zu haben als die Frage, ob wir heute noch 'nen Vokabeltest schreiben.»

«Ich dachte, bei euch gab's gar keine Noten?», fragte Gabriel interessiert.

«Bei uns gab's enttäuschte Blicke», sagte ich. «Und glaub mir, das war schlimmer.»

«Meinst du, dass heute die Briefe vorgelesen werden?», fragte Emilie.

«Oh Gott, ich hoffe nicht!» Auf der Weihnachtsfeier in der zwölften Klasse hatten wir Briefe an unser zukünftiges Ich geschrieben, in denen wir uns selbst irgendwas wünschen mussten. Ich hatte von einer Weihnachtsmarktverkäuferin erzählt, die ich ein paar Tage zuvor dabei beobachtet hatte, wie sie mit wachsender Verzweiflung versuchte, ein Paar Bratwürste auseinanderzureißen, damit sie die auf den Grill legen konnte. Deshalb hatte ich mir gewünscht, dass die Herausforderungen in meinem Leben mal ebenso überschaubar sein würden. Hat aber nicht geklappt.

Sahra hatte wirklich an alles gedacht. Auch wenn ich unsere ehemalige Stufensprecherin mied, seit sie mich in der achten Klasse mal in den Sportgeräteraum gesperrt hatte, musste ich ihr zugestehen, dass sie echt gut Partys organisieren konnte. Mit ein paar bunten Lichtern hatte sie die Turnhalle unserer Schule in eine Art Großraumkinderdisco verwandelt, die Jazz-AG spielte uns zu Ehren hauptsächlich Songs aus unserem Abisommer, und sogar das Essen sah gar nicht so übel aus.

Emilie und ich drehten eine Runde durch die Halle, um zu schauen, wer alles da war, und soweit ich das überblicken konnte, waren fast alle gekommen. Nur der dicke Mike war nirgends zu sehen, was ich schade fand, weil ich mich gerne über ein paar Dinge mit ihm unterhalten hätte. Andererseits wäre ich an seiner Stelle auch nicht aufgekreuzt. Genau genommen wäre ich ja nicht mal an meiner Stelle hier aufgekreuzt.

«Hatten wir wirklich so viele Leute in der Stufe, an die ich mich überhaupt nicht mehr erinnere?», fragte ich Emilie beim Anblick der Menge, die brav am Büfett Schlange stand. «Oder haben die alle ihre Partner dabei?»

«Wahrscheinlich eine Mischung aus beidem», sagte sie leise und winkte zwei Mädels zu wie Nancy Reagan. «Ich sag mal schnell Pia und Sophie Hallo.»

«Lass mich ruhig alleine», maulte ich, doch sie hörte es gar nicht mehr, weil sie schon jubelnd auf die beiden zuflog.

Missmutig stellte ich mich in die Schlange vor der provisorischen Bar, wo zur Begrüßung Sekt ausgeschenkt wurde. Ich zog mein Handy aus der Tasche und wollte gerade auf Grindr nachschauen, ob der dicke Mike und ich die einzigen Schwulen in unserer Stufe gewesen waren. Doch plötzlich legte sich eine schwere Hand auf meine Schulter, und eine raue Stimme rief: «Ey, du bist Felix, oder?»

Ich drehte mich um und blickte erstaunt in ein verwegen aussehendes Gesicht, das mich freundlich angrinste. «Elias?», fragte ich, nachdem ich eine Weile nach dem richtigen Namen gesucht hatte.

«Groß bist du geworden», lachte er.

«Du auch», sagte ich und lächelte ein wenig unschlüssig zu ihm hoch. Elias war bis zur achten oder neunten Klasse bei uns auf der Schule gewesen, war dann aber auf ein Internat gewechselt, wenn ich es noch richtig wusste. «Hätte nicht gedacht, dass du dich noch an mich erinnerst», sagte ich. Denn ich glaubte nicht, dass wir jemals mehr als drei Sätze miteinander gesprochen hatten.

«Deine Mutter hat Schwarzbrot und Kaviar zur Einschulungsfeier mitgebracht», erwiderte er. «Ich erinnere mich an dich.»

«Und, wie geht's dir so?»

«Gut», sagte er und nickte dieses Nicken, das auch echt nur ein heterosexueller Mittzwanziger zustande brachte, der in seinem tiefsten Inneren davon überzeugt war, dass sowohl er selbst als auch die Welt um ihn herum in allerbester Ordnung waren. «Wirklich gut. Und dir?»

«Ach ja», sagte ich. «Kann nicht klagen.»

«Was machst du so?», fragte er und verschränkte die Arme vor der Brust, während die Schlange sich quälend langsam Richtung Sektausschank bewegte.

«Ich bin Projektmanager», sagte ich, «bei einer Non-Profit-Organisation». Das hatte ich mir schon im Vorfeld so zurechtgelegt. Denn ich wollte hier nicht unbedingt damit hausieren gehen, dass ich mich als Musterschwuler von Schülern begaffen ließ.

«*Nice!*», rief er.

«Und du?» Ich hoffte, dass ich bald endlich meinen Sekt bekommen würde. Und ich beschloss, gleich zwei Gläser mitzunehmen und eines davon Emilie zu bringen, um eine Ausrede zu haben, von hier wegzukommen. Denn in der Nähe von Typen wie Elias wurde ich immer irgendwie nervös.

«Oh, ich studiere noch», sagte er fröhlich. «Und nebenher mache ich ein bisschen Sport.»

Sieht man, dachte ich und beherrschte mich, meinen Blick nicht nach unten wandern zu lassen. «Cool», erwiderte ich stattdessen und lächelte.

In dem Moment sah ich aus dem Augenwinkel, wie Emilie aus dem Augenwinkel sah, dass ich mit Elias sprach. Sie ließ ihre beiden Gesprächspartnerinnen stehen und eilte in unsere Richtung, wo sie gleichzeitig mit einer langhaarigen Brünetten mit Pferdegebiss ankam, um die Elias sogleich einen seiner langen Arme legte.

«Das ist Lara», sagte er. «Meine Freundin.»

«Hi», sagte ich und streckte ihr meine Hand hin. «Ich bin Felix.»

«Und ich bin Emilie», sagte Emile, «und du bist Elias.» Sie stellte sich auf die Zehenspitzen und hauchte ihm einen Kuss auf die Wange.

«Schön, dich zu sehen», antwortete der und hatte plötzlich wieder dieses verwegene Grinsen im Gesicht.

«Seid ihr auch zusammen?», fragte Lara und griff nach meiner Hand, um sie kräftig zu schütteln.

Doch Emilie lachte laut auf. «Keine Ahnung, warum das alle denken!», rief sie. «Haben die da drüben auch schon gefragt. Aber Felix ist schwul.»

Ich spürte, wie sich Laras Hand in meiner für eine halbe Sekunde verkrampfte. Vielleicht bildete ich es mir aber auch nur ein, weil mein Herz kurz stehen blieb.

Mein Blick wanderte zu Elias, der sich aber überhaupt nichts anmerken ließ, sondern stattdessen immer noch ganz und gar zufrieden in die Runde schaute.

«Wow», sagte Lara, die meine Hand nun wieder umso heftiger schüttelte. «Finde ich super, dass du da so offen mit umgehst.»

«Na ja», gluckste Elias. «Eigentlich geht hauptsächlich Emilie offen damit um.»

«Ich hatte nicht vor, es geheim zu halten», sagte ich schnell und zog jetzt endlich meine Hand aus Laras Griff, bevor diese Nummer vollends zum Slapstick wurde. «Wollte aber auch nicht damit angeben.»

«Warum denn nicht?», fragte Elias.

«Der Bruder meiner Mitbewohnerin ist auch schwul», sagte Lara stolz.

«Nur dass man es bei dem nicht extra dazusagen muss», ergänzte Elias und nahm der Bardame zwei Gläser Sekt ab. «*Ladies first*», lächelte er. Dann reichte er sie an Emilie und Lara weiter, und ich Idiot war auch noch erleichtert, dass er es nicht wahnsinnig witzig fand, jetzt zuerst mir eines in die Hand zu drücken.

Als wir alle versorgt waren, stellten wir uns in eine ruhigere Ecke und stießen an. Dann fühlte sich erst einmal Emilie aufgefordert, mit ihrem bisherigen Lebenslauf aufzutrumpfen. Während sie unnötig bildhaft von ihrer Ausbildung im Puff erzählte, nutzte ich die Gelegenheit und traute mich endlich, mir Elias genauer anzuschauen. Er war bestimmt zehn Zentimeter größer als ich und sehr schlank, aber nicht auf eine dürre, sondern auf die muskulös-drahtige Art. Die etwas verwilderten braunen Locken hatte er schon früher gehabt. Allerdings war seine Nase damals noch gerade gewesen. Dass sie offensichtlich mindestens einmal gebrochen worden war, gab seiner ganzen Erscheinung erst recht diese verwegene Aura. Und sie machte ihn sexy, auf eine gefährliche Art. Kein Wunder, dass Emilie auf ihn stand. Obwohl er eigentlich ein kleines bisschen zu dünn war, um ein echter Sattmacher zu sein. Die Lässigkeit, mit der er die Anzugshose und das schlampig in sie hineingesteckte Hemd trug, als ob es seine bevorzugten Freizeitklamotten wären, ließ mich vermuten, dass er diese Art von Kleidung nicht nur zu Festtagen anhatte. Und das schmale Goldkettchen, das an seinem Hals hing, sagte: ‹Vielleicht bin ich ein Proll, vielleicht auch nicht. Find's halt raus, wenn du dich traust.›

Mir war allerdings schon klar, dass ich mich eher nicht traute.

«Echt schade, dass du aufgehört hast», sagte Emilie jetzt und riss mich aus meinen Gedanken, weil sie Elias dabei schon wieder über den Arm fuhr. «Bin letztes Jahr extra wegen dir mitten in der Nacht aufgestanden.»

Hä?, dachte ich. Was hatte ich denn da verpasst? Ich seufzte innerlich. Denn eigentlich hatte ich mir vorgenommen, an diesem Abend kein Wort mehr mit ihr zu sprechen, weil mein Überraschungs-Outing vor den anderen eine absolute Unverschämtheit gewesen war. Aber jetzt war ich mir nicht mehr sicher, ob ich es aushalten würde, später nicht nachzufragen, worüber sie da gerade sprachen.

«Und was studierst du jetzt?», fragte sie.

«Banking and Finance», antwortete Elias.

«Ich auch», schob seine Freundin hinterher, die offensichtlich auch gerne mal wieder was sagen wollte.

«Und wo wohnt ihr?»

«In Köln», sagte er und sah dann plötzlich mich an. «Und du?»

Ich räusperte mich, weil ich gerade dabei gewesen war, meinen Sekt auszutrinken, und mich vor Schreck ein bisschen verschluckt hatte. «Berlin», sagte ich dann.

«Echt jetzt?» Er konnte es offenbar kaum fassen. «*Nice!*», rief er. «Da bin ich im Frühjahr für ein Praktikum.»

«Ah», sagte ich. «Cool.»

«Ich bin auch oft in Berlin», flötete Emilie. «Felix ist ein ganz toller Gastgeber. Vielleicht kocht er ja mal für dich, wenn du da bist.»

«Mal schauen», sagte ich schnell. «Wenn es sich ergibt.»

«Würde mich freuen.» Elias zwinkerte mir zu. «Aber du kennst wahrscheinlich auch keinen Trick, wie man in Berlin was Bezahlbares zur Zwischenmiete findet, oder? Hab schon mal angefangen, ein bisschen zu gucken, aber der Markt ist echt der Wahnsinn.»

«Keine Sorge», strahlte Emilie. «Zur Not ziehst du einfach bei Felix ein. Der hat drei Zimmer und wohnt nur in einem davon.»

«Wieso das denn?», fragte Lara. Dabei machte sie ein Gesicht, als hätte sie den Verdacht, dass das so ein Schwulending sein könnte.

«Ach, keine Ahnung», sagte ich. «Die Wohnung ist einfach ziemlich groß. Aber ich nutze natürlich schon alle Zimmer.»

«Jaja, genau», kicherte Emilie. «Und der dicke Mike ist Stripper.»

Ich hatte keine Lust, vor den anderen einen ernsthaften Streit mit dieser blöden Kuh anzufangen, deshalb entschuldigte ich mich zur Toilette.

Als ich fünf Minuten später wieder in die Halle kam, stand Elias alleine neben der Bar und drückte auf seinem Handy herum. Doch nach ein paar Sekunden schaute er hoch, und als er mich sah, steckte er es weg und lächelte mir von Weitem zu. Eigentlich hatte ich gehofft, mit irgendjemand anderem ein Gespräch beginnen zu können, um dieser komischen Geschichte ein Ende zu bereiten, doch nachdem er mich jetzt so auffordernd anschaute, blieb mir nichts anderes übrig, als wieder zu ihm rüber zu gehen.

«Trinken wir noch was?», fragte er.

«Klar», sagte ich, und wir stellten uns in die Schlange.

«Aber was Richtiges, okay? Magst du Whisky?» Ich nickte. «Whisky ist mein Hobby», sagte er. «Hab sogar mal versucht, selber welchen zu brennen, im Pfarrhaus von meinem Vater. Der ist aber dahintergekommen und hat mir ganz schön was erzählt.» Er lachte herzlich.

«Wo sind denn die anderen beiden?», fragte ich.

«Die sind rauchen gegangen.»

«Und du bist nicht mit?» Elias war einer der allerersten in unserer Klasse gewesen, die damals damit angefangen hatten.

«Hab's mir längst abgewöhnt. Ist nicht so gut für die Puste.»

«Was machst du denn für 'nen Sport?», fragte ich.

Doch er grinste nur. «Ach, das erzähle ich dir mal in Ruhe», sagte er. Weil es keinen Whisky gab, bestellte er zwei Gin Tonic, bezahlte sie und hielt mir einen davon hin. «Auf interessante Klassentreffen!», sagte er.

«Auf interessante Klassentreffen», wiederholte ich, und wir tranken.

«Du, sag mal», begann er dann und schien offenbar nach den richtigen Worten zu suchen. «Ich will mich echt nicht aufdrängen. Aber ich suche wirklich noch nach 'ner Bleibe für mein Praktikum. Und falls du tatsächlich noch Platz bei dir hast – also natürlich nur, wenn du jemanden suchst. Aber ich wohne gerne in WGs. Und mir wär's natürlich lieber, ich ziehe zu jemandem, den ich kenne.»

Den du kennst?, dachte ich. Wir hatten uns seit über zehn Jahren nicht mehr gesehen und in der ganzen Zeit davor wahrscheinlich weniger miteinander geredet als in der letzten halben Stunde.

«Ähm», sagte ich und konnte leider an seinem Blick erkennen, dass er darauf wartete, dass ich noch weitersprach. «Eigentlich suche ich keinen Mitbewohner.»

«Ach so», sagte er enttäuscht. «Schade. Aber klar, kein Ding. Nur, wenn's okay für dich ist, geb ich dir meine Nummer, ja? Dann kannst du dich melden, wenn du vielleicht was hörst.»

«Klar, gerne», sagte ich und ließ mir seine Nummer diktieren. Danach schwiegen wir beide eine Weile und nippten an unseren Gläsern. Und ich erinnere mich nicht mehr genau, ob ich einfach nur dieses Schweigen nicht mehr ertragen konnte oder ob irgendwas in mir tatsächlich plötzlich Lust auf ein großes Abenteuer hatte. Jedenfalls sagte ich plötzlich: «Wir können uns ja im neuen Jahr noch mal kurzschließen. Und wenn du echt nichts findest, ich hab ein großes Gästezimmer.»

«Ich zahle natürlich Miete», sagte er schnell.

«Wir werden uns sicher irgendwie einig», lächelte ich.

«Echt cool!», rief er. Und wir stießen gleich noch einmal an.

Als wir zwei Stunden später die Taxitüren hinter uns zuzogen, sah mich Emilie müde an und sagte: «Na los, schimpf schon mit mir.»

«Keine Sorge. Das hebe ich mir für zu Hause auf.»

«Tut mir leid, okay? Es ist einfach mit mir durchgegangen.»

«Hab ich gemerkt. Und die anderen auch.»

«Eigentlich hab ich dir ja einen Gefallen getan», sagte sie jetzt trotzig und sah noch einmal zum Fenster hinaus, während wir an unserer alten Schule vorbeifuhren.

«Ach ja? Und zwar weil…?»

«Weil du dir jetzt sonst wieder ins Hemd machen würdest, wie und wann du es ihm am besten sagen kannst. Und du würdest dich fragen, ob er lieber doch nicht bei dir einziehen will, wenn er es irgendwann erfährt.»

Das Dumme war, dass sie damit nicht mal ganz falsch lag. «Dass er vielleicht bei mir einzieht, würde ja nicht mal zur Debatte stehen, wenn du das nicht auch noch angeleiert hättest. Und zwar nur, weil du scharf auf ihn bist und ihn irgendwo haben willst, wo du ihn besuchen kannst.»

«Als ob du nicht scharf auf ihn wärst!», rief sie empört. «Er war vielleicht zu sehr damit beschäftigt, mich anzuschauen, aber ich hab deine Blicke bemerkt!»

Ich seufzte, weil ich sehen konnte, wie uns der Taxifahrer über den Rückspiegel einen Blick zuwarf. So viel zu meinem Plan, erst zu Hause mit dem Streiten anzufangen. «Ich werde mir ja wohl noch anschauen dürfen, was ich mir ins Haus hole», sagte ich dann.

«Und ich dachte, du magst es am liebsten anonym.»

«Jetzt ist aber gut!» Ich traute mich gar nicht mehr, Richtung Rückspiegel zu schauen. Stattdessen drehte ich meinen Kopf zum Fenster und starrte auf die Hausfassaden, an denen wir vorbeifuhren.

Nach ein paar Sekunden spürte ich Emilies Hand auf meinem Knie.

«Hey», flüsterte sie. «Tut mir leid. Ich hab's übertrieben. Mein Hirn hat ein bisschen ausgesetzt, als ich ihn gesehen habe.»

«Ist schon okay», brummte ich matt. «Ich wusste gar nicht, dass ihr euch so gut kanntet.»

«Ha!», machte Emilie laut. «Elias' Schwanz wird für immer der erste Ständer sein, den ich jemals in der Hand hatte. Und das war ein ziemliches Kopf-an-Kopf-Rennen, *Honey*. Zwei Tage später, und er hätte gegen Simon Gramberg verloren.»

Ich kniff die Augen zusammen und hoffte inständig, dass diese Taxifahrt bald zu Ende sein würde. «Und die Leute tun immer so, als wären wir Schwulen die Perversen», flüsterte ich sehr leise.

«Seid ihr ja auch», gab Emilie zurück. «Bei uns ist das was anderes. Heteros *müssen* rumvögeln, wegen der Arterhaltung. Und dabei müssen wir ja auch noch für euch mitarbeiten. Verstehst du, oder?»

Ich sagte nichts mehr dazu. Aber heute bin ich mir sicher, dass sie die Klappe nicht so weit aufgerissen hätte, hätte sie an dem Abend schon gewusst, dass sie seit an paar Wochen schwanger war.

Anna hatte sich einen beschissenen Tag ausgesucht zum Heiraten. Es war Mitte Januar, es hatte fünfzehn Grad, und es regnete in Strömen. Außer mir schien das aber niemand schlimm zu finden, und meine Theorie war sowieso von Anfang an gewesen, dass im Januar nur Menschen heiraten, die damit aller Welt zeigen wollen, dass sie keinen Wert auf Klischeeromantik legen. Und so gesehen passte das Wetter ja wieder.

Zu der kleinen Gesellschaft, die sich am Freitagmittag vor dem Friedrichshainer Standesamt einfand, gehörten ein paar Kollegen und Freunde der beiden, Dirks Brüder, Alexander, Emilie und ich. Nach kurzer Überlegung hatte sich Anna tatsächlich entschlossen, unsere Eltern nicht einzuladen und ihnen vorsichtshalber auch überhaupt nichts von der ganzen Sache zu erzählen. Auf Mama hätte sie sich wahrscheinlich gerade noch eingelassen, doch die wäre garantiert nicht alleine gekommen, weil das ja komisch ausgesehen hätte. Unseren Vater wollte Anna aber auf gar keinen Fall dabeihaben, und das fand ich absolut nicht schade. Denn seit ich ihm gesagt hatte, dass er sich bitte ficken soll, hatte ich ihn nicht mehr gesehen. Und ein irrationaler, aber leider nicht gerade kleiner Teil meines Ichs hatte immer noch Angst vor dem Tag, an dem das passieren würde.

Emilie hatte eigentlich nicht auf der Liste gestanden, doch sie hatte mich eine Woche vorher angerufen und ihren Besuch angekündigt, weil sie ausgerechnet diesen Tag unbedingt mit mir verbringen wollte.

Nach meinem Verweis auf Annas Hochzeit und vor allem nach meinem Angebot, sie könnte ja einen Tag später kommen, fing sie hemmungslos zu schluchzen an. Also stellte ich das Gespräch auf stumm und fragte Anna, in deren Küche ich gerade saß, ob Emilie vielleicht auch kommen könnte. Die verdrehte nur die Augen und zuckte hilflos mit den Schultern, also sagte ich Emilie zu, die daraufhin schlagartig wieder fröhlich war und mir noch einen wunderschönen Tag wünschte.

«Ich will aber keinen von ihren Dildos geschenkt kriegen», brummte Anna, nachdem ich aufgelegt hatte. «Das kannst du ihr noch ausrichten. Und es werden keine Bilder bei Facebook gepostet! Sonst sieht ihr Vater das, und der erzählt es dann unserem.»

«Weißt du», antwortete ich, «manchmal glaube ich, dass erwachsen zu sein hauptsächlich bedeutet, so langsam den Überblick darüber zu verlieren, wer was über wen warum noch mal nicht wissen darf.»

«Das Wichtigste ist, dass *wir* uns alles sagen können», erwiderte sie und streckte den Arm aus, um mir liebevoll den Nacken zu kraulen. Ihre bevorstehende Vermählung hatte sie wirklich überraschend sanftmütig gestimmt. Trotzdem lief mir ein Schauer über den Rücken, als ich ihre Hand in meinem Genick spürte. Denn mir war klar: Sie hätte es ohne zu zögern gebrochen, wenn ich ihr gestanden hätte, dass ich mich seit ein paar Monaten wieder ab und zu mit Martin traf. Und das schön fand.

«Danke, dass Emilie kommen darf», sagte ich schnell, um uns beide auf andere Gedanken zu bringen. «Keine Ahnung, was sie wieder hat.»

Anna ließ mich los und zündete sich eine Zigarette an. «Ich fürchte, wir werden es schon bald erfahren», gab sie zurück und griff nach ihrem Handy, um ihrem zukünftigen Schwager zu schreiben, dass wir eine Person mehr sein würden bei der Feier.

Obwohl das im Standesamt eigentlich nicht üblich war, bestand Anna darauf, sich auf dem Klo im zweiten Stock zu verstecken, bis alle Gäste Platz genommen hatten, um dann erhobenen Hauptes und ganz alleine durch den drei Stuhlreihen langen Mittelgang auf ihren Bräutigam zuzuschreiten. Sie trug ein altertümliches weißes Kleid, das gerade noch schlicht genug war, um theoretisch auch kein Brautkleid sein zu können, und mir fiel tatsächlich erst bei diesem Anblick auf, dass meine Schwester ziemliche Ähnlichkeit mit Florence hatte (ohne *Machine*). Dirk hingegen trug eine dieser Zimmermannshosen mit zwei goldenen Reißverschlüssen zu seinem weißen Hemd. Und obwohl das ästhetisch betrachtet eine eher fragwürdige Entscheidung war, hatte ich nichts dagegen einzuwenden, weil mich der Anblick daran erinnerte, wie ich im Sommer zuvor mal einen Bauarbeiter im Tiergarten getroffen hatte. Und der hatte mir gezeigt, wie praktisch es sein konnte, zwei Reißverschlüsse an der Hose zu haben, die sich gleichzeitig öffnen ließen. Vor allem, wenn man nichts drunter trug.

Die Zeremonie selbst war kurz und verlief, von Emilies gelegentlichen lauten Schluchzern mal abgesehen, ohne Zwischenfälle. Danach fuhren alle zum Empfang in die Markthalle Neun, wo einer von Dirks schwulen Brüdern einen Stand mit steirischen Spezialitäten betrieb. Es war eine schöne Feier, und zu sehen, wie aufrichtig glücklich sich Anna und Dirk mit Bauchspeck fütterten, besserte meine Laune ein wenig. Denn eigentlich ging es mir an diesem Tag beschissen. Ich hatte nämlich drei Tage zuvor meine Arbeit verloren.

«Alles okay, *Honey*?», fragte Emilie, die sich neben mich auf die Bierbank setzte, nachdem sie zum bestimmt fünften Mal an diesem Nachmittag pinkeln gegangen war. «Du wirkst so ein bisschen *préoccupé*.»

Ich lächelte. «Wie läuft der Französischkurs?»

Doch sie schüttelte genervt den Kopf. «Ich glaube, ich bin echt die Dümmste dort. Aber egal. Also, was ist los mit dir?»

«Das erzähle ich dir morgen», sagte ich, und zwar nicht nur, weil mir gerade auffiel, dass Alexander am anderen Ende der Halle hektisch auf und ab lief und sich dabei mit einer Hand sein Handy ans Ohr hielt, während er mit der anderen wild herumfuchtelte.

«Was ist denn mit dem los?», fragte Emilie, die meinem Blick gefolgt war.

«Erwachsenenkram», sagte Anna, die sich im selben Moment mit drei Flaschen Bier zu uns auf die Bank setzte. «Nichts für Kinder wie euch. Also schön wieder alle Augen auf die Braut.»

«Gut siehst du aus», sagte Emilie freundlich. «Wirklich.»

«Danke», erwiderte sie und nickte huldvoll.

Wir stießen auf das Brautpaar an, und Emilie stellte ihre Flasche danach auf den Tisch zurück, ohne aus ihr zu trinken. In dem Moment fiel mir das aber gar nicht auf.

Als ich zehn Minuten später die Tür zum Herrenklo öffnete, stand Alexander am Waschbecken und war gerade dabei, sich mit einem dieser furchtbar kratzigen Papierhandtücher ein paar Tränen aus den Augen zu wischen. Kurz überlegte ich, einfach wieder zu gehen und ihn in Ruhe zu lassen. Doch da er mich längst gesehen hatte, kam mir das auch wieder blöd vor. Also machte ich einen Schritt in den Raum hinein und schloss die Tür hinter mir. Dann zog ich ein frisches Kleenex aus meiner Hosentasche und reichte es ihm.

«Muss ja nicht doppelt wehtun», sagte ich und lächelte.

«Danke, Felix», antwortete er leise, nahm mir das Taschentuch ab und drehte sich wieder diskret von mir weg, was aber nicht viel brachte, weil ich ihn ja weiter im Spiegel sah.

«Alles okay?», fragte ich.

Er schüttelte den Kopf. Dann schnäuzte er sich und sah mir danach über den Spiegel in die Augen. «Wenn du mal in mein Alter kommst», sagte er, «wirst du merken, dass man echt wahnsinnig träge wird, wenn es ums Schlussmachen geht. Auch wenn man eigentlich weiß, dass man es tun sollte. Oder längst getan haben sollte, um genau zu sein. Aber man will gar nicht über den ganzen Stress nachdenken, den das mit sich bringt. Schon allein die Frage, wer von beiden ausziehen muss. Und wie soll man das alles seinen Eltern erklären, wenn die sich nach Jahren endlich an deinen Freund gewöhnt haben?»

«Verstehe», sagte ich, weil er auf eine Reaktion von mir zu warten schien. Obwohl ich in dem Moment hauptsächlich daran denken musste, dass ich zwar total auf ältere Kerle stand, es aber so was von unsexy fand, wenn die Dinge zu mir sagten wie: ‹Wenn du mal in mein Alter kommst...›

Alexander schnäuzte sich, dann warf er das Taschentuch weg und drehte sich wieder zu mir. «Danke», sagte er noch einmal und legte mir freundschaftlich die Hand auf die Schulter.

«Klar», erwiderte ich und nickte ihm noch einmal aufmunternd zu.

Plötzlich schob er seinen Kopf nach vorne, und für eine halbe Sekunde befürchtete ich, dass er mich küssen würde. Doch dann bremste er sich, räusperte sich noch einmal und schob mich sanft zur Seite, weil ich ihm den Weg zur Tür blockierte. Nachdem er gegangen war, wartete ich noch kurz, weil ich mir nicht sicher war, ob er gleich wieder zurückkommen würde. Doch er tat es nicht, also machte ich mich endlich daran zu pinkeln. Und ich wusste, dass mich das wahrscheinlich zu einem echt schlechten Menschen machte. Aber in diesem Moment war mir absolut klar, dass ich Alexander nie wieder sexy finden würde.

Weil Anna und Dirk noch am selben Abend nach Mexiko aufbrachen, endete die Feier schon am Spätnachmittag, und die meisten Gäste (inklusive Alexander) waren längst verschwunden, als Emilie und ich noch mithalfen, die leeren Flaschen einzusammeln und die Bierbänke zusammenzuklappen. Als es daran ging, das Brautpaar zu verabschieden, umarmte Emilie die beiden übermäßig herzlich und flüsterte Anna dabei laut ein «Vielen Dank, dass ich heute hier sein durfte!» ins Ohr.

Die war von so viel Zärtlichkeit so überrumpelt, dass sie aus Versehen «Ist doch selbstverständlich» antwortete. Und das, obwohl sie mir immer eintrichterte, dass man niemals lügen durfte. Höchstens im Notfall etwas verschweigen.

Bei Regen funktionierte meine Superkraft oft nicht richtig, und auch an diesem Tag hatte sie nur dazu gereicht, ein einziges Taxi herbeizuzaubern, das wir natürlich den Brautleuten überließen. Deshalb standen Emilie und ich zum Schluss unter dem Vordach der

Markthalle und warteten auf ein zweites. Und um Punkt achtzehn Uhr fiel sie auch noch mir in die Arme und hauchte: «Danke!»

«Wofür?», fragte ich.

«Weil du mich heute nicht alleine gelassen hast.»

«Okay, kein Problem, Em. War schön, dass du da warst. Aber ist heute irgendwas Besonderes?» Ich hatte schon davor überlegt, warum sie wohl ausgerechnet an diesem Tag bei mir sein wollte. Doch der Todestag ihrer Mutter war im Sommer, und sonst war mir kein möglicher Grund eingefallen.

Emilie hatte das Gesicht noch immer in den Daunen meiner Jacke vergraben, aber ich verstand sie trotzdem gut, als sie mir antwortete. «Ich bin schwanger, Felix. Und heute war der letzte Tag, an dem ich hätte abtreiben können.» Sie löste sich aus meiner Umarmung, und das war auch deshalb gar nicht schwer, weil meine Arme plötzlich ganz schlaff an mir herunterhingen. «Aber der ist jetzt vorbei.» Sie lächelte und wuschelte mir durch die Haare, wie sie es früher ständig gemacht hatte. «Hast du mich gehört, *Honey*? Der Tag ist jetzt vorbei.»

«Willst du drüber reden?», fragte ich und stellte den Tee auf den Tisch, den ich ihr gekocht hatte, während sie duschen war.

«Eigentlich gibt's gar nicht so viel dazu zu sagen», erwiderte sie schulterzuckend und nahm einen vorsichtigen Schluck.

«Na ja, du könnest mir zum Beispiel erzählen, wer der Vater ist. Und seit wann du es weißt.»

«Seit kurz nach dem Klassentreffen.»

Seit sechs Wochen also. Unglaublich.

«Weiß es sonst jemand?», fragte ich, doch sie schüttelte den Kopf. «Und der Vater?»

Sie trank noch einen Schluck, dann schaute sie lange in den Regen hinaus. «Ist doch echt unfair, dass es an der Frau hängen bleibt, dem Typen zu sagen, dass sie schwanger ist, oder?», murmelte sie schließlich. «Ich meine, man hätte es ja auch so einrichten können, dass der es zuerst merkt. Und dann muss der angeschlichen kommen und sagen: ‹Du, es tut mir furchtbar leid, aber ich glaube, ich hab dich geschwängert. Und ich hoffe echt, du bist mir jetzt nicht böse deshalb.› Wäre doch gerechter, oder?»

«Tja», sagte ich und dachte eine Weile über ihre Worte nach. Das Ganze kam mir nämlich irgendwie bekannt vor. «Wieso muss man als Sohn seinen Eltern sagen, dass man schwul ist?», fragte ich dann. «Wäre doch auch viel gerechter, wenn die es wären, die irgendwann ankommen müssten und –»

«Hey!», rief Emilie plötzlich laut und schnipste zweimal mit den Fingern. «Jetzt geht's mal kurz um mich, okay?»

«Entschuldige», sagte ich schnell und guckte schuldbewusst.

«Schon gut.» Zum ersten Mal, seit wir nach der Hochzeit ins Taxi gestiegen waren, lächelte sie.

«Also», fragte ich, «was ist jetzt mit dem Vater?»

«Ach, der ist schon lange wieder weg.»

Ich fragte nicht weiter nach, weil mir schon klar war, dass sie zu diesem Thema nicht mehr durchblicken lassen würde. «Ich kann also davon ausgehen, dass es nicht geplant war?», fragte ich stattdessen, und sie lachte bitter. Dann schüttelte sie den Kopf. «Ich find's gut, dass du es behältst», sagte ich.

«Wenigstens einer.»

«Freust du dich gar nicht?», fragte ich.

Wieder zuckte sie mit den Schultern. «Ich weiß nicht», sagte sie dann. «Ich hab irgendwie mindestens fünf verschiedene Gefühle in mir, die sich alle paar Minuten abwechseln. Freude ist eines davon, aber das ist echt nur ganz selten an der Reihe.»

«Hey, Em», sagte ich. «Guck mich mal an.» Sie sah mir erwartungsvoll in die Augen. «Du schaffst das, da bin ich mir sicher. Dein Vater wird einen Luftsprung machen vor Freude, wenn er hört, dass er einen Enkel kriegt. Und wahrscheinlich ist es ihm sogar lieber, wenn das Ganze ohne einen Typen abläuft, mit dem er dich teilen muss.» Jetzt lachten wir beide. «Und ich bin auch noch da, okay?»

Sie sah mich lange an, dann legte sie ihre Hand auf meine. Die fühlte sich ganz heiß an von der Teetasse, die sie gerade noch gehalten hatte. «Und was ist mit dir los?», fragte sie nun. «Du siehst auch den ganzen Tag schon nicht gerade glücklich aus.»

«Hat zumindest nichts mit Annas Hochzeit zu tun, falls du das denkst.»

«Hab ich gar nicht gedacht», sagte sie schnell, und ihre Stimme ging am Satzende leicht nach oben, wie immer, wenn sie log.

Ich stupste ihr auf die Nase. Dann erzählte ich ihr, wie ich drei Tage zuvor meinen Job hingeschmissen hatte, nachdem der Vorstand dieses bescheuerten Vereins mit drei Stimmen zu einer beschlossen hatte, meine Stelle wieder auf zwölf Stunden herunterzustufen. Und im Sitzungsprotokoll stand am Schluss sogar eine Mehrheit von drei zu null, weil Anna nachträglich für befangen erklärt worden war – weshalb sie ebenfalls hingeschmissen hatte und wir beide Pizza essen gegangen waren.

«Wieso haben die das gemacht?», fragte Emilie entrüstet.

«Weil sie feige sind», sagte ich. «Und faul. Der Aufbau der neuen Strukturen in Hamburg ist abgeschlossen, deshalb hätte ich wirklich nicht mehr genug Arbeit gehabt für dreißig Stunden. Da hatten sie schon recht.»

«Aber?»

«Ich wollte weitermachen und in die nächste Stadt gehen. Köln oder so. Aber das wurde ihnen zu aufregend, also haben sie es verboten.» Ich seufzte. «Und das Schlimmste war, dass die mir kein bisschen dankbar waren für alles, was ich da auf die Beine gestellt habe. Stattdessen haben sie so getan, als hätten sie mir das überhaupt nur erlaubt, damit ich nicht auf der Straße lande und auf dumme Gedanken komme. Weil Anna ihnen das wohl so verkauft hatte damals.»

Emilie verdrehte die Augen. «Jedes Mal, wenn deine Schwester es gut mit dir meint, stirbt irgendwo ein Kätzchen, das kannst du mir glauben», sagte sie. «Ich find's jedenfalls super, dass du da hingeschmissen hast. Das war schon wieder mutig.» Ich lächelte. Das Dumme war nur, dass ich jetzt ohne Job dastand. «Auf die Kohle bist du ja wohl nicht angewiesen», fügte sie noch an, weil sie mal wieder meine Gedanken las.

Ich schüttelte den Kopf. Den größten Teil meines mickrigen Gehalts hatte ich sowieso für Upgrades in die erste Klasse verpulvert, weil ich ja alle paar Tage beruflich nach Hamburg gefahren war. Auf die Kohle war ich also wirklich nicht angewiesen. Auf die Arbeit an sich aber irgendwie schon. Die hatte mir echt Spaß gemacht.

«Dann ziehst du halt eine Konkurrenzfirma hoch», schlug Emilie vor, die einfach weitermachte mit dem Gedankenlesen. «Mit noch krasseren Minderheiten. Einbeinige Schwule und so. Da werden die sich noch wundern in deinem Schnarchnasenverein.»

«Ehrlich gesagt ist meine Angst eher, dass ich jetzt wieder gar nichts mehr mache», erwiderte ich leise. Ich kannte mich nämlich leider zu gut. «Weißt du noch, wie wir uns früher immer vorgestellt haben, zusammen ein halbes Jahr nach New York zu gehen?», fragte ich. Sie lächelte traurig und nickte. «Ich hatte so viele Pläne. Und die Wahrheit ist, dass ich bisher eigentlich nichts davon auf die Reihe gekriegt habe.»

«Die Wahrheit ist aber auch, dass du immer noch gehen kannst», antwortete sie. «Im Gegensatz zu mir. Ich werde die nächsten zwanzig Jahre Mutter sein. Und danach alt.»

In diesem Moment donnerte es so laut, dass wir beide zusammenzuckten. Und eine Sekunde später klingelte es an der Tür.

«Oh, Scheiße», sagte ich. «Ich hab ganz vergessen, dass Hugo noch vorbeikommen wollte. Ist das okay, oder soll ich ihn wegschicken?»

«Quatsch, ist okay», sagte Emilie. «Wir können ein bisschen Abwechslung brauchen, oder?»

«Stimmt», lächelte ich. Dann ging ich in den Flur und drückte auch den Türöffner.

«Aber die Sache mit …», hörte ich sie zaghaft aus der Küche.

«Ist schon klar! Ich wäre auch beleidigt, wenn du es ihm am gleichen Tag erzählst wie mir.»

«Wie lang ist denn die Schamfrist?» Sie trat jetzt ebenfalls in den Flur und zog den Reißverschluss ihrer Trainingsjacke hoch, weil sich unter ihrem engen Shirt tatsächlich schon ein bisschen was wölbte.

«Na ja.» Ich sah sie mit gespielter Strenge an. «Ich würde sagen, ein Jahr. Mindestens.»

Eine Sekunde später öffnete sich die Aufzugtür und Hugo trat heraus.

«Laut aktuellem Stand der ethnologischen Forschung gibt es genau eine Religion auf der Welt, die schwule Götter kennt», sagte er zur Begrüßung, während er sich die Stiefel abstreifte. «Wusstet ihr das?» Emilie und ich schauten uns erst gegenseitig an und dann wieder ihn. «Das ist ein Inselvolk, irgendwo in der Südsee.» Er hauchte mir einen Kuss auf die Wange. «Und wenn es donnert, glauben die, dass sich der eine Gott gerade auf die Knie geschmissen hat, um dem anderen einen zu lutschen.»

«Dann will ich lieber nicht wissen, wie die sich ein Erdbeben erklären», sagte Emilie und beugte sich schnell weit nach vorne, damit Hugo beim Bussigeben nicht aus Versehen ihren Bauch berührte.

«Die Auflösung würde euch verblüffen», antwortete er und lief an uns vorbei ins Wohnzimmer. «Bestellen wir Sushi?»

«Ach, ich weiß nicht», sagte Emilie. «Eigentlich soll man ja keinen Thunfisch mehr essen.» Dann sah sie mich an, und ihre Lippen formten stumm die Worte ‹Roher Fisch!›, mit Ausrufezeichen.

«Finde ich auch», schob ich also schnell hinterher. «Ist ethisch echt nicht mehr zu rechtfertigen.» *Das kann ja heiter werden in den nächsten Wochen*, dachte ich und wünschte mir plötzlich, sie würde es ihm doch gleich erzählen.

«Wenn ich alleine aufhöre, Thunfisch zu essen, führt das auch nicht dazu, dass der nicht ausstirbt», erklärte Hugo aus dem Wohnzimmer. «Es führt nur dazu, dass die anderen mir den letzten Thunfisch wegessen.»

Emilie und ich sahen uns an.

«Ich nehme eine Nudelsuppe», seufzte sie.

«Wie geht's deinem Freund?», fragte Emilie, als wir nach dem Essen auf der Couch lagen und uns lustlos durch die gesamte Netflix-Mediathek klickten, weil wir uns nicht einigen konnten, was wir anschauen wollten.

«Vor fünf Minuten hat er noch ein Bild von sich bei Instagram gepostet», antwortete Hugo. «Er scheint also noch am Leben zu sein.»

«Klingt jetzt aber auch nicht mehr nach *big Love*», sagte ich.

«Eher nach *bad Romance*», gab er zurück.

«Apropos», sagte Emilie, «wann zieht eigentlich Elias hier ein?»

«Sehr witzig», sagte ich. «Ich hab immer noch nicht verstanden, warum der plötzlich so nett zu mir war.»

«Vielleicht sieht er dich als Projekt», schlug sie vor. «Und will einen richtigen Mann aus dir machen.»

Das war leider gar nicht so abwegig. Denn ich hatte noch am Abend des Klassentreffens von Emilie und aus dem Internet erfahren, dass Elias einige Jahre lang in der deutschen Hockey-Nationalmannschaft gespielt hatte und deshalb der erste echte Olympiasieger war, der jemals bei mir einziehen wollte. Den Sport hatte er im letzten Sommer aufgegeben, um sich auf sein Studium zu konzentrieren. Doch er hatte immer noch eine ziemlich schicke Website, über die man ihn für Vorträge und als Personal Trainer buchen konnte.

«So wie in *Straight Eye for the Queer Guy*?», fragte Hugo und klatschte mit Emilie ab. «Von wem sprechen wir überhaupt?»

Emilie holte tief Luft und erzählte Hugo ausführlich von unserer Begegnung im November, davon, wie Elias sich regelrecht auf mich gestürzt und mich um Hilfe bei der Wohnungssuche gebeten hatte, und sie ließ auch nicht aus, wie ihre Vermittlungsanstrengung letztendlich dazu geführt hatte, dass er tatsächlich schon bald für zwei Monate bei mir einziehen würde.

«Und weiß er, dass du verzaubert bist?», fragte Hugo, nachdem er sich alles geduldig angehört hatte.

«Ja, dank Emilie weiß er das.»

«Er weiß vielleicht nur noch nicht, wie sehr», kicherte sie.

«Die Fee, die mich verzaubert hat, muss auch mindestens besoffen gewesen sein», murmelte ich.

«Dann tu doch nicht so, als würdest du dich nicht freuen, dass endlich mal ein richtiger Mann ins Haus kommt», maulte sie.

Doch die Wahrheit war, dass mich das ganz und gar nicht freute. Nicht dass ich Elias nicht mochte. Ich hatte nur echt keine Lust darauf, mich monatelang in meiner eigenen Wohnung verstellen zu müssen.

«Du hast Angst vor ihm», diagnostizierte Hugo, der im Gedankenlesen ungefähr so begabt war wie Emilie. Vielleicht war ich aber auch einfach zu leicht zu durchschauen.

«Ich habe keine Angst vor ihm», sagte ich bestimmt. «Nicht direkt.»

«War er früher ganz furchtbar gemein zu dir?», fragte er.

«War er nicht! Er war einfach nur ein –»

«Draufgänger», beendete Emilie meinen Satz, aber in einem ganz anderen Tonfall.

«Draufgänger haben eben auch so ihre Nebenwirkungen», sagte ich und starrte so lange auf ihren Bauch, bis sie schmollend ein Kissen davorschob.

«Wir sprechen doch von einem attraktiven Mann?», fragte Hugo.

«Kann man so sagen», erwiderte ich, und Emilie nahm ihr Handy zur Hand, um ihm ein paar Bilder von Elias' Website zu zeigen.

«Es ist das Los der Schwulen», hauchte Hugo danach. «Dieselben Kerle, die uns den ganzen Tag schikanieren, sind nur allzu oft auch jene, auf die wir uns abends einen runterholen.»

«Er hat mich nicht schikaniert, und ich hab mir auch noch nie einen auf ihn runtergeholt», sagte ich. Einmal kurz nach Weihnachten hatte ich gerade damit angefangen, doch dann hatte mich ein Anruf meiner Mutter unterbrochen. Also zählte das nicht. «Ende der Diskussion.»

«Stopp!», rief Emilie plötzlich.

Ich war immer noch dabei, durch sämtliche Netflix-Filme zu scrollen, und offenbar war ihr nun etwas ins Auge gefallen.

«Eine Dokumentation über den Arabischen Frühling?», fragte ich. «Haben wir heute noch nicht genug Probleme gewälzt?»

«Ohne mich!», rief Hugo bestimmt. «Das zerreißt mir sonst das Herz.»

«Kommt schon, die soll echt super sein!», quengelte sie. «Da hab ich was bei *Bento* drüber gelesen. Außerdem geht's da nur um die ersten paar Monate. Da war doch alles noch ganz hoffnungsvoll.»

«Umso schlimmer!», empörte sich Hugo. «Als ob man sich noch

einmal *Kevin allein zu Haus* anschaut, wenn man weiß, wie es mit diesem Jungen zu Ende ging. Das verkrafte ich nicht.»

Zwei Wochen und zwei Tage später hielt am Nachmittag ein grauer Kombi vor dem Haus. Ich stand am Küchenfenster und beobachtete, wie Elias und Lara ausstiegen und sich kurz in der Straße umsahen. In *meiner* Straße. Sie wechselten ein paar Sätze, und ich konnte sehen, dass er dabei grinste. Dann zogen sie drei große Reisetaschen aus dem Kofferraum und liefen auf das Haus zu. Zwei Sekunden später klingelte es.

‹Sie sind da›, schrieb ich Emilie schnell, bevor ich in den Flur lief und auf den Türöffner drückte. Dann schaute ich noch einmal in den Spiegel. Ich hatte ein Outfit gewählt, das ‹Oh, hey! Da seid ihr ja schon› sagen sollte, aber auf die heterosexuelle Art. Und ich fragte mich noch einmal, warum ich mir das überhaupt antat.

Ihm einfach zu schreiben, dass ich leider wirklich keinen Mitbewohner suchte, wäre leicht gewesen, vor allem weil ich ihn danach wahrscheinlich nie wiedergesehen hätte. Aber sowohl Emilie als auch Anna waren der Meinung gewesen, dass ich mich unbedingt auf die Sache einlassen sollte. Doch während Emilies Motive dabei ziemlich durchschaubar waren, hatte Anna mal wieder auf ihre ganz eigene nervige Art den Nagel auf den Kopf getroffen. Sie meinte nämlich, dass mir die Zeit mit Elias helfen könnte, diese Scheu vor heterosexuellen Männern abzubauen, die ich schon in mir trug, seit ich denken konnte. Wobei es natürlich auch so beschissen zwischen uns laufen konnte, dass ich danach nie wieder was mit Heteros zu tun haben wollte. Aber so oder so, es wäre ein Ergebnis.

Also hatte ich mir Anfang Februar schon nachmittags ein paar Gin Tonic gemacht und danach Elias geschrieben, ob er immer noch auf der Suche nach einer Bleibe war. Und nachdem wir innerhalb von fünf Minuten alles fix gemacht hatten, hatte ich mich echt großartig gefühlt. Bis zum nächsten Morgen, als ich wieder nüchtern war. Seitdem hatte ich eine Mischung aus todesmutiger Vorfreude, Angst und einer ganz komischen Art von Geilheit mit mir herumgetragen, die sich im Lauf dieses Tages fast bis ins Unerträgliche gesteigert hatte. Den Morgen hatte ich hauptsächlich damit verbracht, die Wohnung vorzubereiten. Das heißt, dass ich fast alle meine Parfüms, meine teure Nachtcreme, die Hälfte meiner Schuhe und den vierzig Jahre alten Balsamico in mein Zimmer getragen und im Kleiderschrank versteckt hatte. Dann hatte ich noch schnell – und nicht zu gründlich – geputzt und zum Schluss eine große Decke über mein cremefarbenes Sofa geworfen, weil ich mir nicht sicher war, ob Elias wusste, dass man sich da nicht mit dunklen Hosen draufsetzte.

Jetzt stand ich also im Flur, sagte: «Alexa, spiel was von Drake», atmete ein letztes Mal tief durch. Und öffnete die Tür.

«Hey, Großer!», rief Elias, der an seiner Freundin vorbei aus dem Aufzug stürmte. Er ließ die beiden Reisetaschen fallen und schloss mich stürmisch in die Arme. «Echt cool, hier zu sein.»

«Ich freu mich auch, dass ihr da seid», sagte ich und versuchte, meine erschrocken-verkrampfte Körperhaltung etwas zu lockern. Doch als ich gerade den Arm hob, um ihm kumpelhaft auf die Schulter zu klopfen, ließ er mich schon wieder los.

«Hi», sagte Lara und gab mir die Hand.

Ich begrüßte sie ebenfalls und wollte ihr die dritte Tasche abnehmen, doch Elias hielt mich zurück und sagte zwinkernd: «Schafft sie schon.»

Wir betraten die Wohnung und blieben erst einmal im Flur stehen.

«Na dann, willkommen zu Hause.» Ich lächelte verlegen.

«*Nice!*», sagte Elias, der sich mit großen Augen umsah. «Megaschöne Wohnung, Felix.»

«Danke», sagte ich. «Das ist das Wohnzimmer.» Ich zeigte durch die offene Flügeltür. «Hier ist das Bad und da die Küche. Hinten links ist mein Schlafzimmer, und das hier», ich deutete auf die fünfte Tür, «wäre dann deins.»

«Na, dann mal rein mit dem ganzen Zeug», sagte er und marschierte auf die Tür zu. «Wow!», rief er, nachdem er ein paar Schritte hinein gemacht hatte. «Echt gut!»

Ich lächelte Lara an, die nun ihrem Freund ins Zimmer folgte.

«Richtig gut, oder?», hörte ich ihn sagen, worauf sie so was Ähnliches wie ein zustimmendes Mümmeln von sich gab. «Oh, bevor wir das vergessen!», rief er und trat eine Sekunde später wieder in den Flur. Er hatte einen Umschlag in der Hand, den er mir freudig hinstreckte. «Kleines Dankeschön. Haben wir gerade noch schnell geholt.»

Auf dem Kuvert war das Logo des ‹Park Inn› am Alexanderplatz aufgedruckt.

«Oh, cool!», sagte ich, nachdem ich es geöffnet hatte, und lächelte tapfer. Es war ein Spa-Gutschein.

«Der Bruder meiner Mitbewohnerin ist Flugbegleiter», erklärte Lara, die nun ebenfalls wieder im Türrahmen aufgetaucht war. «Und den haben wir gefragt, was dir so gefallen könnte.»

«Vielen Dank», sagte ich. Und ich hoffte, dass man mir nicht allzu deutlich ansah, was ich gerade dachte. *Wenn* ich Spaß an Wellnesstagen hätte, würde ich die nämlich sicher nicht im ‹Park Inn› verbringen.

«Wir gehen dann mal auspacken», sagte Elias, nicht ohne mir noch einmal brüderlich auf die Schulter zu hauen.

«Klar, viel Spaß dabei», antwortete ich. Und blieb im Flur stehen, bis die beiden die Tür hinter sich geschlossen hatten.

‹Die sind schon seit zwei Stunden da drin!›, schrieb ich Emilie, als es längst dunkel geworden war.

‹Hört man was?›, fragte sie.

‹Nein.› Ich hatte natürlich schon versucht, an der Wohnzimmerwand zu lauschen, aber diese Altbauten waren einfach zu gut isoliert. Und langsam bekam ich Hunger. ‹Ist es unfreundlich, wenn ich mir alleine was zu essen mache? Wenn ich einfach für sie mit koche, wirkt das ein bisschen zu mütterlich, oder?›

Sie antwortete mit dem augenrollenden Emoji. ‹Klopf an und frag!!›, schrieb sie hinterher.

Ich seufzte. Dann stand ich vom Sofa auf, lief möglichst geräuschvoll durch den Flur und klopfte an Elias' Tür.

«Wir kommen gleich raus», rief er kurz darauf. Was wahrscheinlich heißen sollte: Komm bitte nicht rein.

«Wollte nur fragen, ob ihr gleich was essen wollt», rief ich zurück. «Ich würde mir jetzt was kochen.»

Kurz hörte ich sie tuscheln, dann rief er noch einmal: «Warte noch ein paar Minuten, wir kommen gleich.»

Na schön, dachte ich. Weil ich aber keine Lust mehr hatte, dumm im Wohnzimmer herumzusitzen, legte ich mich auf mein Bett und begann, eine Folge *Master of None* auf dem iPad zu schauen. Damit die beiden nicht dachten, ich würde nur untätig abwarten, bis sie sich mal aus dem Zimmer bequemten. Nach ein paar Minuten hörte ich tatsächlich Geräusche im Flur und kurz darauf das Klacken der Wohnungstür. Ich fragte mich gerade schon, ob sie jetzt einfach gegangen waren, als es zaghaft an meine Tür klopfte.

Ich setzte mich auf und rief: «Herein?»

«Dein Zimmer ist aber auch nicht schlecht», sagte Elias und sah sich anerkennend um.

«Also bist du zufrieden mit deinem?», fragte ich.

«Der Ausblick ist ein bisschen krass», grinste er, «aber sonst.»

«Gerade ist es ja eh noch zu kalt, um bei offenem Fenster zu schlafen», sagte ich. «Also brauchst du keine Angst haben, dass dir eine Leiche reinklettert.» Er wackelte mit dem Zeigefinger, als ob er damit sagen wollte, dass er das für einen validen Punkt hielt. «Also», sagte ich und stand auf. «Habt ihr Hunger?»

«Ähm, Lara ist schon gefahren.»

«Oh», sagte ich. «Alles in Ordnung?»

«Ja, absolut. Sie muss nur heute noch nach Köln zurück, und das dauert ja eine ganze Weile.»

«Klar», sagte ich.

«Und ... na ja ... sie findet es nicht so wahnsinnig gut, dass wir jetzt erst mal eine Fernbeziehung haben.»

«Verstehe.»

«Ich soll dich auf jeden Fall lieb grüßen und dir sagen, es hat nichts mit dir zu tun.»

«Hätte ich auch nicht gedacht», log ich und lächelte.

Er blieb etwas unschlüssig im Türrahmen stehen und fragte dann nach ein paar Sekunden: «War das okay mit dem Gutschein?»

«Klar», sagte ich. «Danke noch mal.»

«Ich meine, Lara hat Tom gefragt, und der hat das vorgeschlagen. Ich hab aber gleich gesagt, dass du so was vielleicht auch gar nicht magst. Weil, nur weil ... Also, ich hab ihr gesagt, dass ich dich gar nicht gut genug kenne, um zu wissen ...» Er brach ab und sah mich abwartend an.

Okay, dachte ich. Ich hatte jetzt zwei Möglichkeiten: Sein Gewissen zu beruhigen, indem ich ihm sagte, dass ich tatsächlich so schwul war, dass ich mir nichts Schöneres als einen Tag im Spa vorstellen konnte. Oder ihm mitzuteilen, dass ich mich durch sein sicher nett gemeintes Geschenk leider schwer diskriminiert und menschlich total auf meine Homosexualität reduziert fühlte.

«Weißt du was?», sagte Elias, der natürlich gemerkt hatte, dass ich schon viel zu lange zögerte. «Ich tausche ihn um und wir finden was anderes. Okay?» Jetzt lächelte er wieder.

«Du musst mir überhaupt nichts schenken», sagte ich schnell.

«Ich möchte aber. Und jetzt kochen wir was. Ich hab nämlich Hunger.»

«Gut», nickte ich und stand auf. «Ich auch.»

«Oh, übrigens», sagte er, als wir gerade die Küche betraten. «Sagst du mir noch das WLAN-Passwort?»

Scheiße!, dachte ich. *Verdammte Scheiße!* Ich wusste doch, dass ich noch irgendwas vergessen hatte.

«Klar», erwiderte ich, weil es jetzt eh zu spät war, es noch zu ändern. Ich räusperte mich kurz, dann sagte ich: «Ist ganz einfach. *itsbritneybitch!*, alles klein und ein Wort, mit Ausrufezeichen am Schluss.»

Die nächsten vier Wochen verbrachte ich mal wieder hauptsächlich damit, herumzusitzen und mir trübsinnige Gedanken über mein Leben zu machen. Mir fehlte die Arbeit in diesem dämlichen Verein. Und der einzige Grund dafür, dass ich nicht rund um die Uhr in unproduktivem Selbstmitleid versank, war ausgerechnet Elias. Denn spätestens am Nachmittag fing ich an, mich auf ihn zu freuen.

Ich hatte es nicht für möglich gehalten, doch ich hatte mich echt verdammt schnell daran gewöhnt, einen Mitbewohner zu haben. Die seltsamen Hemmungen, die ich am Anfang verspürt hatte, sobald wir uns im gleichen Zimmer aufhielten, waren zwar noch nicht komplett verschwunden. Aber sie wurden immer weniger, sodass ich es nach ungefähr einem Monat endlich schaffte, meine Aufmerksamkeit darauf zu lenken, dass ich einfach gerne Zeit mit ihm verbrachte. Und darauf, dass es ihm mit mir offenbar genauso ging, auch wenn ich mir das noch immer nicht so recht erklären konnte. Elias war schon in der Schule zwei Nummern zu cool für mich gewesen, und man musste nicht einmal genau hinschauen, um zu erkennen, dass er es immer noch war (denn die einzige Medaille, die ich jemals gewonnen hatte, hatte ich mir beim Sommerfest der Hamburger Aids-Hilfe im Sackhüpfen erkämpft). Und trotzdem überschüttete er mich geradezu mit seiner heterosexuellen Kumpelliebe, wenn er abends aus dem Büro nach Hause kam, sodass ich manchmal gar nicht mehr wusste, wohin damit.

«Du kennst doch den Witz mit den hundert Geisterfahrern, oder?», fragte Anna, als ich ihr von all dem am Telefon erzählte.

«Ähm, ja?»

«Schon mal überlegt, Bruderherz, dass gar nicht die anderen die Doofen sind, weil sie dich für cool halten? Sondern dass du einfach selbst ein bisschen spinnst, weil du dich permanent für uncool hältst?»

Ich dachte kurz darüber nach. Dann sagte ich: «Ich glaube, das ist das Netteste, was du je zu mir gesagt hast.»

«Komisch», gab sie zurück. «Ich hab das nicht mal als Kompliment gemeint.»

Das Beste an Elias war, dass sich mit ihm alles irgendwie ungezwungen anfühlte. Meistens kochten wir abends zusammen (ich achtete immer darauf, dass ich nicht *für* ihn kochte), und wir unterhielten uns dabei über alles Mögliche. Danach schauten wir manchmal einen Film oder machten noch einen kurzen Spaziergang. Mit ihm joggen zu gehen, traute ich mich nämlich nicht, weil ich mir sicher war, dass er mich total abgehängt hätte.

Das Abgefahrene dabei war: Schon bald konnte ich es einfach auf mich zukommen zu lassen, wie sich der Abend entwickelte. Denn ungefähr nach zwei Wochen hatte ich nicht mehr permanent das Gefühl, für seine Unterhaltung verantwortlich zu sein. Und wenn er direkt nach dem Essen auf sein Zimmer ging, um noch zu arbeiten, mit Lara zu telefonieren oder um einfach nur alleine zu sein, war das okay für mich. Weil ich mich nicht mehr für den Rest des Abends fragte, ob ich ihm mit irgendetwas auf die Nerven gegangen war. Und das fühlte sich echt *nice* an.

Fast fand ich es schon ein bisschen unheimlich, dass er absolut keine Berührungsängste hatte, was meine Homosexualität anging. Stattdessen stellte er mir mit seiner typisch unbekümmerten Neugier alle möglichen Fragen dazu. Aber selbst das war mir eigentlich nur am Anfang unangenehm. Denn die beinahe kindliche Art, wie er alles, was ich ihm erzählte, ganz unglaublich spannend fand, war irgendwie süß.

«Sag mal, kann ich dich was fragen?», sagte er eines Abends, als wir auf seiner Playstation *FIFA* zockten (wie er es nannte).

«Klar.»

«Wann hast du das gemerkt, dass du schwul bist?»

«Oh. Okay.»

«Wenn du nicht drüber reden willst...», sagte er sofort.

«Nein, schon gut.» Ich überlegte kurz. «Aber ich glaube, ich habe das nicht irgendwann gemerkt. Es war einfach so. Und zwar schon immer.»

«Hm», machte er. «Verstehe.»

«Du hast wahrscheinlich auch nicht erst irgendwann gemerkt, dass du auf Frauen stehst, oder?»

Jetzt grinste er wieder. «Vielleicht doch, aber wenn, dann war das im Kindergarten.» Er machte eine Pause. «Also warst du schon schwul, als wir noch auf der Schule waren?»

Ich zögerte kurz, weil ich nicht genau wusste, worauf er hinauswollte. «Jepp», sagte ich dann.

«Cool», sagte er.

In derselben Sekunde schoss ich zum allerersten Mal ein Tor gegen ihn, und damit hatte sich das Thema erst einmal erledigt.

Ein paar Abende später erzählte ich ihm sogar von Martin, und zwar die ganze Geschichte.

«Und wie ist das so für dich, ihn jetzt wiederzusehen?», fragte Elias und trank noch einen Schluck Glühwein. Weil es auch Ende März noch arschkalt war, saßen wir in unseren dicksten Jacken auf dem Balkon.

«Es ist schön», sagte ich und schaute in den klaren Nachthimmel. «Irgendwie fast ein bisschen wie früher. Nur, ich meine, wir sind nicht mehr verliebt.»

«Wirklich nicht?», fragte er und grinste mich schelmisch an.

«Wirklich nicht.»

«Bist du noch sauer auf ihn?»

Ich überlegte lange, dann zuckte ich mit den Schultern. «Sauer nicht mehr. Es ist irgendwie abgehakt. Auch wenn ich das Ganze natürlich nie vergessen werde.»

«Verstehe», antwortete er. «Also, wo soll das mit euch hinführen?»

«Muss denn immer alles irgendwo hinführen?», fragte ich.

«*Müssen* nicht. Aber meistens tut es das.»

Wir schwiegen eine Weile.

«Weißt du», sagte ich dann, nachdem ich eine Weile überlegt hatte, ob ich es aussprechen sollte. Oder ob er das schräg finden könnte. «Ich find's cool, dass du so offen bist. Was das angeht, meine ich. Also, das alles.»

Er lächelte mich an. «Du bist ein Guter, Felix», sagte er dann. «Und das ist, was zählt, oder?»

Ich nickte und nahm schnell einen Schluck Glühwein, um mit der Tasse mein dümmliches Grinsen zu verdecken.

Später an dem Abend lag ich im Bett und dachte an Emilies Worte. Die hatte vor ein paar Tagen gesagt: «Ohne Scheiß, *Honey*, ich stehe echt auf Typen, die sich ihrer Männlichkeit so sicher sind, dass sie keine Angst vor Schwulis haben.»

Ich hätte ihr in dem Moment natürlich erklären können, dass gar niemand Angst vor uns haben musste und dass *Schwulis* sowieso überhaupt kein nettes Wort war. Doch ich beließ es dabei, zustimmend zu nicken. Denn letztendlich blieb die Wahrheit ja die Wahrheit, egal in welche Worte man sie kleidete.

Ich stand natürlich auch auf Elias, aber zum Glück auf eine ganz und gar unromantische Art. Ich fand ihn zwar echt attraktiv, obwohl er mir wirklich ein klein bisschen zu schlaksig war. Doch diese körperliche Anziehung wurde von einem anderen Gefühl überlagert, das ich bisher deutlich seltener gespürt hatte: Freundschaft. Obwohl ich Elias erst seit ein paar Wochen richtig kannte, hätte ich ihn auf jeden Fall schon als Freund bezeichnet – als ersten heterosexuellen Mann überhaupt. Und mir war natürlich auch klar, was das vor allem bedeutete: Anna und Emilie hatten mal wieder recht gehabt.

Während wir am Ostersonntag noch in den Schneeregen hinausschauten, hatte es am Tag darauf plötzlich zwanzig Grad. Emilie war zu Besuch, und wegen des unerwartet schönen Wetters verabredeten wir uns spontan mit Hugo zum Brunch.

«Hat er dir erzählt, dass er und sein Freund sich getrennt haben?», fragte sie, als wir kaffeetrinkend am Küchentisch saßen und googelten, wie wir am schnellsten in den Wedding kamen.

«Nein», sagte ich erstaunt. «Wann das?»

«Letzte Woche wohl.»

«Oh. Tut mir leid.» Es tat mir wirklich leid. Allerdings hatte es dafür auch schon ein paar Anzeichen gegeben, weil Hugo in den letzten Wochen immer weniger von seinem Freund gesprochen hatte. Und wenn, dann eher so, wie man über den außergewöhnlich langen Winter sprach. Doch nun schien auf einmal beides vorbei zu sein. «Ist er sehr mitgenommen?», fragte ich, weil ich wissen wollte, worauf ich mich einzustellen hatte.

Doch Emilie machte eine ungeduldige Handbewegung, die mir bedeutete, still zu sein. «Hast du das gehört?», fragte sie.

«Nein, was?»

«Das Geräusch aus Elias' Zimmer.»

Zu ihrem Bedauern war Elias über die Feiertage nach Köln gefahren. Also konnte es eigentlich nicht sein, dass sich in seinem Zimmer etwas bewegte. Es sei denn natürlich, die Zombies waren jetzt da.

«Okay», sagte ich nach ein paar Sekunden. «Jetzt hab ich auch was gehört.»

Wir sahen uns an und lauschten. Doch es blieb still.

«Was machen wir jetzt?», fragte sie.

«Mal nachschauen?»

In dem Moment ging die Zimmertür auf, und Elias trat in den Flur.

«Mann, du Vollidiot!», rief Emilie erbost. «Ich hätte gerade fast ein Kind bekommen vor Schreck!»

«Das hängst du aber nicht mir an», grinste er und fuhr sich durch seine verwuschelten Haare. Er trug ein enges T-Shirt und Boxershorts, in denen deutlich sichtbar der Rest seiner Morgenlatte baumelte. Im Gegensatz zu Emilie versuchte ich aber, nicht hinzustarren.

«Wieso bist du nicht mehr in Köln?», fragte ich und schaufelte mir noch einen Löffel Zucker in den Kaffee, um einen Grund zu haben, nicht in seine Richtung zu schauen.

«Ach, bin gestern Abend noch losgefahren und war dann mitten in der Nacht hier», antwortete er. «Wollte mich heute nicht so stressen. Muss ja morgen wieder ins Büro.»

«Verständlich.» Emilie schien ihren Schreck schnell verdaut zu haben. «Und was hast du heute noch vor?»

«Eigentlich nix», gab er zurück.

«Wir gehen gleich brunchen. Komm doch mit.»

Ich sah sie erschrocken an. Denn Hugo verkörperte quasi den letzten Teil meines homosexuellen Ichs, den ich ihm noch nicht enthüllt hatte. Und eigentlich hatte ich es auch dabei belassen wollen. Doch nun war es zu spät.

«Cool!», erwiderte er nämlich ohne zu zögern. «Echt klasse! Gebt mir 'ne halbe Stunde, dann bin ich fertig.»

«Du kriegst sogar eine ganze», rief Emilie ihm hinterher und wartete, bis er die Badezimmertür hinter sich geschlossen hatte, bevor sie sich zu mir drehte. «Weißt du, alle sagen, dass man in der Schwangerschaft so Lust auf saure Gurken kriegt. Aber ich hab echt Lust auf alle Arten von Gurken. Wenn du verstehst, was ich meine.»

«Das war selbst für deine Verhältnisse platt», gab ich missmutig zurück. «Also ja, ich weiß, was du meinst.» Ich trank noch einen Schluck von meinem zu süßen Kaffee. Und beneidete sie darum, dass sie diese eine Gurke, von der wir gerade sprachen, zumindest schon in der Hand gehabt hatte.

«Ich dachte schon, ihr kommt nicht mehr», begrüßte Hugo uns mit schlechter Laune. Er hatte sich mit all seinem Hab und Gut an einem Tisch mit vier Stühlen ausgebreitet, der vor dem Café in der Sonne stand. «Hätte mir fast einen Nagel abgebrochen, als ich eure Plätze verteidigt habe.» Dann fiel sein Blick auf Elias. «Aber ich verstehe natürlich, dass ihr mir noch ein Geschenk ausgesucht habt», hauchte er jetzt. Er stand auf und hielt Elias die Hand zum Kuss hin, doch der tat so, als würde er das nicht bemerken, griff danach und schüttelte sie wie ein echter Kerl.

«Das ist Elias», sagte ich, «mein Mitbewohner.»

«Hab schon die tollsten Dinge über dich gehört», säuselte Hugo und ließ sich geschmeidig in seinen Stuhl zurückgleiten.

«Ach, das sagst du doch zu jedem», winkte Elias ab und setzte sich neben ihn. Dann griff er nach der Karte. «Mann, hab ich vielleicht einen Hunger!»

«Entschuldigung», fragte Emilie die Kellnerin, die fünf Minuten später an unserem Tisch stand. «Darf man Sauerteigbrot essen, wenn man schwanger ist?»

«Na ja, glutenfrei ist es zumindest nicht», gab sie schulterzuckend zurück.

«Dann nehme ich nur einen Obstsalat.»

Nachdem wir anderen ebenfalls bestellt hatten, schaute Elias zu Hugo und fragte: «Also, was machst du so?»

«Ich bin freischaffender Queerformance-Künstler», erwiderte der.

«Und Schmuckverkäufer», fügte ich hinzu, doch das schien keiner zu hören.

«Wow!», rief Elias. «Und was ist das?»

«Meine Queerformances sind Readymades», erklärte Hugo. «Ich nehme etwas Bekanntes und arbeite mich daran ab, stellvertretend für euch alle.» Er ließ seinen Blick über unsere Gesichter schweifen. «Und zwar so lange, bis das Ergebnis mindestens so viel über mich aussagt wie über den Betrachter und über den Zustand der ganzen Welt. Gerade entwickle ich ein Stück namens *War Whore*.»

«Worum geht's da?», fragte Emilie.

«Der Untertitel ist *He Served in the Army by Serving the Army*.» Er machte eine ausladende Handbewegung. «Die Idee hatte ich vor Jahren schon, nachdem mir ein Verehrer Karten für *War Horse* geschenkt hatte. Denn es konnte doch nicht möglich sein, sagte ich mir, dass sie jetzt schon Kriegsdenkmäler für gemeine Gäule bauen. Während kein Mensch an die tapferen kleinen Schlampen denkt, die die Moral der Truppen hoch hielten», Spannungspause, «indem sie sie dramatisch absenkten.»

«Ich sag's ja immer», nickte Emilie. *«There's no business like ho business.»*

«Klingt schlüssig für mich», sagte Elias nach kurzem Überlegen. Dann zwinkerte er mir zu.

«Außerdem stehe ich kurz davor, meinen halb autobiografischen Roman über den Turiner Transenstrich zu beenden», fuhr Hugo ungerührt fort, als die Kellnerin unsere Getränke auf den Tisch stellte. Doch die lebte offenbar schon zu lange in Berlin, um sich davon zu einem erstaunten Gesichtsausdruck nötigen zu lassen. «Den kann man bereits vorbestellen, wenn man einen E-Book-Reader zur Hand hat. Er heißt *Lutsch meinen Schwanza, du Extravaganza!*»

Nüchtern betrachtet konnte man es einfach interessant finden zu beobachten, wie die Anwesenheit eines Heteros in mir den Wunsch auslöste, mich so normal wie möglich zu verhalten. Während Hugos Herangehensweise offenbar eine radikal andere war.

«Apropos Extravaganza», schaltete sich jetzt Emilie ein. «Nächstes Wochenende steigt meine vorletzte Party vor der Babypause. Und bisher hat sich noch keiner von euch bei Facebook angemeldet.»

«Hängst du dann ein Schild an die Tür, auf dem steht: WEGEN BABYPAUSE VORERST KEINE SEXPARTYS MEHR?», fragte ich.

«Sehr witzig», brummte sie. «Da brechen mir echt ganz schön Einnahmen weg. Also könntet ihr ruhig noch mal für ein bisschen Umsatz sorgen.»

«Wie viele Leute kommen denn da so?», fragte Elias.

«Come in and find out», erwiderte sie und biss mit großer Geste in die Orangenscheibe, die an ihrem Smoothieglas gesteckt hatte.

«Warst du schon mal bei so was?», fragte er mich, und Emilie prustete so laut los, dass ein Fetzen Orangenfruchtfleisch über den halben Tisch flog.

«Felix war mal wieder der Trendsetter», gackerte sie. «Der hat schon in Bruchbuden rumgevögelt, bevor es hip wurde.»

«Und er wird es auch danach noch tun», stimmte Hugo feierlich zu und legte mir wie zur Absolution eine Hand auf den Kopf.

«Wirklich?» Elias zog amüsiert eine Augenbraue hoch. «Hast du mir noch gar nicht erzählt.»

«Weil ich das auch längst hinter mir gelassen habe», sagte ich grimmig.

«Da hab ich aber erst letzte Woche noch was anderes gehört», kicherte Emilie vor sich hin.

Ich verschränkte die Arme vor der Brust und beschloss zum hunderttausendsten Mal, ihr gar nichts mehr zu erzählen. Eine Woche zuvor hatte ich meine Mutter besucht und war samstagabends zum ersten Mal seit Jahren wieder im ‹Black Hole› gewesen. Und dabei hatte ich dort nicht einmal was angestellt, weil mir keiner der Typen gefallen hatte und ich inzwischen nicht mehr ganz so wahllos war wie früher.

«Jetzt guck doch nicht so böse», sagte Emilie nach einer Weile und stieß mir in die Seite. «Wir sind jung, wir sehen gut aus. Ist doch nichts dabei, wenn man sich ein bisschen austobt.»

«Ist schon klar, dass du das so siehst», erwiderte ich. «Du verdienst ja gut damit.»

«Und warum ist das überhaupt möglich?», fragte sie. «Weil der liebe Gott dafür gesorgt hat, dass der Mensch Spaß am Sex hat. Also kann es wohl nicht falsch sein.»

«Wobei ich mich durchaus schon gefragt habe, ob er wohl manchmal auf zwei Typen beim Fisten herabsieht und traurig denkt: ‹So habe ich mir das nicht vorgestellt…›», warf Hugo ein und schielte dabei furchtsam nach oben.

Mein Blick wanderte sofort wieder nervös zu Elias, doch der schien das Gespräch fasziniert zu verfolgen wie ein Tennismatch.

«Bestimmt sogar», spielte Emilie den Ball mühelos zurück, während sie auf ihrem letzten Stück Orange herumkaute. «Deshalb hat er ja auch die CIA damit beauftragt, Aids zu erfinden.»

«Dann trinken wir darauf, dass er damit nicht zu den Chinesen gegangen ist», sagte Hugo und hob seine Tasse. «Die hätten den Job nämlich erledigt.»

«Er ist eben streng, aber auch gütig», stimmte plötzlich Elias mit ein, und wir sahen ihn alle mit großen Augen an.

«Ich rate dir das nur ungern», sagte Hugo mit gesenkter Stimme und legte ihm die Hand auf den Arm. «Aber wenn dir deine Heterosexualität lieb ist, dann geh. Und zwar jetzt. Denn wenn diese Art von Humor erst einmal Wurzeln in dir schlägt, bist du für immer verloren. Schau dir die arme Emilie an. Und dann zeig mir den Mann, der sie jetzt noch haben will.»

Emilie räusperte sich laut und zeigte auf ihre Babykugel, und Hugo holte gerade Luft, um noch einmal etwas zu erwidern. Doch dann begann mein Handy zu klingeln, aber auf eine komische Art, die ich erst gar nicht zuordnen konnte. Ich zog es aus der Tasche und schaute auf das Display. Es war ein Videoanruf. Von Martin. Ich zeigte es den anderen, worauf sie sofort verstummten und mich erwartungsvoll ansahen. Also wischte ich mir schnell den Milchschaum von den Lippen. Und drückte auf den grünen Knopf.

«Wollte schon gerade wieder auflegen», sagte er, nachdem sich das Bild aufgebaut hatte. Er lächelte sein typisches Gewinnerlächeln.

«Musste mich noch kurz herrichten», gab ich zurück. «Hab ja nicht mit dir gerechnet.»

«Hab dich doch nicht mit einem Kerl im Bett gestört?»

«Eher mit anderthalb Kerlen beim Frühstück. Und mit Emilie.»

«Oh.» Plötzlich wirkte er gar nicht mehr so sicher. Und das lag entweder daran, dass Emilie ihn vor ein paar Wochen von ihren Türstehern verprügeln lassen wollte, nachdem er sich im Schlepptau von Freunden auf eine ihrer Partys verirrt hatte. Oder er fragte sich jetzt, wer wohl die beiden Kerle waren, von denen ich gesprochen hatte.

Ich verzichtete allerdings darauf, ihn aufzuklären. «Wolltest du was Bestimmtes?», fragte ich und bedauerte gleich, dass es unfreundlicher klang, als ich es geplant hatte.

«Na ja, ich wollte dich eigentlich fragen, ob du Lust hast, mit mir eine Stadtführung zu machen heute Mittag. Ich bin in Berlin und hatte sie Maxi zu Ostern geschenkt. Aber jetzt muss er kurzfristig arbeiten.»

Martin und Maxi, dachte ich. *Ich werd nicht mehr.*

«Eigentlich kenne ich die Stadt schon ganz gut», erwiderte ich. Außerdem brauchte der sich gar nicht erst daran zu gewöhnen, dass ich sofort als Ersatz bereitstand, wenn sein Maxi-Schatzi keine Zeit hatte.

«Hab ich mir schon fast gedacht, dass du das sagst», antwortete Martin und klang ernsthaft enttäuscht. «Aber hätte ja sein können. Ich dachte, ich frag einfach mal.»

Ich seufzte und blickte zu den anderen. Elias und Hugo sahen mich interessiert an, während Emilie betont unbeteiligt an ihrem Strohhalm lutschte.

«Wann wäre das denn?», fragte ich.

«Du, wenn du keine Zeit hast oder nicht willst, echt kein Problem. Ich will euch auch nicht länger stören.»

«Jetzt sag schon», drängte ich.

«Um zwei auf der Museumsinsel.»

Ich sah auf die Uhr. Es war kurz vor eins, und ich würde wahrscheinlich mindestens eine halbe Stunde dorthin brauchen. «Okay, pass auf», sagte ich und lächelte unverbindlich, als wäre das Leben verrückt und voller Möglichkeiten. «Ich frag mal die anderen, was heute noch ansteht. Und dann schreib ich dir gleich, ja?»

«Okay», sagte er. Ich konnte ihm anmerken, dass er keine große Hoffnung hatte. Und das ließ ihn schon wieder echt süß aussehen.

«Bis gleich», sagte ich und legte auf. Dann schaute ich in die Runde.

«Gut gemacht!», grinste Elias. «Lass ihn ruhig ein bisschen zappeln.»

«Also soll ich zusagen?», fragte ich.

«Wir wissen alle, dass du es tun wirst», schaltete Hugo sich ein. «Selbst die Kellnerin. Und wir wissen auch, worauf es hinauslaufen wird.» Er sah in die Ferne und sagte bedauernd: *«Fags only want love if it's torture.»*

«Echt wahr?», fragte Elias.

«Das kannst du dir schon mal hinter die Ohren schreiben», sagte Emilie zu ihrem Bauch.

«Don't say I didn't, say I didn't warn ya», fuhr Hugo gedankenversunken fort.

«Ist ihm auch echt früh eingefallen, dass er mich fragen könnte», murmelte ich, ohne sie zu beachten. «Und ich will auch gar nicht wissen, wie oft er in Berlin ist, ohne sich zu melden.»

«Eifersüchtig?», fragte Elias, während endlich unser Essen serviert wurde.

«Würde mich aber auch nicht wundern, wenn er die Tickets extra so gekauft hätte, dass sein Typ keine Zeit hat», maulte Emilie vor sich hin. «Schwulen ist nämlich echt alles zuzutrauen», fügte sie mit hinzu und sah dabei Elias an.

«Das war immer mein Spruch früher», erklärte ich ihm. «*Ich* habe mich allerdings weiterentwickelt.»

«Keinen Streit, bitte», mahnte Hugo, «nicht heute.» Dann wandte er sich an mich. «Jetzt iss», sagte er. «Und dann flieg aus, mein Vögelchen.»

Martin saß auf einer Bank vor dem Alten Museum und las in einem Buch. Als er mich kommen sah, klappte er es zu, stand auf und lächelte. Ich betrachtete ihn, während ich auf ihn zulief, und musste daran denken, wie wahnsinnig attraktiv ich diese Selbstsicherheit früher gefunden hatte, die er gerade wieder ausstrahlte. Sie hatte absolut nichts Arrogantes oder Herablassendes, sondern zeigte schlicht und ergreifend, dass dieser Mann sich wohlfühlte in seiner Haut. Und das war einfach sexy. Inzwischen hatte ich allerdings Elias kennengelernt, und dessen Selbstbewusstsein war noch mal eine ganz andere Nummer. Auf einmal hatte ich das Gefühl, Martin ansehen zu können, dass er sich jedes Bisschen seiner inneren Ruhe hatte erkämpfen müssen. Als stünde hinter seinen großen braunen Augen plötzlich ein mindestens genauso großes OBWOHL. *Ich bin zufrieden mit mir, obwohl ich schwul bin. Und obwohl das für mich und mein Umfeld eine Zeit lang echt hart war.* Elias hingegen wirkte nicht so, als hätte er in seinem Leben schon mal etwas besonders Anstrengendes erlebt, zumindest nicht emotional. Der war einfach zufrieden mit sich auf die Welt gekommen. Und das merkte man ihm an.

«Schön, dass es geklappt hat», sagte Martin und umarmte mich. «Wie geht's dir?» Die Art, wie er mich fragte, ließ keinen Zweifel daran, dass es ihn wirklich interessierte.

Ich lächelte. «Gut. Und selbst?»

«Es sind Ferien, und der Frühling ist da. Also ebenso.»

«Wo müssen wir hin?», fragte ich.

«Da lang.» Er zeigte in Richtung der Alten Nationalgalerie. «Aber wir haben noch zehn Minuten. Können also langsam machen.»

«Und was ist das für eine Führung?»

«Die ganz große Tour. Museumsinsel, Bundestag, Alex. Alles dabei.» Er lächelte. «Maxi wohnt schon fast ein Jahr in Berlin, aber er hat noch nichts gesehen außer seinem Kiez, weil er immer arbeitet und die meiste Zeit im Ausland ist. Deshalb dachte ich, sowas wäre nett.»

«Stimmt», sagte ich. «Schöne Idee.» Die Frage, was dieser Maxi beruflich machte, verkniff ich mir. War bestimmt was Angebermäßiges.

Ein paar Meter liefen wir nebeneinander her, dann schaute Martin mich von der Seite an. «Also, mit wem hast du gefrühstückt?»

«Scheint dir ja keine Ruhe zu lassen.» Er zuckte lächelnd mit den Schultern. «Hugo und Elias waren noch dabei.»

«Dein neuer Mitbewohner?» Ich nickte. «Wie läuft's so mit ihm?»

«Sehr gut», sagte ich. «Wir haben uns echt schnell angefreundet.»

«Und sieht er gut aus?»

«Ziemlich. Seine Freundin ist echt zu beneiden.» Wenn ich es mir nicht einbildete, war in Martins Gesicht eine Spur Erleichterung zu sehen. Doch er sagte nichts. «In welchem Viertel wohnt dein Freund?», fragte ich.

«Er ist nicht mein Freund», erwiderte er mit erhobenem Zeigefinger.

«Ach ja. Hab ich vergessen.»

«Hast du nicht.»

«Stimmt», gab ich zurück. Hatte ich nicht.

Es war die Art Unterhaltung, die wir jedes Mal führten. Immer mit einem Lächeln auf den Lippen, immer um den heißen Brei herum. Und das Erstaunliche daran war, dass das offenbar noch immer keinem von uns zum Hals heraushing. Ganz im Gegenteil: Es schien uns jedes Mal mehr Spaß zu machen.

«Da vorne», sagte Martin und zeigte auf eine kleine Frau mit einem roten Fähnchen in der Hand, die gerade schon dabei war, die ausgedruckten Tickets der anderen Teilnehmer einzusammeln.

Punkt zwei Uhr marschierten wir los und bekamen gleich zu Beginn mehr über die Museumsinsel erzählt, als ich mir jemals würde merken können. Dann liefen wir zurück Richtung Dom. Abgesehen von Martin und mir, bestand die Gruppe nur aus Schweizer Ehepaaren. Allerdings war ich offenbar nicht der Einzige, der sich fragte, was er hier eigentlich machte: Die anderen Herren interessierten sich nämlich noch weniger für die Details der Domfassade als ich. Stattdessen unterhielten sie sich über irgendein am Abend anstehendes Fußballspiel und die Frage, ob man das wohl in einem Biergarten anschauen könnte. Außer Martin und mir schien das permanente Geplapper aber niemanden zu stören. Wahrscheinlich waren sowohl die Ehefrauen als auch die Stadtführerin deutlich Schlimmeres gewohnt.

Ich hatte mich gerade in eine Art Trance meditiert, in der ich den Rest der Führung über mich ergehen lassen wollte, als auf einmal alles ganz schnell ging. Wir waren dabei, über eine Brücke zu laufen, und hatten die anderen ein paar Schritte hinter uns gelassen, weil die noch für ein Gruppenfoto stehen geblieben waren.

Martin stieß mir freundschaftlich in die Seite und fragte: «Hey, bist du wach?»

Dann hörte ich plötzlich die laute Stimme von einem der Schweizer hinter uns: «Guck mal, die beiden Schwuchteln!»

Ich erstarrte. Und zwar nicht nur innerlich. Ich blieb einfach stehen und wusste nicht, was ich machen sollte. In meinem ganzen Leben hatte mich erst einmal jemand eine Schwuchtel genannt, und das war schon zehn Jahre her gewesen. Trotzdem wusste ich noch, wie es sich angefühlt hatte, nämlich genauso wie in diesem Moment. Ich fühlte einen fast körperlichen Schmerz, als ob mir jemand in den Magen getreten hätte. Ich schaute zu Martin, weil ich mich fragte, ob ich mich vielleicht verhört hatte. Ich hoffte es. Doch seine versteinerte Miene zeigte mir, dass das nicht der Fall war.

Zehn Meter vor uns blieb jetzt auch unsere Führerin stehen, weil sie uns etwas über die Brücke erzählen wollte, über die wir gerade liefen. Im selben Moment überholten uns die Schweizer, und ich brauchte ein paar Sekunden, um zu kapieren, dass dieser Wichser gar nicht Martin und mich gemeint hatte. Die Typen glotzten in Richtung des kleinen Parks vor den S-Bahn-Bogen, und einer von ihnen zeigte immer noch auf zwei Männer, die dort am Ufer standen und sich küssten.

Sofort durchfuhr mich ein egoistisches Gefühl der Erleichterung – und trotzdem saß mir der Schreck noch immer in den Knochen. Ich spürte einen kaum zu beschreibenden Hass auf diese Idioten, die sich offenbar kaum sattsehen konnten an den beiden knutschenden Kerlen.

Die Stadtführerin hatte sich inzwischen Martin und mir zugewandt. Sie wartete darauf, dass wir zu ihnen aufschlossen, damit sie fortfahren konnte. Und in dem Moment tat Martin etwas, von dem ich heute noch nicht sagen kann, ob es absolut bescheuert war oder genau das Richtige. Auf jeden Fall war es mir gegenüber verdammt unverschämt. Denn er griff ohne Vorwarnung nach meiner Hand, umklammerte sie, so fest er konnte, und starrte den Rest der Gruppe angriffslustig an.

Dann sagte er mit lauter Stimme: «Wir können euch auch noch was zum Glotzen geben. Falls Bedarf besteht.»

Jetzt hatten sich alle zu uns umgedreht. Doch keiner sagte etwas. Soweit ich das erkennen konnte, schienen die Frauen und ein paar der Männer peinlich berührt zu sein, während uns zwei von ihnen feindselig anstarrten. Ich zitterte und versuchte zuerst noch, mich möglichst sanft aus Martins Griff zu befreien. Doch der hielt mich so fest, dass es mich viel Kraft kostete, ihn abzuschütteln. Als ich es endlich geschafft hatte, drehte ich mich um. Und lief weg.

«Felix!», rief er mir hinterher, als ich schon fast wieder am Dom vorbei war. «Jetzt warte doch mal.»

Ich ging noch ein bisschen schneller, doch ein paar Meter später hatte er mich eingeholt. Er hielt mich an der Schulter fest, und ich fuhr zu ihm herum. «Fass mich nicht mehr an!», zischte ich.

Sein Blick war fragend, als ob ich derjenige wäre, der hier etwas zu erklären hatte. Dann holte er Luft: «Bist du sauer auf diese Wichser? Oder auf mich?»

«Ich ... was?»

«Ich will wissen, wer sich deiner Meinung nach schämen muss. Wir oder die?»

Diese Vorliebe für Fangfragen hatte er früher schon gehabt. Ich hätte ihm am liebsten eine reingehauen.

«Du hast kein Recht, einfach nach meiner Hand zu greifen», rief ich stattdessen so leise, wie ich konnte, weil mein Bedürfnis nach Aufmerksamkeit für diesen Tag gestillt war. Ich konnte nicht genau sagen, welche Mischung aus Gefühlen gerade durch meine Adern schoss. Aber von Wut über Hilflosigkeit und Entsetzen bis hin zu einer ganz widerlichen Art von Scham war so ziemlich alles dabei. «Und du missbrauchst mich ganz bestimmt nicht für irgendwelche Demonstrationen! Hast du das verstanden?»

Sein Gesichtsausdruck wurde plötzlich sanft. «Du hast recht», sagte er zu meinem Erstaunen. «Und das tut mir leid. Wirklich.» Ich holte gerade Luft, um etwas zu antworten, als er plötzlich noch sagte: «Ich hatte vergessen, wie sehr du dich schämst. Für dich selbst.»

«Du Arschloch!», sagte ich.

«Oder vielleicht hab ich auch gehofft, dass es inzwischen nicht mehr so wäre.» Er sah mir traurig in die Augen. «Ich hätte es dir auf jeden Fall gewünscht.» Er machte noch einmal eine kurze Pause, dann schaute er auf das Gras zwischen uns und sagte: «Vielleicht hat es auch deshalb nicht geklappt mit uns.»

Rein mit der Klinge. Bisschen stochern. Und dann sauber abbrechen. Gut gemacht, Martin.

Ich lachte bitter auf. Gleichzeitig stiegen mir Tränen in die Augen. «Ich glaube, dass das mit uns nicht geklappt hat, weil du ein hinterhältiger Wichser bist», sagte ich. «Und von dir lasse ich mir gar nichts sagen!» Ich hätte ihn ohne ein weiteres Wort stehen lassen sollen, aber die Versuchung, ihm noch mal eins reinzuwürgen, war einfach zu groß. «Ich bin nicht derjenige, der sich auf der Arbeit versteckt», presste ich also hervor. «Meine Arbeit besteht nämlich daraus, mich nicht zu verstecken.» Oder sie hatte daraus bestanden. Aber das war gerade egal.

Plötzlich hatte er ein gehässiges kleines Lächeln im Gesicht. «Komm schon, Felix», sagte er dann, und mir wurde klar, dass ich ihm in irgendeine Falle gegangen sein musste. Denn das, was er mir jetzt sagte, schien er schon länger mit sich herumzutragen: «Wir wissen beide, dass du das nicht machst, um dich für Schwule einzusetzen. Du machst das, weil du gar nicht oft genug hören kannst, dass du ganz anders bist als der Rest von uns.»

«Ich wünsch dir noch 'nen echt beschissenen Tag», sagte ich und drehte mich in Richtung Straße.

«Internalisierte Homonegativität», rief er mir hinterher.

«Was?», fragte ich und schaute ihn jetzt doch noch einmal an.

«Internalisierte Homonegativität», wiederholte er langsam. «Googel das mal. Und denk ein bisschen darüber nach. Vielleicht war dann doch alles zu irgendwas gut.»

Als ich nach Hause kam, saßen Emilie und Hugo im Wohnzimmer und schauten eine Folge *Queer Eye*. Sie sahen mich erstaunt an, weil sie nicht so bald mit mir gerechnet hatten. Also setzte ich mich zu ihnen auf die Couch und erzählte ihnen alles.

«Ich hab ja gleich gesagt, dass du nicht gehen sollst», sagte Emilie danach und zog bedauernd die Schultern nach oben. Als ob es ihr wirklich leidtäte, dass es ihr nicht leidtat.

«Na ja, eigentlich hast du nur beleidigt zur Seite geschaut, als ich nach eurer Meinung gefragt habe», gab ich zurück.

«Siehst du.»

«Natürlich hätte er nicht gehen sollen», pflichtete Hugo nun mit trauriger Stimme bei. «Aber was soll man schon tun? *Tout le malheur des hommes vient d'une seule chose, qui est de ne savoir pas demeurer en repos dans une chambre.*»

«Aha», sagte ich. «Und was soll das heißen?»

«Dass du es verkackt hast», erwiderte er.

«Wenn, dann hat er es verkackt», sagte ich laut, worauf die beiden sich einen dieser Blicke zuwarfen, die ich überhaupt nicht leiden konnte. «Was?», fragte ich.

«Ich finde das eigentlich echt mutig von ihm», sagte Emilie jetzt. Und die war wirklich nicht bekannt dafür, Martin in Schutz zu nehmen.

Ich sah Hugo an, der zustimmend nickte, wenn auch nur zaghaft.

«Der kann alleine mutig sein, wenn er will», sagte ich. «Aber er kann mich da nicht einfach mit reinziehen.»

«Und jetzt?», fragte Emilie.

«Was meinst du?»

«Was machst du jetzt mit ihm?»

«Nichts mehr», sagte ich. «Nie wieder.»

Hugo legte seinen Arm um mich und strich mir über die Haare. «Du hast es versucht», flüsterte er. «Und das ist alles, was zählt.»

In dem Moment ging die Wohnungstür auf. Elias kam vom Joggen nach Hause.

«Alles okay?», fragte er, als er mich an Hugos Schulter gelehnt sitzen sah, was mir natürlich sofort wieder unangenehm war. Doch ich widerstand dem Impuls, mich aufrecht hinzusetzen.

«Das Date ist nicht so gut gelaufen», berichtete Emilie in mitleidlosem Ton.

«Oh», sagte Elias. Ihm schien es leidzutun. «Arg schlimm?»

«Wie Tilda Swintons Oscar-Kleid», flüsterte Hugo.

Elias blickte fragend zu Emilie.

«Ja, arg schlimm», nickte die.

Kurz blieb er etwas unschlüssig im Türrahmen stehen. «Ich geh mal duschen», sagt er dann. «Danach komme ich zu euch.»

Er verschwand in seinem Zimmer, und weil offenbar keiner mehr etwas zu sagen hatte, drückte Emilie irgendwann wieder auf Play, und wir schauten die letzten zehn Minuten von *Queer Eye*.

«Wie spät ist es?», fragte ich danach.

«Halb vier», sagte Hugo.

«Gut.» Ich stand auf. «Dann fangen wir jetzt mit Trinken an.»

Als ich gerade die Küchentür aufmachte, kam Elias aus seinem Zimmer. Er trug immer noch seine Sporthose, allerdings hatte er kein Oberteil mehr an.

«Hab noch kurz mit Lara telefoniert», sagte er. Offenbar hatten sich die beiden also wieder vertragen. Denn Emilie und ich waren uns sicher, dass es irgendeinen Streit gegeben haben musste. Sonst hätte er sich wohl kaum mitten in der Nacht ins Auto gesetzt, um zurück nach Berlin zu fahren. «Ich soll euch grüßen.»

«Danke, zurück», erwiderte ich, auch wenn ich ihm nicht glaubte, dass sie uns grüßen ließ. Die paar Male, die wir uns begegnet waren, hatte sie immer auf eine fast schon aufdringliche Art reserviert gewirkt. Doch ich dachte nicht weiter darüber nach, sondern konzentrierte mich darauf, Elias in die Augen zu schauen. Ich hatte ihn noch nie mit freiem Oberkörper gesehen, und es kostete mich echt Mühe, so zu tun, als wäre das zwischen Kumpels wie uns überhaupt kein Ding.

«Also», sagte er lächelnd. «Ich bin dann kurz duschen.»

Er drehte sich Richtung Badezimmertür. Und in der gleichen Sekunde hatte ich vergessen, warum ich überhaupt in die Küche wollte. Denn ich hatte gerade das abgefahrenste Déjà-vu meines Lebens.

Mit offenem Mund blieb ich still stehen, bis ich endlich hörte, wie er das Wasser aufdrehte. Dann lief ich ins Wohnzimmer zurück, quetschte mich zwischen die anderen beiden auf die Couch und flüsterte: «Ich glaub, ich hab Elias schon mal oben ohne gesehen. Und zwar vor ein paar Jahren, im ‹Black Hole›.»

Ich konnte mich wirklich nicht mehr erinnern, wie lange es her war, aber es musste irgendwann zwischen der Trennung von Martin und meinem Umzug nach Berlin gewesen sein. Also vor drei oder vier Jahren.

Ich war wie so oft spätabends noch ins ‹Black Hole› gegangen, um mich davon abzulenken, was für ein Schrotthaufen mein Leben zu dieser Zeit war. Und er war mir sofort ins Auge gesprungen, als ich den Laden betrat. Er hatte hinten bei den Toiletten gestanden, in dunklen Jeans, einem engen Shirt und einer schwarzen Skimaske, die nur den Mund und die Augen freiließ. Er hatte mir gefallen.

Obwohl ich noch nie einen Maskenfetisch gehabt hatte und eigentlich auch lieber wusste, wessen Schwanz ich da aus der Hose holte, war mir sofort klar, dass ich ihn haben wollte. Er war groß und trainiert (höchstens ein kleines bisschen zu drahtig), und seine Blicke scannten den Raum auf eine Art, die klarmachte, dass er hier niemanden zum Heiraten suchte.

Ohne Eric zu begrüßen, lief ich an der Bar vorbei nach hinten durch und stellte mich vor ihn.

«*Hi*», sagte ich. «*I'm David.*» Damals benutzte ich ungefähr acht verschiedene Decknamen. Weil mir das Spaß machte.

Doch der Maskenmann grinste nur und sagte: «*No, you're not.*»

Damals dachte ich: *Na gut, dann glaubt er mir eben nicht.* Doch jetzt sah die Sache plötzlich ganz anders aus. Denn wenn das wirklich Elias gewesen war, hatte er mich natürlich erkannt.

Ein eiskalter Schauer lief mir über den Rücken, als ich im Flüsterton davon berichtete, während im Bad noch immer das Wasser lief.

«Und du bist dir sicher, dass er das war?», fragte Emilie ungläubig.

«Natürlich nicht», sagte ich. «Aber … na ja, irgendwie schon.»

«Aber sein Gesicht hast du nicht gesehen?»

Ich schüttelte den Kopf.

«Und was habt ihr dann gemacht?», wollte Hugo wissen.

«Tja», sagte ich. «Er meinte, dass ich nicht David wäre. Und als ich es gerade mit einem anderen Namen versuchen wollte, hat er mich am Arm gepackt und ins Labyrinth gezogen. Und da war er nicht zum ersten Mal drin. Er kannte sich nämlich echt gut aus.»

Emilie machte große Augen. «Und dann?»

«Na was schon?», fuhr Hugo wollüstig dazwischen. «Er hat ihn sich geschnappt und ihn gefickt wie ein Olympiasieger.»

«Wer jetzt wen?», fragte Emilie.

Doch Hugo machte nur eine ungeduldige Handbewegung. «Sieht euer Sportler aus wie jemand, in dessen Körper Platz für eine zweite Männlichkeit ist?», fragte er, bevor er in meine Richtung zeigte. «Im Vergleich zu *ihm*?»

«Hey!», rief ich.

«Tut mir leid, *Babyboy*», hauchte er. «Ich weiß, die Wahrheit kann schmerzhafter sein als ein Mangel an Gleitgel.» Dann wandte er sich wieder Emilie zu und sprach mit ihr wie mit einer begriffsstutzigen Klavierschülerin. «Schon allein wie dieser Elias dasteht. Falls das sein richtiger Name ist. So breitbeinig. Kein Mann, der sich Geschlechtsgenossen auf *diese* Art anbietet, steht so. Die haben die Beine immer ganz dicht beieinander.»

«Weil da sonst was rausläuft?», fragte Emilie interessiert.

«Mein Gott!», rief ich und mahnte mich sofort, leiser zu sprechen. «Können wir bitte zurück zum Thema kommen?» Nun sahen sie mich wieder erwartungsvoll an. «Er hat mich nicht gefickt», flüsterte ich.

«Aber ich hab ihm einen gelutscht. Und ...», ich machte eine dramatische Pause, «... wir haben geknutscht.»

«Nein!», rief Emilie, und auch Hugo hielt sich erschrocken die Hand vor den Mund. «Und wie kommst du darauf, dass er das war?», fragte sie.

«Ich habe versucht, ihm die Maske abzunehmen», sagte ich. «Aber er hat mich nicht gelassen. Er hielt meine Hand fest und schüttelte nur den Kopf.»

«Aber?», fragte Hugo und schlug die Beine übereinander.

«Das Oberteil hat er sich hochgezogen. Weil er wollte, dass ich seine Achseln lecke.»

Emilie sog die Luft ein. «So ein Schwein!», flüsterte sie, doch es klang kein bisschen vorwurfsvoll.

«Und dabei habe ich das Tattoo gesehen.»

«Wo?», fragte Hugo.

«Hier», ich zeigte auf meine rechte Seite, auf der Höhe zwischen Brust und Bauchnabel.

«Wer hat denn da ein Tattoo?», fragte Emilie.

«Eben», sagte ich. «Nicht viele.»

«Und was hat er da?», wollte Hugo wissen.

«Vier Buchstaben untereinander: LOVE.»

«Süß!», hauchte Emilie.

«Der geborene Romantiker», bestätigte Hugo. «Und der junge Mann im ‹Black Hole› hatte das auch?»

Ich nickte. «Zu neunzig Prozent.»

«Neunzig sind nicht hundert», gab Emilie zu bedenken.

«Aber der ganze Rest passt auch», sagte ich. «Der Körperbau, das Alter.»

«So ergibt nun alles einen Sinn», bemerkte Hugo.

«Nämlich?», fragte ich.

«Das erklärt, warum er dich beim Klassentreffen angesprochen hat. Warum er hier einziehen wollte. Und warum seine frigide Freundin ganz und gar begeistert davon war.»

«Die leckt ihm bestimmt nicht die Achseln», warf Emilie ein, als hätte sie das schon immer geahnt.

«Aber er wird es ihr ja wohl kaum erzählt haben», sagte ich.

«Natürlich nicht!», rief Hugo, und ich ermahnte ihn, leiser zu sein. «Doch auch Frauen sind nicht dumm», fuhr er flüsternd fort. «Ich bin sicher, sie spürt, dass etwas zwischen ihnen steht. Vielleicht hat sie ihn sogar schon in einer delikaten Situation erwischt. Mit einem gewissen Browserverlauf. Oder einer verräterischen App auf seinem Telefon. Und er konnte sie nur mit einem heiligen Schwur beruhigen, dass er sich höchstens kurzzeitig verwirrt gefühlt hat.»

«So wie Tarkan?», fragte Emilie.

«So wie Tarkan», nickte Hugo.

«Ich weiß nicht», sagte ich. «Wenn er schwul ist, kann er sich doch outen. Zumindest muss er keine Alibifreundin haben. Und schon gar nicht so eine.»

«Er macht Mannschaftssport, und sein Vater ist Pfarrer», erklärte Hugo knapp.

«Oh!», sagte ich. «Vielleicht macht das wirklich alles Sinn.»

«Na ja, vielleicht auch nicht.» Emilie schüttelte den Kopf. «Vielleicht erinnert sich Felix nur falsch. Und der ganze Rest klingt ziemlich zusammengesponnen, wenn ihr mich fragt.»

Wir lauschten gespannt, weil in dem Moment im Bad das Wasser abgedreht wurde.

«Und was mache ich jetzt?», flüsterte ich so leise, dass ich mich selbst kaum hören konnte. Obwohl ich mir wirklich ziemlich sicher war, dass der geile Maskenmann im ‹Black Hole› das gleiche Tattoo wie Elias gehabt hatte, war ich selbst noch nicht ganz überzeugt von unserer Theorie. Und zu meinem Erstaunen war ich davon auch gar nicht unbedingt begeistert. In den letzten Wochen hatte ich mich so an den Gedanken gewöhnt, endlich einen heterosexuellen besten Freund zu haben, dass ich den nicht unbedingt gegen einen verkappten Schwulen eintauschen wollte. Auch wenn das eventuell andere Vorteile mit sich gebracht hätte, und zwar sexueller Natur. Aber Sex war überall zu kriegen, im Gegensatz zu einem Freund wie Elias. Während ich noch über all das nachdachte, wurde im Bad der Föhn eingeschaltet.

«Kein Heteromann föhnt sich», spuckte Emilie voller Abscheu aus.

«Habe ich euch jemals von Marrakesch erzählt?», fragte Hugo.

«Mir nicht», sagte ich.

«Dort habe ich eine gewisse Zeit verbracht, in einem früheren Leben. Und ich habe mich ganz unsterblich in den Nachbarsjungen verliebt. Er war achtzehn, hatte Augen wie geröstete Mandeln, einen Körper wie der Lastenschlepper, der er war – und eine Verlobte, die allerdings mehr einem Dönerspieß vor dem ersten Anschnitt glich.» Sein Blick wurde schwermütig. «Ich verzehrte mich nach ihm, und ich spürte, dass es ihm mit mir genauso ging. Er war ständig bei mir, und wir rauchten Wasserpfeife und tranken Tee gegen die Kälte. Und wir warfen uns diese Blicke zu, lang und voller Begierde. Doch keiner von uns wagte den ersten Schritt. Denn es war uns wohl bewusst, dass wir in großer Gefahr schwebten, hätten wir die Zeichen des anderen fehlgedeutet.»

«Und dann?», fragte ich leise, weil der Föhn wieder ausgeschaltet worden war.

«Der Winter verging, und der Frühling kam über die Stadt wie Harvey Weinstein über Rose McGowan. Ich spürte, dass sich meine Zeit in diesem Land dem Ende zuneigte. Also beschloss ich, alles auf eine Karte zu setzen. Und eines Abends erzählte ich Allam von einer uralten Legende. Es war die Liebesgeschichte zwischen einer arabischen Prinzessin und einem einfachen Jungen, der sich als Gehilfe in ihrer Menagerie verdingte. Sie entbrannten füreinander, doch keinem von beiden stand es an, sich dem anderen zu nähern. Bis sie eines Abends zufällig aufeinandertrafen. Die Prinzessin wollte noch nach ihren Flamingos sehen und fand den Jungen im Mondschein auf einer Bank sitzend. Als er sie kommen sah, wollte er sich demütig entfernen. Doch sie hielt ihn am Arm. Und das war der Moment, in dem ich Allam am Arm berührte. Er zuckte nicht zurück. Also sah ich ihm tief in die Augen und flüsterte: ‹Die Prinzessin sah den Jungen an und sagte zu ihm, Wenn du mich willst, dann nimm mich. Und zwar hier und jetzt.›»

«Und dann?», fragte Emilie mit trockenem Mund.

«Fickten wir die ganze Nacht.»

«Und jetzt soll ich Elias diese Legende erzählen?», fragte ich.

«Unsinn!», schimpfte Hugo. «Du erzählst ihm von Allam und mir.»

«Oder wir kürzen das ein bisschen ab», sagte Emilie, weil sich in dem Moment die Badezimmertür öffnete. «Ey, Elias», rief sie, «komm mal schnell.»

Eine Sekunde später tauchte er im Türrahmen auf und schaute sie fragend an. Er trug ein weißes T-Shirt und Boxershorts, und ich fragte mich, ob es tatsächlich sein konnte, dass ich schon Bekanntschaft gemacht hatte mit dem, was sich darunter verbarg.

«Sag mal, kennst du das ‹Black Hole›?», fragte Emilie, und Hugo und ich erstarrten vor Schreck.

«Diesen Sexclub in Hamburg?»

«Ganz genau den.»

«Klar», antwortete er. «Ein Kumpel von mir wohnt da ums Eck. Warum?»

«Und, schon mal drin gewesen?», fragte sie mit hochgezogener Augenbraue.

«Ihr könnt mich ja mal mitnehmen», grinste er und verschwand wieder im Flur.

«Das war kein Nein», flüsterte Hugo, nachdem Elias seine Zimmertür hinter sich geschlossen hatte.

«Es war auch kein Ja», sagte Emilie bestimmt.

«Du bist wohl wahnsinnig!», fuhr ich sie an.

«Ich bin ergebnisorientiert. Und schwanger. Also lass mich in Frieden.»

Ich sagte nichts mehr, weil Elias schon wieder zurückkam.

«Habt ihr heute noch was vor?», fragte er.

«Wir haben gerade beschlossen, uns dem Alkohol hinzugeben»,

sagte Hugo und fixierte ihn wie die Schlange das Kaninchen. «Und dann spielen wir ‹Wahrheit oder Pflicht›.»

«Du weißt genau, dass ich nichts trinken kann», maulte Emilie.

«Du redest auch nüchtern mehr, als dir guttut», erwiderte Hugo. «Aber apropos Pflicht!» Er griff in die miserabel gefälschte Birkin Bag, die er neben dem Sofa platziert hatte, und zog drei Umschläge heraus. «In vier Wochen ist mein Geburtstag. Und ihr seid die Ersten, die ich hiermit dazu einlade.»

Schon als Hugo noch Tamara war, waren die Einladungskarten zu seinen Festivitäten aus ästhetischer Sicht immer ganz besondere Glanzstücke gewesen. Doch dieses Mal hatte er sich selbst übertroffen. Denn er hatte ein 3-D-Wackelbild von sich drucken lassen, auf dem er mit einem pinken Boy-George-Hut auf dem Kopf dramatisch die Augen niederschlug, nur um den Betrachter gleich darauf wieder auffordernd anzuschauen, wenn man die Karte ein bisschen hin und her bewegte. Oben drüber stand in sonnengelber Schrift: COME TO ME – IN ALL YOUR GLAMOUR AND CRUELTY.

«Das ist meine letzte Woche in Berlin», sagte Elias, nachdem er sich auf der Rückseite das Datum angeschaut hatte.

«Ein Grund mehr, diese Nacht zu etwas Unvergesslichem zu machen», entgegnete Hugo.

«Stimmt», grinste er. «Kann ich Lara mitbringen?»

«Leider nein.»

«Hast du irgendwelche Wünsche?», fragte ich.

«Nur den einen», sagte Hugo und blickte streng zu Emilie. «Dass mir an diesem Abend niemand die Schau stiehlt, indem sie plötzlich Wehen bekommt.»

«Oh, keine Sorge», gab die fröhlich zurück. «Ist erstens noch viel zu früh. Und zweitens bin ich da wie diese Alten, die einfach nicht sterben, solange sie nicht alles Wichtige erledigt haben. Ich muss auch noch ein paar Sachen klären. Und bis dahin bleibt das Monster, wo es ist.»

Ich habe mir in den letzten Tagen den Kopf darüber zerbrochen, ob ich ein guter Vater wäre. Und die Antwort ist, dass ich keine Antwort habe. Ich brauche aber eine, und zwar bis übermorgen. Obwohl ich aber auch nicht verstehe, warum man diesen blöden Termin beim Jugendamt nicht noch einmal verschieben kann. Nach dem Mittagessen gehe ich joggen, und weil ich danach immer noch nicht weiß, was ich machen soll, rufe ich Emilie an.

«Ich wollte gerade anfangen, mich zu waschen, damit ich bis Donnerstag wieder angezogen bin», sagt sie zur Begrüßung.

«Deswegen wollte ich mit dir reden.»

«Wegen meiner Körperhygiene?»

«Witzig, Em. Echt witzig.»

Sie gibt ein resigniertes Stöhnen von sich. «Also, was hast du auf dem Herzen, *Honey*?»

«Okay, Punkt eins: Dein Termin ist erst in vier Wochen. Kannst du die Sache beim Amt nicht noch mal verschieben?»

«Du weißt, dass ich drei Wochen zu früh auf die Welt gekommen bin, oder?», fragt sie ernst.

«Ich weiß», sage ich schnell. «Aber ich hab mich auch ein bisschen schlau gemacht. Und so eine Vaterschaft kann man auch nach der Geburt noch anerkennen. Ich meine, das muss gar nicht unbedingt vorher sein.»

Ein paar Sekunden kann ich nur ihren Atem hören. Und ich bilde mir ein, dass er jetzt ein bisschen schneller geht. «Weißt du, warum ich ein Einzelkind bin?», fragt sie mich dann.

«Weil dein Vater Kaufmann ist und ausgerechnet hat, dass er sich nur eine von deiner Sorte leisten kann?»

«Meine Mutter wäre fast gestorben bei meiner Geburt», sagt sie leise. «Und ich auch. Und danach konnte sie keine Kinder mehr kriegen.»

Ich schlucke. «Das habe ich nicht gewusst. Tut mir leid.»

«Ich habe wirklich eine Scheißangst vor dem, was da auf mich zukommt, okay?» Auf einmal kann ich ihre Verzweiflung hören, und mein Magen verkrampft sich. «Ich weiß, dass es dämlich ist, das zu denken, aber ich habe echt Angst, dass bei mir so was passiert wie bei meiner Mutter. Und ich das nicht überlebe.»

«Ich bin mir ziemlich sicher, dass du dir keine Sorgen machen musst», sage ich, nachdem ich mich geräuspert habe. «Ich meine, die Medizin ist heute –»

«Du kapierst es nicht, oder? Ich will, dass der Kleine versorgt ist, wenn was passiert. Ich will, dass klar ist, wo er hinkommt. Ich meine, ich liebe meinen Vater, aber der ist sechzig! Und sonst habe ich niemanden.»

Obwohl ich sie in diesem Moment am liebsten in den Arm nehmen würde, steigt jetzt gleichzeitig eine ziemliche Wut in mir hoch. Denn das hier ist echt der gemeinste Erpressungsversuch, der mir je untergekommen ist.

«Also verlangst du von mir, dass ich dir deinen Wisch unterschreibe, weil ich sonst das Arschloch bin, dass eine schwangere Frau im Stich lässt, ja?», sage ich laut. Ich kann hören, wie sie zu weinen anfängt, und habe sofort wieder ein schlechtes Gewissen. «Ich *will* dir ja helfen, Em. Okay? Und ich sage ja auch gar nicht, dass ich es nicht machen werde. Aber ich brauche einfach noch ein bisschen Zeit, um diese Entscheidung zu treffen.»

«Ist schon ganz gut, dass die Natur euch Kerlen nur zwei Sekunden gibt, euch zu entscheiden, ob ihr jetzt reinspritzt oder nicht», schnieft sie. «Sonst gäbe das ja nie was mit euch.»

«Du treibst mich echt noch in den Wahnsinn», sage ich.

«Ganz im Ernst, Felix. Ich weiß, was ich dich da gefragt habe. Und ich kann verstehen, dass man da erst mal drüber schlafen muss. Aber man kann auch zu lange über was nachdenken. Und du sowieso.»

Mir ist klar, dass sie recht hat. Nur hilft mir das leider nicht. «Also keine Verschiebung?», frage ich.

«Keine Verschiebung», erwidert sie, ohne noch einmal darüber nachzudenken. «Übermorgen um zwei stehe ich vor dem Jugendamt. Es sei denn natürlich, ich liege da schon im Kreißsaal. Und entweder du kommst, oder du kommst nicht.» Ich hole Luft, um etwas dazu zu sagen, doch sie lässt mich nicht zu Wort kommen. «Ich habe dir versprochen, dass ich nicht sauer bin, wenn du Nein sagst. Und ich werde mich bemühen, dass es auch dabei bleibt. Aber entscheide dich. Und versuch nicht, das einfach auszusitzen, bis ich irgendwann nicht mehr nachfrage. Das wird nämlich nicht passieren.» Ich beiße mir auf die Unterlippe, bis der Schmerz fast unerträglich wird. «Bist du noch dran?», fragt Emilie leise.

«Ich komme nach Hamburg», sage ich, «übermorgen. Ich bin um zwölf bei dir. Und dann sage ich dir, was wir machen.»

«Versprochen?»

Kurz kneife ich die Augen zusammen. Dann nicke ich. «Versprochen.»

Ich begann schon bald, mir zu wünschen, ich hätte Elias' Tattoo nicht gesehen. Denn in den nächsten Wochen wurde es komisch zwischen uns. Und das lag nicht an ihm, sondern an dem, was mir nun die ganze Zeit im Kopf herumspukte.

Manchmal, wenn wir abends noch gemeinsam auf dem Balkon saßen und er uns voller Begeisterung einen neuen Whisky einschenkte, den er irgendwo bestellt hatte, war ich mir sicher, dass dieser Kerl niemals schwul sein konnte. Noch nicht einmal ein bisschen bi. Dann gab es wieder Momente, in denen sein Knie ganz zufällig meines berührte, wenn wir auf der Couch saßen und einen Film schauten. Oder in denen er mich plötzlich packte und umarmte, weil irgendeine australische Hockeymannschaft gerade ein Spiel gewonnen hatte. In diesen Situationen fragte ich mich nun jedes Mal, ob er mir damit etwas sagen wollte.

Abends im Bett versuchte ich wieder und wieder, mich an den Typen im ‹Black Hole› zu erinnern. An seine Größe, seinen Körper, seine Lippen, sein Tattoo. Doch je mehr ich mich um ein klares Bild von ihm bemühte, desto verschwommener wurde er. Es hätte tatsächlich Elias sein können. Zumindest sprach nichts wirklich dagegen. Aber genauso gut hätte er es auch nicht sein können. Und diese Ungewissheit machte mich wahnsinnig.

Mindestens genauso sehr irritierte es mich, dass ich mehr und mehr anfing, ihn geil zu finden. Und irgendwann begann ich sogar, mich zu fragen, ob ich mich gerade ein bisschen in ihn verliebte. In seine unbekümmerte Freundlichkeit. In die absolut furchtlose Begeisterung, mit der er sich auf alles Neue stürzte. Und in die Art, wie er mich anlächelte, wenn er abends nach Hause kam. Immer wieder kam mir in den Sinn, dass Elias und Martin sich gar nicht so unähnlich waren. Der größte Unterschied war vermutlich, dass Martin bei allem, was er tat, eine gewisse Ernsthaftigkeit in sich trug. Was natürlich nicht hieß, dass Elias nicht auch ernst sein konnte. Es hieß nur, dass … keine Ahnung.

Ich hätte mich ohrfeigen können, als mir klar wurde, dass ich mich mal wieder in die ganz besonders kranke Version einer Liebesschnulze hineinmanövriert hatte. Denn ich war mit Sicherheit der erste Idiot in der Geschichte der Menschheit, der sich nicht zwischen zwei Männern entscheiden konnte – die höchstwahrscheinlich beide nichts von ihm wollten.

Am zweiten Aprilwochenende fuhr Elias nach Hamburg, weil er dort zum Junggesellenabschied eines früheren Teamkameraden eingeladen war. Und weil meine Mutter ihre jährliche Sommerfrische in Sankt Petersburg dieses Mal vorzog, um vor Beginn der Fußball-WM wieder zurück zu sein, ließ ich mich von Elias mitnehmen, um mich von ihr zu verabschieden.

«Also, Sonntag um zwei?», fragte er, als er mich am Freitagabend vor ihrem Haus absetzte.

«Sonntag um zwei», bestätigte ich.

«Vielleicht laufen wir uns ja noch davor über den Weg», grinste er, als ich nach hinten griff, um meine Tasche von der Rückbank zu nehmen.

«Ich glaube eher nicht, dass ich mich morgen Abend auf der Reeperbahn rumtreibe.»

«Das habe ich auch nicht gemeint.»

«Äh, okay», sagte ich. Ich ignorierte den Schauer, der mir den Rücken hinunterlief, und stieg schnell aus dem Auto.

Meine Mutter hatte gekocht. Was erwähnenswert ist, weil meine Mutter nie kocht. Doch sie hatte tatsächlich Piroggen gemacht, und zwar mit der Nudelmaschine, die ich meinem Vater zum Sechzigsten geschenkt hatte. Ich lächelte, als ich sah, dass sie offenbar Freude an dem Ding hatte. Und er nicht.

«Die hast du das letzte Mal gemacht, als ich zehn war oder so», sagte ich, während ich mir zum dritten Mal den Teller von ihr füllen ließ. Dafür, dass meine Mutter nie kochte, konnte sie es erstaunlich gut.

«Manche Dinge müssen besonders bleiben, *Sladkij*», antwortete sie und lächelte.

«Geht's dir gut?», fragte ich. Und zum allerersten Mal meinte ich das nicht besorgt oder sarkastisch. Denn in den letzten paar Monaten hatte ich sie öfter lächeln sehen als in den fünfundzwanzig Jahren davor. Und so langsam war ich der Meinung, dass das nicht nur an ihren neuen Tabletten liegen konnte.

Sie nickte scheu wie eine junge Dame, die gerade vom Prinzen zum Tanz aufgefordert worden war. Ich hatte schon überlegt, ob es tatsächlich möglich war, dass meine Mutter einen Freund hatte. Eigentlich hätte ich ihr das niemals zugetraut. Doch andererseits hatte sie mich inzwischen ja schon ein paarmal überrascht. «Gibt's irgendwas Neues?», fragte ich also möglichst unverbindlich.

«Die Welt ist verrückt geworden, *Sladkij*», erwiderte sie. «Es gibt jeden Tag etwas Neues.» Jetzt sahen wir uns an und lächelten gleichzeitig. Das fühlte sich seltsam an. Aber auch schön. «Vorgestern habe ich deinen Martin gesehen», erzählte sie, «als ich in der Gruppe war. Und ich soll dich lieb grüßen.»

«Schön», sagte ich, und meine Freude war direkt wieder verflogen. «Danke.» Ich sah konzentriert auf meinen Teller und zerteilte die letzte Pirogge, doch natürlich bemerkte ich ihren Blick. Sie wartete darauf, dass ich noch etwas sagte. Doch ich tat es nicht, und sie war zum Glück dazu erzogen worden, den Menschen ihre Privatsphäre zu lassen, wenn sie das wünschten.

«Was macht deine Schwester?», fragte sie, als sie sicher war, dass ich nichts mehr zu dem Thema sagen würde. Und obwohl ich ihr dankbar für den Themenwechsel war, half mir das auch nicht wirklich aus der Patsche. Denn Mama wusste immer noch nichts von Annas Heirat, und ich betrachtete es wirklich nicht als meine Aufgabe, ihr davon zu erzählen.

«Weißt du», sagte ich also, nachdem ich den letzten Bissen heruntergeschluckt hatte. «Vielleicht solltest du sie einfach mal anrufen. Ihr könntet euch treffen. Und aussprechen. Ich glaube, sie ist jetzt bereit dafür.»

«Sich auszusprechen, bedeutet für deine Schwester allerdings leider, dass nur sie reden darf», gab Mama zurück, und ich meinte tatsächlich, in ihrem bedauernden Gesichtsausdruck gleichzeitig etwas Schelmisches aufblitzen zu sehen.

«Na ja», sagte ich. «Der Satz ist doch schon mal ein guter Einstieg.»

Ein paar Stunden später betrat ich das ‹Black Hole›. Es fühlte sich immer noch komisch an, wieder hier zu sein, weil ich so viele Erinnerungen mit diesem Laden verband. Und die wenigsten davon waren gute.

Doch Elias' Worte im Auto waren mir nicht aus dem Kopf gegangen. Und auch wenn ich wusste, wie dämlich das von mir war, hätte ich doch keine Ruhe gehabt, wenn ich nicht hergekommen wäre. Um zu schauen, ob er ebenfalls aufkreuzen würde.

Als Erstes holte ich mir bei Eric ein Bier. Der hatte mir früher permanent welche ausgegeben, als kleinen Dank für die nicht unbeträchtlichen Auswirkungen, die meine Besuche auf den Umsatz dieses Schuppens gehabt hatten. Doch seit ich mich fast zwei Jahre lang nicht mehr hatte blicken lassen, tat er so, als erinnerte er sich nicht an mich. Und vielleicht stimmte das sogar.

Mit der Flasche in der Hand drehte ich eine Runde. Obwohl Freitag war, war nicht besonders viel los. Vor der Bar standen ein paar ältere Kerle in Tanktops, die sich in einer polyamourösen Umarmung festhielten und dabei über Lavendelsorbet sprachen. Und hinten im

Labyrinth standen vereinzelt ein paar Typen herum, die mich von oben bis unten musterten und sich in den Schritt fassten, als sie mich sahen. Ich grinste beim Gedanken daran, wie Emilie hier alleine durchgeirrt war und wahrscheinlich an jeder Weggabelung mit dem kleinen Chanel-Parfüm aus ihrer Handtasche die Sperrholzwand besprüht hatte, um irgendwann wieder herauszufinden.

Ein paar der Kerle, denen ich begegnete, gefielen mir. Und weil ich für meine Verhältnisse schon ziemlich lange an keinem fremden Mann mehr herumgelutscht hatte, war ich auch kurz versucht, das nun nachzuholen. Doch ich hielt mich zurück. Falls Elias tatsächlich hier aufkreuzte, sollte er mich nicht zwischen den Beinen eines Hafenarbeiters kniend antreffen. Denn obwohl ich die Vorstellung irgendwie geil fand, war sie gleichzeitig auch ein bisschen unromantisch.

Die nächsten zwei Stunden verbrachte ich an dem Stehtisch zwischen den Toiletten und dem Eingang zum Labyrinth. Also genau dort, wo Jahre zuvor der Maskenmann gestanden hatte. Doch so sehr ich mich auch bemühte, beim Berühren der Tischplatte von einer Vision überfallen zu werden, die sämtliche Rätsel für mich lösen würde – es passierte nichts. Der Laden war inzwischen voller geworden, und es waren jetzt auch ein paar Typen da, die ich noch aus meiner wilderen Zeit viele Jahre zuvor kannte. Es stand aber auch ein ganzer Haufen Kerle um mich herum, die ich noch nie gesehen hatte und die ich nach diesem Abend auch nie wiedersehen würde. Genau das hatte für mich schon immer den Reiz an solchen Läden ausgemacht.

Ich lächelte, weil mir plötzlich wieder einfiel, dass ich Gabriel einmal erzählt hatte, wie unglaublich ich es fand, jeden Abend hier aufzutauchen und wie durch Zauberhand immer wieder ganz neue Männer vorgesetzt zu bekommen. Worauf der nur milde gelächelt und Luft geholt hatte, um mich eines wissen zu lassen: «Wer in dieselben Flüsse hinabsteigt, dem strömt stets anderes Wasser zu.»

Apropos Gabriel. Von dem hatte ich schon seit einer Weile nichts mehr gehört, weil er seit Anfang des Jahres fast durchgängig in London blieb und nur noch zu den Terminen mit seinem Doktorvater nach Hamburg kam. Allerdings hatte Hugo auch ihn und Shaun zu seinem Geburtstag eingeladen, und ich hoffte, dass sie tatsächlich kommen würden. Also zog ich mein Handy aus der Tasche und fragte ihn, wie weit die beiden in ihrer Entscheidungsfindung waren. Doch bis Gabriel antwortete, konnten locker zwei Tage vergehen.

Ich seufzte. Dann holte ich mir noch ein Bier und beschloss, danach abzuhauen, wenn in der Zwischenzeit kein maskierter Fremder aufgetaucht wäre. Und eine knappe Stunde später lag ich schon im Bett. Allein.

Hugo hatte sich den dreißigsten April als Geburtstag ausgesucht, weil er dann immer in den Mai reinfeiern konnte. Und weil seine Geburt dadurch symbolhaft für die Überwindung des Winters und die Rückkehr der Wärme in die Welt stand. Oder so ähnlich. Am Vorabend dieses Ereignisses saßen wir mit Emilie auf meinem Balkon und stießen um Mitternacht auf sein neues, wiederum dreiunddreißigstes Lebensjahr an.

«Das ist wie früher in der Schule», erklärte er, während er sich von mir nachschenken ließ. «Man wiederholt das Jahr so lange, bis die Minimalziele erreicht sind. Also, wo waren wir stehen geblieben?»

«Bei meinem zweiten Abend im ‹Black Hole›», sagte ich. Ich hatte den beiden von meiner Hoffnung erzählt, Elias dort zu treffen. Und weil er sich am Freitagabend nicht hatte blicken lassen, bin ich Samstag gleich noch einmal hingegangen.

«Und?», fragte Emilie. «Ist *Ihrwisstschon* aufgekreuzt?»

Ihrwisstschon schlief zwei Zimmer weiter, weil er am nächsten Tag zum letzten Mal ins Büro musste. Deshalb hatte Emilie sich dieses bombensichere Codewort ausgedacht.

«Tja», antwortete ich. «Ich bin mir nicht sicher.»

«I beg you hard-on!», rief Hugo.

Ich senkte meine Stimme und erzählte, dass der Laden am zweiten Abend schon ziemlich voll gewesen war, als ich ihn betrat. Dass ich einmal komplett durchgelaufen war und ganz zum Schluss auch in den

Darkroom geschaut hatte. Und dass dort plötzlich jemand von hinten an mich herangetreten war und mir den Hals geküsst hatte, als wüsste er ganz genau, wer ich war. Ich hatte hinter mich gegriffen und festgestellt, dass der Kerl schlank war und größer als ich. Dann hatte ich mich zu ihm umgedreht, doch im selben Moment hatte er mich schon wieder losgelassen und war verschwunden. Nachdem ich eine Weile umhergetastet und irgendwann endlich kapiert hatte, dass er wirklich weg war, hatte ich den Darkroom verlassen und noch mal den ganzen Laden durchsucht. Doch es war kein Maskenmann zu sehen gewesen. Und kein Elias.

«Hatte der überhaupt eine Maske auf?», fragte Emilie.

«Ich bin nicht sicher», sagte ich. «Ich war komplett überrumpelt, und es ging alles so schnell. Aber im Darkroom braucht man ja auch keine Maske, oder? Kann sein, dass er sie da drin abgenommen hat.»

«Ich weiß nicht», sagte sie. «Das ergibt doch keinen Sinn. Wenn er wirklich was von dir will, kann er das doch auch hier in der Wohnung kriegen. Da muss er euch ja nicht erst beide nach Hamburg fahren.»

«Es sei denn, er weiß nicht, dass ich weiß, dass er das war vor ein paar Jahren.»

«Zu viele Realitätsebenen», sagte Hugo und schüttelte sich. «Wie eine schwule Version von *Inception*.»

«Emilie ist nur neidisch», flüsterte ich. «Weil sie die Einzige hier sein will, die *Ihrwisstschon* an den Schwanz fassen durfte.»

«Wer sagt denn, dass ich es durfte?», fragte sie und guckte mich herausfordernd an. «Ich hab's halt gemacht. Weil ich eine Frau bin, die sich nimmt, was sie will.»

«Schluss jetzt, Brandy und Monica», sagte Hugo streng. «An meinem Geburtstag wird nicht gestritten!»

«Du findest auch jedes Mal einen anderen Grund, warum wir nicht streiten dürfen», beschwerte sich Emilie. «Aber ich bin schon lieb.»

«Gut», sagte ich.

«Und wie ist das weitere Vorgehen?», fragte Hugo an mich gewandt.

«Übermorgen reist er ab, und wer weiß, ob ihr euch jemals wiederseht. Zeit, noch ein letztes Mal *all in* zu gehen?»

«Sicher nicht», sagte ich. «Ich hol mir lieber mein Leben lang einen darauf runter, was vielleicht hätte sein können, als mich an ihn ranzuschmeißen und zum Abschied einen erschrockenen Blick zu kassieren. Oder Schlimmeres.»

«Eine bemerkenswert mutlose Herangehensweise», urteilte Hugo bedauernd.

«So bin ich eben», gab ich zurück. «Bemerkenswert mutlos.»

Er seufzte. Dann hauchte er: *«For of all sad words of tongue or pen, the saddest are these: It might have been!»*

«Finde ich gar nicht», erwiderte ich. «Die traurigsten Worte der Welt sind viel eher: ‹Hab versucht, meinen besten Freund zu küssen, und der hat mir aufs Maul gehauen.›» Die beiden guckten ungnädig, aber widersprechen wollte mir auch keiner. «Das Gute an der ganzen Sache ist jedenfalls, dass ich durch das alles fast keine Zeit hatte, über Martin nachzudenken», sagte ich.

«Hast du noch mal mit ihm gesprochen, seit …?», fragte Emilie, und es klang mehr nach einem Vorwurf als nach einer Frage.

«Seit der Museumsinsel?», fragte ich, und sie nickte. «Nö. Ich mit ihm nicht.»

«Aber er mit dir?», fragte Hugo.

«Er hat mir geschrieben.» Ich zog mein Handy aus der Tasche. «Letzten Sonntag. Da haben wir uns zufällig gesehen. Ich saß im Bus, und er stand draußen vor dem Sony Center.»

«Was hat er denn da gemacht?», fragte Emilie.

«Telefoniert», sagte ich und grinste. «Er hat irgendjemandem was erzählt. Aber als unsere Blicke sich getroffen haben, hat er ganz schön den Faden verloren.»

«Und danach hat er dir geschrieben?», wollte Hugo wissen.

«An dem Abend.»

«Ja, und was?», fragte Emilie ungeduldig. Ich zeigte ihnen die Nachricht. «‹0:41›?», las sie vor. «Was soll das denn heißen?»

«Das ist die Stelle in ‹I Almost Do›, wo Taylor zum ersten Mal singt, dass es sie ihre ganze Kraft kostet, sich nicht bei ihrem Typen zu melden. Den Code haben wir uns früher immer als Friedensangebot geschickt, wenn wir uns gestritten haben.»

«Ihr seid so süß, ihr Kinder», sagte Hugo gerührt.

«Und du hast ihm nicht geantwortet?», fragte Emilie misstrauisch.

«Ich hab Siri gefragt, ob ich es machen soll», gab ich zurück. «Weil ich eine *objektive* Meinung haben wollte. Aber die hat schon die Frage nicht kapiert. Also hab ich es bleiben lassen, weil ich auch gar nicht gewusst hätte, was ich hätte schreiben sollen.»

«Wie wär's mit *‹We are never ever getting back together›*?», fragte sie.

«Das riecht schon wieder nach Streit», sagte Hugo und stand auf. «Da gehe ich lieber nach Hause, zu meinem Hund.»

«Du hast einen Hund?», fragte ich.

«Seit zwei Wochen. So einen spanischen Straßenköter, aus dem Internet.»

«Süß!», rief Emilie begeistert.

«Auf dem Foto sah er süßer aus», gab er achselzuckend zurück. «Deshalb habe ich ihn Grindr genannt.»

———

Meine Wohnung war noch nie so voll gewesen.

Elias hatte sich entschieden, Hugos Aussage, dass Lara leider nicht zu seiner Party kommen konnte, für einen Witz zu halten. Also hatte die am Nachmittag vor der Tür gestanden. Allerdings wollte sie unbedingt alleine im Zimmer warten, bis ihr Freund aus dem Büro kam, was Emilie und ich zwar komisch, aber nicht unbedingt schade fanden. Eine Stunde später waren auch Gabriel und Shaun angekommen, denen ich im Wohnzimmer ein Gästebett aufgebaut hatte. Also saßen abends um acht alle bis auf Elias, der als Letzter ins Bad gegangen war, im Wohnzimmer und bemühten sich, leise zu sein, weil Lara die *Tagesschau* sehen wollte.

«Tut mir ja echt leid», sagte sie nach einem Bericht über den Pflegenotstand zu mir, «aber den Spahn finde ich ganz furchtbar.»

«Ach, kein Problem, Süße», antwortete Emilie schnell. «Ich fühl mich da nicht angegriffen, nur weil ich auch eine Brille trage.» Lara guckte irritiert, und Emilie warf mir hinter ihrem Rücken einen Luftkuss zu, den ich auffing und in meine Tasche steckte, für später. «Sag mal, *Honey*», fuhr Emilie fort, weil sie jetzt natürlich Blut geleckt hatte, «hast du eigentlich noch mal von deiner Begegnung mit *Duweißtschon* geträumt?»

Ich warf ihr einen sehr strengen Blick zu, weil man es mit den Späßen auf Laras Kosten auch nicht übertreiben musste. Und erstaunlicherweise schien sie das zu akzeptieren. Denn sie zog zwar eine Schnute, aber sonst blieb sie still.

Shaun sah zu Gabriel und fragte: «*What did she say?*»

Hugos Wohnung im dritten Stock eines Kreuzberger Hinterhofs bestand aus zwei Zimmern mit unverputzten Wänden, von denen eines als begehbarer Kleiderschrank diente. Und nicht nur, weil sie an diesem Abend komplett überfüllt war, kam man sich darin ein bisschen vor wie auf einer schwulen Arche Noah, denn von den Lederdaddys über die Drag Queens bis zu den Latinos in Dolce & Gabbana gab es von jeder Sorte zwei.

Zuerst führte Hugo uns stolz seinen kleinen spanischen Kläffer vor, der wie im Wahn ununterbrochen durch die Zimmer rannte.

«Sag mal, kann es sein, dass der auf Drogen ist?», fragte ich.

«Ich hoffe nicht», gab er besorgt zurück. «Aber der kleine Scheißer schleckt auch wirklich alles vom Boden auf. Ich habe schon überlegt, ob ich ihn nicht besser auf PrEP setze.»

Darauf hätten gleich mehrere von uns gerne etwas geantwortet, doch Hugo klatschte schon in die Hände, um für Stille zu sorgen. Dann kündigte er den Anwesenden die Ankunft seiner besten Freundin Emilie, ihres imposanten Babybauchs und ihres Gefolges an. Emilie winkte huldvoll in die Runde, und sogleich machten sich einige der Umstehenden zum Sprung bereit, um diese aparte Schönheit zu ihrer neuen besten Freundin zu machen. Doch die ignorierte das routiniert und wandte sich Hugo zu.

«Dein Ex ist auch da?», fragte sie und zeigte auf einen kleinen Südostländer in Skaterklamotten, der im Durchgang zur Küche stand und mit einer der Drag Queens Selfies schoss.

«Nicht nur meiner», erwiderte Hugo und nickte in Richtung der noch immer geöffneten Wohnungstür. Dort stand Martin mit einem Zwanzigjährigen und schaute unschlüssig drein.

«Ich bringe dich um!», sagte ich zu Hugo, ohne meinen Blick von Martin zu wenden, der sich gerade zu seinem Mitbringsel runterbeugte, um ihm irgendwas ins Ohr zu flüstern. «Das ist mein Ernst.»

«Ich hatte keine Dankbarkeit erwartet», gab Hugo schulterzuckend zurück. «Nicht so bald zumindest.» Mit diesen Worten ließ er uns stehen.

«Das ist also Martin?», fragte Elias. Ich nickte. «Hätte ihn mir irgendwie ... anders vorgestellt.»

«Wie viel hast du denn über ihn nachgedacht?», fragte Emilie.

«*Holy shit!*», flüsterte Shaun, dem Gabriel alles übersetzt und erklärt hatte, was hier gerade vor sich ging. «*Now this must be weird.*»

War es auch. Und wurde es kurz darauf noch viel mehr. Denn Martin merkte natürlich, dass ihn da gerade fünf Leute mehr oder weniger feindselig anstarrten (Lara war damit beschäftigt, unauffällig ein Foto von den Lederdaddys zu schießen), doch er ließ sich nichts anmerken. Stattdessen geleitete er seinen Vierfünftelfreund in die Küche, wo sie sich wahrscheinlich einen Drink holen wollten. Was bedeutete, dass wir das erst einmal nicht tun würden. Stattdessen schickten wir Lara und Shaun.

«Ist das ein Junge oder ein Mädchen?», fragte Emilie und wies diskret auf eine androgyne und sehr schöne Person, die auf einem der wenigen Stühle saß und einige Seiten aus Hugos *Butt Magazine* abfotografierte. «Oder darf man das gar nicht mehr fragen?»

«Darf man nicht mehr fragen», sagte ich. «Aber nicht weil es gemein wäre, darauf rumzuhacken, dass man es nicht klar erkennen kann. Sondern weil es problematisch ist zu unterstellen, dass es nur diese beiden Möglichkeiten gibt.»

«Verstehe», erwiderte sie und strich sich unschlüssig über den Bauch.

«Falls sie ein Mädchen ist, ist sie auf jeden Fall hübsch», sagte Elias.

«Mir wäre er als Junge lieber», bemerkte ich, und Gabriel nickte.

«Schiebt es auf die Hormone, Jungs», warf Emilie ein, «aber ich wäre bereit, mich überraschen zu lassen. Ich meine, der Trend geht doch eh dahin, dass man jetzt Menschen geil findet und nicht mehr Geschlechtsteile.»

«Na ja, diese Gender-Sache ist vielleicht fließend», meinte Elias. «Aber wenn es darum geht, was man zwischen den Beinen hat, ist das doch immer noch eine Frage von Entweder-oder. Oder?»

«Also», holte Emilie aus. «Vor ein paar Monaten habe ich eine in der Sauna gesehen, die hatte einen echt langen Kitzler. Den hätte man bestimmt auch wo reinstecken können.»

«Danke, Emilie», sagte ich. «Dafür, dass du mich gerade für immer schwul gemacht hast.»

«Schließe mich an», murmelte Gabriel, der ein bisschen blass geworden war.

«Und du?», fragte Emilie und blickte fordernd zu Elias hoch.

In dem Moment kamen Shaun und Lara mit Martin und dessen Bübchen ins Zimmer, wobei Lara und Martin sich lachend unterhielten.

«Verräterin!», zischte Emilie.

«Wir konnten gar nicht alles alleine tragen», erklärte die, weil ihr wohl wenigstens bewusst war, dass sie da eine eher unglückliche Entscheidung getroffen hatte. «Und die beiden wollten uns unbedingt helfen.»

«Gern geschehen», sagte Martin und reichte mir einen Drink, den ich allerdings nicht annahm. Stattdessen ließ ich mir von Shaun einen geben.

«Ist das dein Lehrer?», fragte Emilie den Jungen und nahm ihm das Glas mit Orangensaft aus der Hand.

«Äh, nein», antwortete der und fühlte sich offensichtlich so unwohl dabei, dass er mir fast schon wieder leidtat.

«Das ist Maxi», sagte Martin schnell und warf Emilie einen bösen Blick zu. Ich wartete darauf, dass er sein kleines Büchlein aus der Hosentasche zog, um sich etwas darin zu notieren. Doch er hatte ja immer noch beide Hände voll.

Irgendwann erbarmte Elias sich und nahm ihm ein Getränk ab. «Hi», sagte er, «ich bin Elias.»

«Endlich ein Gesicht zu dem Namen», lächelte Martin und schüttelte ihm die Hand.

«Dito», erwiderte er. Allerdings lächelte er dabei ziemlich schmal. Mein Held.

Eine Weile standen wir zu acht mitten in Hugos Wohnzimmer, und keiner schien mehr so recht zu wissen, was er sagen sollte. Ich schaute mir verstohlen diesen Maxi an und fragte mich kurz, ob ihm tatsächlich noch etwas Wichse an der Nasenspitze hing oder ob ich mir das nur einbildete, weil sein Gesicht einfach prädestiniert dafür war. Als das unschlüssige Schweigen so laut geworden war, dass selbst Martin es nicht mehr weglächeln konnte, sagte er: «Im anderen Zimmer sind Freunde von Maxi. Wir gehen mal Hallo sagen.» Er sah mir noch einmal in die Augen, dann verdrückten sie sich.

«Nett ist er schon», sagte Lara, und Emilie warf einen dramatischen Blick auf deren goldene Paillettensneaker, als ob sich damit jede weitere Entgleisung erklären ließe.

«Hast recht», sagte ich zu ihr, weil sie den Blick bemerkt hatte und jetzt zu schmollen drohte. «Nett ist er schon.»

Die anderen bemühten sich redlich, eine entspannte Konversation in Gang zu bringen, doch mir war die Partylaune vergangen. Ich fragte mich, ob Martin gleich noch vor meinen Augen mit Maxi rumknutschen würde oder ob er es sich wohl extra verkniff, um mir zu zeigen, wie rücksichtsvoll er war. Ich brauchte frische Luft. Doch im Gegensatz zu den Räumlichkeiten, die Hugo früher für seine Feste gewählt hatte, hatte dieser Hasenstall nicht einmal einen Balkon.

«Ich geh mal schnell vor die Tür», sagte ich, als ich es nach einer halben Stunde gar nicht mehr aushielt.

«Alles okay?», fragte Elias.

Ich nickte. «Bin gleich zurück.»

Im Treppenhaus war es dunkel und kalt, und ich war gerade noch auf der Suche nach dem Lichtschalter, als ich es von irgendwoher schniefen hörte.

«Hallo?», fragte ich, nachdem ich das Licht angemacht hatte, aber immer noch niemanden sehen konnte.

«Niemand da!», hörte ich Hugos Stimme von weiter oben rufen.

Ich seufzte. Und überlegte, ob ich einfach gehen sollte. Doch ich brachte es nicht übers Herz. Also lief ich die Treppe hoch, und nachdem ich um die erste Biegung gekommen war, sah ich ihn mit tränenüberströmtem Gesicht dort sitzen.

«Wenn hier einer 'nen Grund zum Heulen hat, bin ich das!», sagte ich grimmig und setzte mich neben ihn. Doch ihm ging es offenbar so schlecht, dass er nicht einmal zu einem überheblichen Kommentar in der Lage war. Also legte ich nach einer Weile den Arm um seine Schultern und fragte: «Was ist los?»

«Ich bin siebenunddreißig», gab er zurück.

«Na ja», sagte ich. «Sei mir nicht böse, aber für viel jünger hält dich auch keiner.»

Auf eine wirklich sehr würdevolle Art brach er erneut in Tränen aus. «Ich bin siebenunddreißig», wiederholte er. «Und seit zwanzig Jahren von zu Hause weg.»

«Wow», sagte ich. «Das war früh.»

«Es war viel zu spät», schniefte er. «Aber darum geht es nicht. Du würdest über mich spotten, wenn ich dir erzählte, was für Pläne ich hatte. Ich wollte alles. Und ich habe nichts.»

Erwachsenwerden für Fortgeschrittene, dachte ich. *Sich damit abfinden, dass die Ziele falsch waren und nicht das Ergebnis.* Ich sah ihn an und sagte: «Du hast nicht nichts. Weil du schon mal mich hast, okay? Ich weiß, dass das nicht unbedingt viel wert ist, aber Emilie hast du auch. Und das ist dann schon wieder einiges.»

Er lächelte zaghaft, doch gleichzeitig schüttelte er den Kopf. Ich wusste nicht, was ich ihm noch sagen konnte. Denn ich war oft genug in derselben Stimmung gewesen, um zu wissen, dass da keine Worte halfen. Doch weil ich es auch nicht aushielt, gar nichts mehr zu sagen, holte ich irgendwann Luft und flüsterte: «Hör zu. Ich kannte mal jemanden, in Hamburg. Das war zwar keine echte Frau. Aber sie war auf jeden Fall eine richtige Dame. Und als es mir einmal schlecht ging, packte sie mich am Kinn, drehte meinen Kopf zu sich und sagte: ‹*You're a diamond, my dear. Nothing can break you.*›»

Jetzt lachte er. Es war ein ersticktes Lachen, aber immerhin. «Muss ja eine klasse Lady gewesen sein», murmelte er dann, während er sich ein Taschentuch aus der Hosentasche zog.

Ich zögerte nur kurz. Dann nickte ich und sagte: «Das war sie.»

Er holte gerade Luft, um etwas zu erwidern, doch ich hielt ihm einen Finger an die Lippen, weil seine Wohnungstür aufging und sich irgendjemand auf den Weg nach unten machte. Also lehnte er seinen Kopf an meine Schulter, und wir blieben still sitzen, bis wir keine Schritte mehr hörten.

«Tut mir leid, dass ich ihn eingeladen habe», sagte er irgendwann. «Aber ich habe es gut gemeint.» Ich brummte nur, weil ich nichts antworten wollte, das ihn gleich wieder zum Heulen brachte. Aber für die große Vergebung war ich auch noch nicht bereit. «Sprecht euch aus», sagte Hugo. «Das seid ihr euch schuldig. Euch und all dem, was aus euch hätte werden können.»

«Irgendwann vielleicht. Aber heute nicht mehr. Ich gehe jetzt nach Hause.» Er nickte. «Sagst du den anderen Bescheid?», fragte ich. «Aber warte noch ein paar Minuten. Und sperr sie ein, wenn sie mir hinterherwollen. Die sollen nicht denken, dass sie meinetwegen schon gehen müssen.»

«Vor dem Topfschlagen geht mit Sicherheit keiner nach Hause», nickte er. Er umarmte mich fest und lange, und als es mir zu viel wurde, machte ich mich los und lächelte ihn zum Abschied an. Dann schlich ich mich an seiner Wohnungstür vorbei und lief schnell bis ganz nach unten. Ich trat in den Hof. Und erstarrte.

Vor mir stand Martin.

«Was machst du hier draußen?», fragte ich.

Er wirkte ertappt, und er wusste offenbar nicht so recht, was er antworten sollte. «Ich habe dich gesucht», sagte er dann. «Die anderen haben gesagt, dass du runter bist.»

«Und?»

«Na ja. Es hat angefangen zu regnen.»

Das war mir noch gar nicht aufgefallen. Martin schaute etwas verlegen auf den Regenschirm, den er in der Hand hielt.

«Und du denkst, dass ich nass werden könnte, ist unser größtes Problem?», fragte ich.

«Mensch, Felix. Ich will mit dir reden. Okay?» Er sah mich jetzt fast flehend an, und ich war schon wieder kurz davor, weich zu werden. Doch dann riss ich mich zusammen und lief einfach los. «Felix», rief er mir hinterher. «Hey, X4!»

So hatte er mich bestimmt seit fünf Jahren nicht mehr genannt. Für eine halbe Sekunde stockte ich, doch dann lief ich umso schneller weiter. Allerdings musste er mein Zögern bemerkt haben. Denn er rannte mir hinterher, bis er mich eingeholt hatte. Dann klappte er seinen Schirm auf und hielt ihn so, dass wir beide drunter passten.

«Was machst du?», fragte ich nach ein paar Metern.

«Ich begleite dich nach Hause.»

«Und wenn ich das nicht will?»

«Ist ein freies Land, oder? Kannst mir wohl kaum verbieten, denselben Bürgersteig zu benutzen.»

Früher hatte ich es geliebt, wie er mit solchen Kindereien versucht hatte, Situationen zu entschärfen, in denen wir kurz davor waren, Streit anzufangen. An diesem Abend liebte ich es aber ganz und gar nicht.

«Und dein Fünfachtelfreund?», fragte ich. «Der fürchtet sich doch bestimmt mit den ganzen Erwachsenen.»

«Eifersüchtig?», fragte er.

Ich blieb stehen und sah ihn an. «Ja», sagte ich dann, weil ich keinen Sinn mehr darin sah, jetzt noch zu lügen.

«Weil ich deiner Meinung nach niemanden mehr küssen sollte oder weil du gerne derjenige wärst, den ich küsse?» Er sah mich sehr aufmerksam an, während er sprach. Doch weil ich keine Antwort wusste und auch die Frage an sich schon unverschämt fand, setzte ich mich wieder in Bewegung.

Ein paar Hundert Meter gingen wir einfach schweigend nebeneinander her, während der Regen immer stärker wurde. Trotz des Schirms war ich inzwischen schon ziemlich nass geworden, aber ich fror nicht. Denn in meinem Inneren kochte es.

«Stellst du dir auch manchmal vor, dass dein Leben ein Musical wäre?», fragte er auf einmal, und ich erschrak fast, weil so lange niemand mehr etwas gesagt hatte.

«So wie *La La Land*?», fragte ich.

«Zum Beispiel.»

«Nein, ehrlich gesagt nicht.» Schweigen. «Warum?»

Er holte Luft. Und dann begann er allen Ernstes, den Refrain von «Umbrella» zu summen.

Gegen meinen Willen musste ich plötzlich grinsen, weil mir auf einmal einfiel, dass ich mit sechzehn Emilie dabei gefilmt hatte, wie sie zu einer von mir ausgedachten Choreographie zu dem Lied tanzte. Das Video hatten wir an irgendeine Castingshow schicken wollen, aber leider hatte sie mit dem Regenschirm eine teure Vase vom Kaminsims gefegt, weshalb ihre Mutter ihr eine Ohrfeige und zwei Wochen Hausarrest verpasste. Doch ich bereute mein Grinsen sofort, als ich merkte, wie Martin zu mir rübersah und es offenbar für sich verbuchte.

«Kann ich dich was fragen?», fragte er jetzt.

«Schieß los.»

«Auf einer Skala von eins bis zehn, wie sauer bist du auf mich wegen dieser Sache auf der Museumsinsel?»

Ich überlegte kurz. «Dass du mich vor irgendwelchen Hinterwäldlern zwangsgeoutet hast, weil du deinen Standpunkt klarmachen wolltest? Sieben. Dass du mich danach beleidigt hast, statt dich zu entschuldigen? Zehn.»

Wieder schwiegen wir eine Weile, und aus dem Augenwinkel konnte ich sehen, dass er krampfhaft auf der Suche nach den richtigen Worten war.

«Ich bin übers Ziel hinausgeschossen», sagte er irgendwann. «Und das tut mir mehr leid, als du dir vorstellen kannst. Weil ich mich echt gefreut hatte auf den Nachmittag mit dir. Aber ich war so wütend auf diese Arschlöcher! Ich musste irgendwas machen, und ich hab einfach nicht nachgedacht. Und danach ... ich weiß, dass wir verschieden sind, Felix. Wenn es darum geht, wie wir das mit dem Schwulsein sehen.»

«Aber genau das ist es ja», erwiderte ich aufgebracht. «Ich will mein Schwulsein gar nicht den ganzen Tag sehen! Ich versuche einfach nur, irgendwie mein Leben auf die Reihe zu kriegen, verstehst du das? Und das ist echt schon kompliziert genug, wenn ich mal für fünf Minuten vergesse, dass ich auch noch schwul bin. Deshalb muss ich mich da nicht permanent selbst dran erinnern. Und alle um mich herum auch nicht.» Jetzt war ich laut geworden, und das ärgerte mich, weil das meine zur Schau gestellte Scheißegal-Haltung untergrub.

«Verdrängung ist der Schlüssel zu einem unglücklichen Leben», sagte Martin bitter und malte dabei mit seinem Lehrerfinger Muster in die Luft. Das hatte ich schon immer gehasst.

«Und du kannst dir echt nicht vorstellen, dass es einen gesunden

Mittelweg geben kann zwischen verdrängen und permanent darauf herumreiten?», fragte ich wütend.

«Und den hast du gefunden?» Jetzt war er es, der stehen blieb und mich mit diesen verdammten braunen Augen ansah.

Ich überlegte. «Vielleicht habe ich das», sagte ich dann.

«In dem Fall bist du wirklich zu beneiden», erwiderte er und lief weiter. In meinem Hirn arbeitete es, aber egal wie ich es drehte, es blieben einfach zu wenige Antworten auf zu viele Fragen. «Maxi ist übrigens nicht mein Freund», sagte er, als wir gerade auf die Gneisenaustraße einbogen. «Auch nicht halb oder ein Viertel. Einfach gar nicht. Wir treffen uns, aber das ist alles.»

«Aber du hast doch gesagt –»

«Ich weiß, was ich gesagt habe. Ich wollte dich eifersüchtig machen.» Er schielte zu mir rüber. «Hat ja wohl funktioniert.» Ich sah extra in die andere Richtung, doch ich konnte an seiner Stimme hören, dass er sein Siegerlächeln aufgesetzt hatte. Und das ärgerte mich. Obwohl ein Teil von mir über die Nachricht erleichtert war. Und das ärgerte mich fast noch mehr. «Kannst du dich noch erinnern, was wir uns ganz am Anfang versprochen haben?», fragte er jetzt, und das Lächeln war aus seiner Stimme verschwunden. «Als wir uns kennengelernt haben, meine ich, noch bevor wir ein Paar wurden.»

«Dass wir uns nicht verarschen wollen», murmelte ich. «Haben wir uns nur leider beide nicht dran gehalten.»

«Wir haben nicht darüber gesprochen, seit wir uns wiedergetroffen haben», sagte er.

«Ich denke, wir hätten beide nichts wirklich Neues dazu zu sagen, oder?»

Er schüttelte den Kopf. Dann sagte er plötzlich: «Du hast gewusst, dass das meine Schule ist, oder? Als du in den Unterricht gekommen bist. Und lüg mich nicht an.» Ich nickte. «Warum bist du gekommen?»

«Weil du mich bestellt hast.»

«Felix! Warum bist du gekommen?»

«Ich glaube, ich wollte mir beweisen, dass ich es kann», sagte ich nach langem Überlegen. «Aber ganz genau weiß ich es nicht.»
«Okay. Pass auf.» Plötzlich schien seine Stimme zu zittern. Ich sah zu ihm rüber und wartete. «Ich stelle dir jetzt eine Frage, und ich hätte echt gerne eine ehrliche Antwort. Ganz ohne Ironie oder Spielchen.»
Ich versuchte, seinen Blick einzufangen, doch er schaute starr geradeaus. «In Ordnung», sagte ich schließlich.
«Gibt es die leiseste Chance, dass du und ich wieder ein Paar werden? Ist da irgendwas, das ich tun kann?» Jetzt sah er mich an, und seine Augen waren feucht. «Ich kämpfe echt ungern gegen Windmühlen, Felix. Aber wenn es eine winzige Chance gibt, dass ich am Schluss gewinne, dann mach ich's.»
Im Prinzip war die Frage schon seit einigen Minuten auf mich zugeflogen, wie eine Kanonenkugel in Superzeitlupe. Ich hatte sie trotzdem nicht kommen sehen, und sie traf mich härter, als ich es jemals für möglich gehalten hatte. Ich wusste nicht, was ich sagen sollte. Ich wusste auch nicht, was ich denken oder fühlen sollte.
«Also geht's dir ums Gewinnen?», fragte ich.
«Ach, komm schon!» Langsam schien er wütend zu werden. «Du weißt genau, wie ich es meine.»
Er hatte recht. Ich wusste es. Und das war ja das Schlimme.
«Müssen wir wirklich jetzt über so was nachdenken?», fragte ich, und er nickte heftig. «Ich meine, wir machen es uns ja schon schwer genug, uns irgendwas wie eine Freundschaft aufzubauen –»
«Sag mal, willst du mich verarschen?», rief er plötzlich. «Das ist doch keine Freundschaft, was wir hier haben. Wir schleichen umeinander herum und belauern uns. Machen uns gegenseitig eifersüchtig und warten ab, was der andere als Nächstes sagt.» Er lachte höhnisch auf und schüttelte den Kopf. «Freundschaft!», sagte er dann noch einmal. «Ich glaub, ich spinne.»
«Also würdest du keine Zeit mit mir verbringen, wenn du nicht darauf hoffen würdest, dass –»
«Nein», unterbrach er mich schon wieder. «Würde ich nicht.»

Ich schluckte. Denn die Bestimmtheit, mit der er das sagte, tat weh. «Du und ich, wir können keine Freunde sein», fuhr er nach einer Pause fort. «Und das nicht nur deshalb, weil wir eigentlich zu verschieden sind. Aber als Paar haben wir funktioniert. Oder nicht?» Er sah mich an, und ich nickte. «Die zwei Jahre mit dir waren die schönsten in meinem Leben», sagte er, und jetzt lief ihm eine Träne über die Wange. «Und ich weiß, wie kitschig das klingt, okay? Aber es ist nun mal so.»

«Die zwei Jahre mit dir waren auch die schönsten in meinem Leben», sagte ich leise. «Trotzdem bin ich fremdgegangen, und du hast dich nach Spanien verpisst, ohne mir ein Wort zu sagen.»

«Ich habe mich verändert, Felix. Und du dich auch.»

«Wie willst du dann wissen, ob wir noch zusammenpassen?»

«Es gibt nur einen Weg, das herauszufinden, oder?»

Wir waren vor meinem Haus angekommen, also blieb ich stehen. «Hier wohne ich», sagte ich.

«Kann ich mit hochkommen?», fragte er.

Doch ich schüttelte den Kopf. Wir standen uns jetzt gegenüber, und ich machte einen Schritt auf ihn zu, um endlich auch meinen Rücken unter diesen scheiß Schirm zu bekommen. «Ich könnte mich wieder in dich verlieben», sagte ich zu ihm. «Und wahrscheinlich habe ich das eh schon längst getan.» Ich sah, wie seine Unterlippe zu zittern begann, und ich musste mich so was von zusammenreißen, ihn nicht einfach zu küssen.

«Aber?», fragte er mit brüchiger Stimme.

«Ich will dir nicht die Schuld geben», sagte ich. «Wir haben beide Scheiße gebaut. Aber ich glaube, jedes Mal, wenn du aus dem Haus gehst, würde ich mich fragen, ob du wiederkommst. Und das kann ich nicht.» Er nickte, und ich hob meine Hände, um ihm seine Tränen aus dem Gesicht zu wischen. Doch es kamen immer neue nach. Er war so verdammt schön. Mein Martin.

«Ich kann es dir schwören», flüsterte er nach ein paar Sekunden, «dass ich nie wieder so was machen würde. Worauf du willst.» Es war kalt geworden, und unsere Gesichter waren sich jetzt so nah, dass sich unsere Atemwolken zu einer vermischten. «Aber bitte denk noch einmal drüber nach.»

Ich schüttelte wieder den Kopf und sah ihm ein letztes Mal in die Augen. «Mach's gut, Martin», sagte ich. Dann umarmte ich ihn zum Abschied. Und ohne darüber nachzudenken, drückte ich ihm einen Kuss auf den Hals. Und noch einen, ein bisschen weiter links. Der dritte landete schon knapp unter dem Kinn – und der vierte genau darauf. Der fünfte war nur noch Millimeter von seinem Mund entfernt, doch bevor es zu einem sechsten kam, machte ich schnell einen großen Schritt zurück. Ohne ihn noch einmal anzuschauen, flüchtete ich mich ins Haus. Ich drückte die Tür hinter mir ins Schloss, ließ mich auf die Treppe fallen und weinte minutenlang. Mir war klar, dass ich ihn gerade zum letzten Mal gesehen hatte. Ich hatte zum letzten Mal seinen Hals geküsst und zum letzten Mal seinen Duft eingeatmet. Und ich hatte zum letzten Mal die Chance gehabt, noch einmal mit ihm glücklich zu werden.

Nach einer Ewigkeit stand ich auf und fuhr mit dem Aufzug hoch in den vierten Stock. Bevor ich die Tür aufschloss, wischte ich mir die Tränen aus dem Gesicht, und nach dem Betreten der Wohnung rief ich «Hallo?». Doch es war noch niemand da. Ich schlich mich auf den Balkon hinaus und stellte erleichtert fest, dass Martin nicht mehr zu sehen war.

Es war die richtige Entscheidung gewesen, sagte ich mir. Alles andere hätte über kurz oder lang nur ins Unglück geführt. Ich ging zum Kühlschrank und schenkte mir ein großes Glas Baileys ein. Auf dem Weg ins Wohnzimmer leerte ich es schon zur Hälfte, dann setzte ich mich auf die Couch und trank den Rest. Doch Sekunden später stand ich schon wieder auf. Ich fühlte mich unruhig, und ich fragte mich, was ich dagegen tun konnte. Also schenkte ich mir noch ein Glas ein, und auf dem Weg zurück ins Wohnzimmer griff ich nach dem Regenschirm, der immer an der Garderobe hing. Ich räusperte mich und sagte: «Alexa, spiel ‹Umbrella›.»

Dann stellte ich das Glas weg. Wartete auf meinen Einsatz. Und begann zu tanzen.

Gabriel war als Erster wach. Als ich am nächsten Morgen in die Küche kam, versuchte er gerade, sich zu erinnern, welche Kaffeekapseln noch mal die ohne Koffein waren. Das vertrug er nämlich nicht mehr.

«Die blauen mit dem roten Punkt», sagte ich. «Machst du mir einen von den grünen?» Er nickte dankbar und machte sich an die Arbeit.

«Ging es auf dem Gästebett?», fragte ich.

«Wenn sich dein Mitbewohner nicht die halbe Nacht mit seiner Süßen gestritten hätte, hätten wir wunderbar geschlafen», antwortete er.

«Oh. Hab ich gar nicht mitbekommen.» Zwischen meinem Zimmer und dem von Elias lag aber auch das Bad. «Worum ging's denn?»

«Haben sie uns nicht verraten.» Er reichte mir meinen Kaffee. «Auf jeden Fall hat am Anfang fast nur sie geredet und zum Schluss die ganze Zeit er.»

«Findest du sie nett?», fragte ich beiläufig, als wir uns an den Tisch setzten. Weil ich Gabriel in den letzten Monaten kaum zu Gesicht bekommen hatte, hatte ich ihm noch gar nichts von der ganzen Aufregung um Elias erzählt.

«Na ja», sagte er nach einiger Überlegung. «Für mich wäre sie jetzt weniger was. Obwohl ich mir vorstellen kann, dass sie auch so einen ganz langen Kitzler hat.»

«Pfui!», rief ich, worauf er verschmitzt in die Zuckerdose grinste.

Ich betrachtete ihn eine ganze Weile, wie er dasaß und geduldig in seinem koffeinfreien Kaffee rührte, um ihn etwas abzukühlen. «Verrückt, dass wir uns auch schon seit zehn Jahren kennen, oder?», fragte ich dann.

«Unter all den Verrücktheiten auf dieser Welt gehört das Vergehen der Zeit noch zu den unspektakulärsten», antwortete er.

Das war einer der Momente, in denen ich normalerweise etwas nach ihm warf. Doch außer meiner vollen Tasse hatte ich nichts in Griffweite, und das wollte ich ihm auch wieder nicht antun. «Das Verrückte ist auch nicht, dass die Zeit vergangen ist. Sondern dass ich es so lange mit dir ausgehalten habe», sagte ich und trank einen Schluck. «Und du mit mir.»

«Hast schon recht, Prinzessin. Zehn Jahre sind ganz schön lang.»

Die Küchentür öffnete sich, und Emilie kam herein. Zur Begrüßung fuhr sie uns beiden über den Kopf und hielt uns im Gegenzug ihren Bauch zum Streicheln hin. Dann machte sie sich auch einen Kaffee.

«Wie war's gestern noch?», fragte ich. Als die Truppe nach Hause gekommen war, hatte ich schon im Bett gelegen. Und weil ich keine Lust auf Fragen gehabt hatte, hatte ich mich schlafend gestellt.

«Wahrscheinlich nicht so spannend wie bei dir», gab sie zurück. Ich seufzte. Und weil ich wusste, dass ich sowieso nicht drum herumkommen würde, erzählte ich ihnen von meinem Gespräch mit Martin. «Und wie fühlst du dich jetzt?», fragte sie, nachdem ich fertig war, und strich mir sanft über den Arm.

«Traurig und irgendwie erleichtert», antwortete ich. «Es fühlt sich zum ersten Mal wirklich beendet an. Und das ist schrecklich, aber gleichzeitig auch gut.»

«Es ist schwer, das eigne Herz zu bekämpfen», sagte Gabriel, und der weihevolle Ton, in dem er dabei sprach, machte klar, dass er wieder irgendjemanden zitierte. Ich wartete darauf, dass er weiterredete. Doch es kam nichts mehr.

«Ende der Weisheit?», fragte ich.

Er dachte kurz nach. «Ende der Weisheit», sagte er dann. Und nickte bedauernd.

Nach dem Frühstück brachen Gabriel und Shaun nach Dresden auf, von wo aus sie zwei Tage später nach München weiterwollten, und Emilie fuhr mit ihnen gemeinsam zum Bahnhof, weil sie zurück nach Hamburg musste, um den Rest des Tages mit ihrem Vater zu verbringen. Blieben noch Lara und Elias.

Dass sie sich in der Nacht gestritten hatten, war den beiden nicht anzumerken. Als sie sich am frühen Nachmittag endlich blicken ließen, wirkten sie jedenfalls ganz normal.

«Dieser Hugo ist ja echt ein bunter Vogel», sagte Lara, während sie Elias' Wäsche aus dem Trockner nahm und auf dem Esstisch zusammenlegte. «Der würde super nach Köln passen.»

«Lad ihn doch mal zu dir ein», lächelte ich, was ihr wie erhofft die Sprache verschlug. Ich konnte nicht einmal sagen, warum ich sie nicht leiden konnte. Eigentlich war sie kein schlechter Mensch, und dass ihr Schwule offensichtlich unheimlich waren, konnte ich ihr kaum vorwerfen. Denn ab und zu ging es mir ja selbst noch so. Trotzdem hatte sie irgendwas an sich, das mich wahnsinnig machte. Und in diesem Moment fragte ich mich nicht zum ersten Mal, ob ich einfach nur eifersüchtig auf sie war. Denn wenn Elias am nächsten Tag ausgezogen wäre, würde ich ihn im Gegensatz zu ihr nicht so schnell wiedersehen. Wahrscheinlich würden wir uns noch ein- oder zweimal auf ein Bier treffen, wenn wir zufällig beide in Hamburg wären, und unsere Freundschaft auf total erwachsene Art einschlafen lassen. Und das kotzte mich an.

«Ey, guck mal, Großer!» Elias kam in die Küche und hielt mir einen indischen Whisky entgegen, den er schon eine Weile für eine ganz besondere Gelegenheit aufgehoben hatte und der deshalb immer noch ungeöffnet war. «Mit dem stoßen wir aber heute noch an, in Ordnung?»

Ich lächelte. «In Ordnung.»

Weil ich in dieser Nacht kein Auge zugemacht hatte und meine Lust, Lara noch länger beim Falten von Elias' Unterhosen zuzuschauen, sowieso begrenzt war, verzog ich mich auf mein Zimmer. Denn obwohl ich gerne noch so viel Zeit wie möglich mit ihm verbracht hätte, unterhielten wir uns sowieso nie über irgendwas Gescheites, wenn seine Freundin neben uns stand. Und diese Vorstellung fand ich noch deprimierender, als mich mitten am Tag ins Bett zu legen und ein Hörbuch von Nicholas Sparks anzumachen, das Emilie mir dagelassen hatte, damit es meinen Blick auf Männer genauso für immer veränderte wie ihren.

Als ich aufwachte, war es kurz vor sechs, und die Wohnung war leer. Elias hatte mir eine Whatsapp geschickt, in der stand, dass ich ‹unfassbar knuffig› aussehe, wenn ich schlafe. Und dass sie mir einen großen Mangosalat mit Hühnchen vom Vietnamesen mitbringen würden, falls ich nicht Bescheid gebe, dass ich was anderes möchte.

‹Mangosalat ist super!›, schrieb ich zurück. Ich schenkte mir ein Glas Saft ein, und weil Elias' Zimmertür offen stand, lief ich rüber und schaute hinein. Seine Olympiamedaillen hingen nicht mehr an der Wand, und auch sonst war das meiste schon in seinen drei großen Reisetaschen verpackt. Bei dem Anblick kamen mir schon wieder die Tränen.

Alle hatten sich verändert in den letzten drei Jahren. Alle. Anna war verheiratet, Gabriel hatte einen Freund und war Dozent in London, Emilie veranstaltete Partys und verkaufte Dildos. Und sie war schwanger, was zwar nicht unbedingt die allerbeste Nachricht war, aber immerhin eine Nachricht. Tamara hatte sich in Hugo verwandelt, Martin war Lehrer und meine Mutter neuerdings sowas Ähnliches wie glücklich.

Und ich? Hatte Liebeskummer wegen Martin, aber dafür sonst nichts Sinnvolles zu tun, und ich lebte wieder allein in einer viel zu großen Wohnung. Haargenau wie vor drei Jahren. Was für eine verdammte Scheiße.

Vor der Wohnungstür hörte ich Schlüssel klimpern, also lief ich schnell in die Küche zurück und setzte mich mit meinem Saft an den Tisch. Eine Sekunde später traten die beiden in den Flur, doch während Elias mit einer Plastiktüte voller Essen zu mir in die Küche kam, lief Lara grußlos ins Zimmer und knallte die Tür hinter sich zu.

«Alles okay?», fragte ich leise.

«Nicht so wirklich», antwortete er, doch er bemühte sich dabei um ein kumpelhaftes Grinsen, als ob er sagen wollte: ‹Du weißt ja, wie die Weiber sind.›

«Kann ich irgendwas machen?»

Er schüttelte den Kopf. «Das wird schon wieder», sagte er. «Ich geh mich mal schnell entschuldigen.»

«Ähm, okay. Viel Erfolg.»

«Danke.» Er zwinkerte mir zu. «Und dir guten Appetit.»

An diesem Abend hörte auch ich sie streiten. Und auch wenn ich leider nicht verstand, worum es ging, war es genau, wie Gabriel gesagt hatte: Die erste Viertelstunde redete fast nur sie, dann legte er los. Erst hatte ich noch gewartet, ob er wohl gleich wieder rauskommen würde, doch irgendwann beschloss ich, dass ich keine Lust darauf hatte, im Weg zu stehen, wenn irgendwann einer von ihnen die Tür aufriss und herausgestürmt kam. Also aß ich schnell auf und verzog mich danach wieder auf mein Zimmer. Ich machte mir eine Folge *Love* auf dem iPad an, aber ich konnte mich kaum konzentrieren, weil ich die ganze Zeit mit einem Ohr lauschte, ob wohl gleich einer der beiden durch den Flur rennen würde. Doch ich hörte nichts. Und irgendwann schlief ich wieder ein.

Kurz nach Mitternacht wachte ich auf, weil ich dringend pinkeln musste. Ich schlich zu meiner Zimmertür und wartete einen Moment. Doch es war alles ruhig. Also öffnete ich sie und ging ins Bad. Als ich fertig war und zurück in mein Zimmer gehen wollte, bemerkte ich, dass unter der Wohnzimmertür Licht durchschien. Kurz überlegte ich, ob ich nicht einfach wieder zurück ins Bett gehen sollte, aber ich war zu neugierig. Leise ging ich rüber, klopfte vorsichtig und trat ein.

Elias saß auf dem Sofa und hob langsam den Kopf. «Ey, Felix», sagte er etwas schleppend. «Lara schläft», fügte er hinzu, weil er merkte, dass ich mich im Zimmer umsah.

«Du trinkst ohne mich?» Ich nickte in Richtung der Flasche, die auf dem Couchtisch stand.

Er lächelte verlegen. «Ist aber nicht der ganz Gute», sagte er dann. «Den heben wir auf.»

«Kannst du ein bisschen Gesellschaft brauchen?», fragte ich. Er nickte. «Okay, warte.»

Ich lief in die Küche und schnappte mir zwei Gläser und die Flasche mit dem ganz Guten, die seit dem Nachmittag dort auf dem Tisch stand. Dann ging ich damit ins Wohnzimmer zurück und schenkte uns großzügig ein.

«Hab schon befürchtet, wir müssten darauf verzichten», sagte er, als ich ihm sein Glas reichte.

Ich lächelte, was aber hauptsächlich an der Tatsache lag, dass ich noch nicht viele Dinge in meinem Leben getan hatte, die heterosexueller waren, als einem Freund, der Stress mit seiner Süßen hatte, einen Drink einzugießen.

«Hatte mir den Abend eigentlich anders vorgestellt», sagte Elias, als wir anstießen.

«Ich mir auch», antwortete ich. «Willst du über irgendwas reden?»

Er schüttelte den Kopf, während er trank. «Genug geredet», sagte er dann.

Während sich die Wärme des Whiskys in mir ausbreitete, überlegte ich, ob ich es wirklich tun sollte. Oder ob es zu schräg wäre. Erst dachte ich, dass ich mich sowieso nicht trauen würde. Doch dann sagte ich mir, dass er das ja schließlich auch schon bei mir gemacht hatte. Also wäre es wohl in Ordnung, wenn ich es nun auch tat. Oder gab es bei so was auch aktiv und passiv? *Ach, Scheiß drauf!*, dachte ich, nachdem ich noch einen Schluck getrunken hatte. Und legte meinen Arm um ihn.

Falls er es komisch fand, ließ er sich nichts anmerken. Obwohl ich mir ziemlich sicher war, dass es ihn nicht störte, weil er sogar noch ein Stück an mich ranrückte.

«Pass auf», sagte er leise. «Sonst schlaf ich dir noch ein.»

«Wie viel hast du denn getrunken?», fragte ich.

Er schien zu überlegen. Doch dann winkte er ab. «Genug geredet», sagte er noch einmal.

Also schwiegen wir eine ganze Weile und nippten zwischendurch an unseren Gläsern. Der Whisky war wirklich verdammt gut. Aber mit dem Gefühl, Elias im Arm zu halten, konnte er nicht mithalten. Obwohl es sich für einen Teil von mir tatsächlich irgendwie falsch anfühlte, fast schon inzestuös. Und zwar nicht auf die gute Art.

«War eine schöne Zeit mit dir», sagte er, als ich ihn losließ und mich vorbeugte, um uns beiden nachzuschenken. Wir stießen noch einmal an. «Auf uns», sagte er.

Ich lehnte mich wieder zurück, doch dieses Mal behielt ich meinen Arm bei mir. Wieder schwiegen wir lange, und Elias schien irgendwelchen Gedanken nachzuhängen.

«Ich hatte echt noch nie einen Freund wie dich», sagte ich irgendwann.

«So dämlich?», fragte er ohne jede Ironie.

Ich lächelte. «Keine Sorge, da haben sich andere vielmehr hervorgetan.»

«Na, da frag mal Lara.»

«Muss nicht sein.»

«Du magst sie nicht, oder?» Er hatte den Kopf gedreht und betrachtete mich.

«Ist das wichtig?», fragte ich.

Er nickte. «Schon.»

Ich schluckte. Und suchte lange nach den richtigen Worten. «Es hat irgendwie nicht klick gemacht zwischen uns», sagte ich dann. «Aber ich meine, das ist ja nicht schlimm.» Er wiegte den Kopf hin und her, als müsste er erst einmal darüber nachdenken. «Und ehrlich gesagt, ich war mir nicht sicher, ob sie ein Problem damit hat, dass ich schwul bin.» Ich schielte zu ihm rüber, doch er zeigte keine Reaktion. Außer, dass er noch ein Stück näher an mich heranrückte.

Wir saßen jetzt halb aufeinander, und das verwirrte mich auf ganz unterschiedliche Arten. Zum einen hatte ich inzwischen einen Steifen, und nur ungefähr fünfzig Prozent von mir hofften, dass er den nicht bemerken würde. Gleichzeitig war ich mir immer noch nicht sicher, was das Ganze hier werden sollte. Und – falls es tatsächlich auf das hinauslief, was ich inzwischen schon fast glaubte – ob ich es überhaupt wollte. Ich drehte mich zu ihm und schaute ihn an. Unsere Gesichter waren nicht mehr weit voneinander entfernt, doch er blickte immer noch gedankenverloren geradeaus. Entweder war dieser Kerl wirklich so dermaßen heterosexuell, dass er tatsächlich nicht merkte, was er da in mir auslöste. Oder er hatte ein verdammt gutes Pokerface.

«Kann ich dich was fragen?», sagte ich nach ein oder zwei Minuten. Und obwohl ich gerade einen Schluck getrunken hatte, war mein Mund ganz trocken.

«Nur zu», sagte er.

Ich räusperte mich. «Kann es sein, dass wir uns vor ein paar Jahren mal zufällig getroffen haben? Abends in Hamburg beim… Ausgehen?»

Jetzt drehte er sich zu mir, und wir sahen uns direkt in die Augen. Mein Herz schlug wie verrückt, und ich hätte ihn am liebsten geschüttelt, weil er einfach nichts sagte.

«Kann ich dir vertrauen, Felix?», flüsterte er nach einer Ewigkeit.

Mein Magen sackte nach unten. Was sollte ich denn darauf antworten? Ich vertraute mir ja selbst nicht. «Hast du keine einfachere Frage?», antwortete ich.

Er sah mir noch eine Weile tief in die Augen. Dann wuschelte er mir durchs Haar und stand auf. «Heute nicht, Großer», murmelte er, als er zur Tür lief. «Heute nicht.»

Am nächsten Morgen weckte mich das Klacken der Wohnungstür. Ich sah auf die Uhr: Es war neun. Erst drehte ich mich noch einmal um und versuchte wieder einzuschlafen. Aber ich war zu neugierig, ob die beiden sich tatsächlich schon aus dem Staub gemacht hatten.

Nach ein paar Minuten stand ich auf, schlich zur Tür und lauschte. Nichts zu hören. Also zog ich mir ein T-Shirt an und trat in den Flur. Elias' Tür stand offen, und sein Zimmer war leer. Auch im Wohnzimmer und im Bad war niemand. Als Letztes ging ich in die Küche. Dort stand die halb leere Flasche des indischen Whiskys auf einem ausgerissenen Blatt aus einem Schreibblock. DANKE FÜR ALLES!, stand darauf. DEN MACHEN WIR IRGENDWANN LEER.

Ich lächelte traurig. Dann nahm ich die Flasche und stellte sie ins Regal.

«Machen wir», murmelte ich. «Irgendwann.»

Alle verstanden, dass ich nach so einem Wochenende erst einmal Zeit für mich brauchte. Alle außer Anna. Die hatte mir erbarmungslos vorgerechnet, dass mich ohne abgeschlossenes Studium und mit der mickrigen Berufserfahrung beim Verein kein Mensch einstellen würde. Zumindest für nichts, was mir Spaß machen könnte. Deshalb hatte sie mir aufgetragen, ein Benchmarking durchzuführen, bevor sie sich zusammen mit Dirk in die Provence verabschiedete. Als sie zwei Wochen später wieder zurückkam, hatte ich aber noch nicht einmal gegoogelt, was zum Teufel das sein sollte.

«Ich sehe zwei Probleme bei dir, Bruderherz», erklärte sie, während wir auf ihrem Balkon saßen und ich auf der zähen Eselsalami herumkaute, die sie aus dem Urlaub mitgebracht hatte. Ich hatte ihr den ganzen Tag beim Kistenpacken geholfen, weil sie und ihr Mann endlich in ein gemeinsames Haus in Steglitz ziehen wollten. Der Umzug würde zwar erst in drei Wochen stattfinden, aber wenn meine Schwester eines mochte, dann war es das Gefühl, vorbereitet zu sein.

«Also, was wären das für Probleme?», fragte ich, nachdem ich die Wurst endlich runtergeschluckt und mit einem Schluck Pastis nachgespült hatte.

«Erstens», sagte sie, «es ist allerhöchste Eisenbahn, dass du wieder anfängst, etwas Sinnvolles zu tun. Wenn du noch länger rumhängst und Trübsal bläst, kommst du gar nicht mehr aus deinem Loch heraus.» Da gab ich ihr sogar recht. Nur hätte ich das natürlich nie zugegeben. «Und zweitens müssen wir systematisch überlegen, welche Tätigkeit dich erfüllen könnte. Und dann müssen wir analysieren, welche Fähigkeiten dir fehlen, um eine entsprechende Stelle zu bekommen.»

Ein Dreier mit Elias und Martin hätte mich erfüllt. Und ich verfügte über alle Fähigkeiten, die es dazu brauchte. Doch leider hatte ich seit diesem einen Wochenende von keinem der beiden mehr etwas gehört. Und während ich bei Elias wenigstens noch Hoffnung hatte, dass wir uns irgendwann mal auf ein Bier treffen würden, über dem wir uns dann peinlich berührt anschweigen, war mir klar, dass es mit Martin ein für alle Mal vorbei war.

«Hey!», rief Anna und schnipste. «Wo bist du gerade?» Ich hatte keine Lust, mich zu erklären. Also sah ich sie nur schweigend an, bis sie leidgeprüft stöhnte. Dann stand sie auf und lief in die Wohnung, um etwas aus ihrem Büro zu holen. «Ich wollte eigentlich, dass du von selber drauf kommst», rief sie dabei zu mir nach draußen, «aber die Einschreibefrist ist in zwei Wochen, und das wird sonst bis dahin wieder nichts mit dir.» Sie kam auf den Balkon zurück und klatschte mir ein dickes Prospekt einer Fernuni auf den Tisch.

«Gesundheitsmanagement?», fragte ich.

«Das fangen wir im September an.»

«Wir?»

«Ich habe in der Klinik gekündigt. Weil ich nämlich zu reich bin, um mir von irgendwelchen zugedröhnten Irren ins Gesicht spucken zu lassen.»

«Und dafür bist du nicht zu reich?», fragte ich und zeigte mit dem Finger auf den Katalog.

«Es interessiert mich genug, um mir damit die Zeit zu vertreiben, bis ich meine drei Kinder habe. Dann sehe ich weiter. Aber für dich ist es das Richtige.»

Ich blätterte eine Weile durch die Seiten und überflog den Studienplan. Dann sagte ich: «Okay.»

Bei Emilies nächstem Besuch hatte ich zum ersten Mal das Gefühl, dass auch ihr Gesicht runder geworden war. Das stand ihr gut.

Weil sie sich nicht mehr viel bewegen wollte, verbrachten wir das ganze Wochenende auf der Couch, lasen Zeitschriften und gaben uns gemeinsam unserer düsteren Stimmung hin.

«Heute Nacht hab ich schon wieder von meiner Mutter geträumt», sagte sie, während sie lustlos in ihrem Müsli rührte. «Ist schon ein bisschen witzig, dass ausgerechnet die mir jetzt permanent Erziehungstipps geben will, oder?» Sie seufzte. «Weißt du, *Honey*, inzwischen verstehe ich sie sogar ein bisschen. Sie hat sich durch ihr Kind nicht davon abhalten lassen, einfach ihr Ding durchzuziehen. War mir gegenüber vielleicht nicht so nett. Aber sie war eine unabhängige Frau.»

«Du wirst das hervorragend machen», sagte ich. Denn ich wusste, dass es eine ihrer größten Sorgen war, eine schlechte Mutter zu werden. «Dein Leben hat dann wenigstens einen Sinn.»

«Ach, Sinn», erwiderte sie genervt. «Dass bei dir immer alles einen Sinn haben muss. Wir Menschen sind auch nur Tiere. Ich meine, klick-klack. Guck mich an: Ich setze ein Kind in die Welt, und ich gebe ihm zu essen, bis es irgendwann selber Kinder machen kann. Zack bumm, Sinn erfüllt. Aber da ist sicher nichts Mystisches dran. Und eines weiß ich mit Sicherheit.» Sie sah mich über den Rand ihrer Brille hinweg an. «Der Vogel, der immer nur schwermütig rumsitzt und sich Gedanken macht, den holt sich die Katze. Das ist mal klar.» Ich versuchte mich an einem Lächeln, doch es wollte mir nicht richtig gelingen. «Wie geht's dir?», fragte sie, und ihre Stimme klang auf einmal ganz sanft.

Ich zuckte mit den Schultern. «Hab in den letzten Tagen viel darüber nachgedacht, dass Martin immer meinte, ich wäre kein richtiger Schwuler. Weil ich nicht stolz genug auf mich bin.»

Sie verdrehte die Augen. «Waren wir uns nicht schon einig darüber, dass dich kein Mensch zwingen kann – »

«Das ist es nicht», würgte ich sie ab.

«Sondern?»

«Was ich eigentlich sagen will, ist, dass ich mich vielleicht langsam mal entscheiden muss, wo ich dazugehören möchte. Weil ich die Schnauze voll davon habe, permanent zwischen allen Stühlen zu sitzen.»

Emilie stellte ihre Müslischale auf den Boden und griff nach meiner Hand. «Ist es nicht eher so, dass sich die Grenzen immer mehr auflösen?», fragte sie.

Wieder zuckte ich mit den Schultern. «Kann schon sein. Fühlt sich trotzdem manchmal so an, als ob ich der Einzige wäre, der ganz alleine dasteht.» Ich legte ihr einen Finger auf die Lippen, weil ich genau wusste, was sie jetzt sagen wollte. Dann schauten wir uns in die Augen, und ich konnte sehen, dass sie mich verstand.

«Nichts mehr von Martin gehört?», fragte sie vorsichtig, als wären ihre Worte kostbar und zerbrechlich. Ich schüttelte den Kopf. «Und wie geht's dir damit?»

«Beschissen.» Ich scheiterte noch einmal an einem Lächeln. «Ich vermisse ihn, viel mehr als Elias. Oder zumindest auf eine andere Art. Eine, die mehr wehtut.»

«Ganz im Ernst, *Honey*», sagte sie jetzt und klang dabei nicht einmal vorwurfsvoll. «Würde es sich nicht wie ein totaler Schritt zurück für dich anfühlen, wenn du wieder was mit ihm anfängst?»

«Klar», sagte ich ohne zu zögern. «Es wäre wie nach Hause zu kommen.» Wir schwiegen eine Weile. Dann sagte ich: «Manchmal vermisse ich es, wie dumm wir früher waren, du nicht? Als wir noch viel weniger überlegt und mehr auf unser Herz gehört haben.»

«Was sagt denn dein Herz?», fragte sie.

«Gar nichts. Ich glaube, es ist beleidigt und spricht nicht mehr mit mir.» Das Letzte, was es zu mir gesagt hatte, war allerdings so was Ähnliches gewesen wie: ‹Ruf gefälligst Martin an!›

Sie sah auf die Uhr, dann stand sie umständlich vom Sofa auf. «Ich muss langsam los. Der Zug geht in einer knappen Stunde.»

Ich stand auch auf. «Ich bring dich zum Bahnhof», sagte ich.

«Danke.» Sie lächelte. Denn sie war froh, dass sie dadurch ein bisschen mehr Zeit hatte, um mich etwas sehr Wichtiges zu fragen.

Und jetzt, zehn Tage später, stehe ich wieder am Bahnhof. Denn ich habe ihr versprochen, um zwölf bei ihr zu sein, um ihr etwas sehr Wichtiges zu sagen. Und ich glaube, ich habe mich endlich entschieden.

Ein bisschen kurios ist es schon, dass es jetzt dort endet, wo irgendwann mal alles angefangen hat – mehr oder weniger. Obwohl ich das in dem Moment natürlich noch gar nicht weiß.

Am Nachmittag hat Elias geschrieben, zum ersten Mal, seit er still und heimlich bei mir ausgezogen ist. Dass er in Hamburg ist, weil sein Vater Geburtstag hat, und er an mich denken muss. Ich habe ihm geantwortet, dass ich auch gerade in der Stadt bin, worauf er gefragt hat, ob wir uns abends sehen wollen, nach seiner Feier.

‹Wo?›, habe ich geschrieben.

‹Du weißt, wo›, kam als Antwort.

Ehrlich gesagt, wusste ich es nicht so genau, denn außer dem ‹Black Hole› hätte er damit auch den Parkplatz unserer Schulturnhalle meinen können, in der das Klassentreffen stattgefunden hatte, oder dieses eine Whiskygeschäft hinter dem Rathaus oder vielleicht sogar das Trainingsgelände seines alten Hockeyvereins. Wobei ich das direkt wieder ausgeschlossen habe. Schon allein weil ich keine Lust hatte, spätabends noch nach Uhlenhorst zu fahren. Und mir war natürlich klar, dass das ‹Black Hole› mit Abstand die wahrscheinlichste Möglichkeit war. Auch wenn sich mindestens die Hälfte von mir dagegen sträubte, mich dort mit ihm zu treffen. Denn wozu hätte das schon führen sollen?

Emilie war sich jedenfalls sicher, dass er nur das ‹Black Hole› gemeint haben konnte, und sie nickte generös, als ich sie fragte, ob es okay für sie wäre, wenn ich noch mal losziehe.

«Ich bleib auch gerne bei dir, wenn du möchtest», sagte ich.

«Schon gut, *Honey*», erwiderte sie. «Grüß die alte Klemmschwester von mir. Aber pass auf dich auf. Reicht ja, wenn du eine Entscheidung triffst pro Tag, die du wahrscheinlich schon bald bereust.»

Ich streckte ihr die Zunge raus und ging.

Im Vergleich zu unserem Schulparkplatz hat das ‹Black Hole› wenigstens den Vorteil, dass ich dort nicht alleine bleiben muss, wenn Elias nicht auftaucht. Und dass er noch auftaucht, bezweifle ich so langsam.

Ich war der erste Gast an diesem Abend, weil ich fünf Minuten nach Öffnung hier reinspaziert bin. Ich habe nämlich keine Ahnung, wie lange Geburtstagsfeiern in Pfarrhäusern normalerweise dauern, und ich wollte das Ganze nicht an schlechtem Timing scheitern lassen. Jetzt stehe ich schon wieder seit fast zwei Stunden an diesem Stehtisch vor den Toiletten, beobachte das Kommen und Gehen an der Bar und überlege, ob Elias sich einfach einen Scherz erlaubt hat. Oder ob er gerade an einem ganz anderen Ort steht und sich fragt, wo ich wohl bleibe.

Noch einmal zwanzig Minuten später halte ich es nicht mehr aus und stelle fest, dass verklausulierte Geheimverabredungen zwar ganz schön cool, aber leider auch echt unpraktisch sind. Ich nehme mein Handy und schreibe: ‹Fragst du dich auch gerade, ob ich deinen Hinweis vielleicht falsch verstanden habe?› Ich kann sehen, dass er drei Sekunden später online kommt und neben meiner Nachricht zwei blaue Häkchen erscheinen. Doch er antwortet nicht. Und kurz darauf ist er wieder weg.

Ich seufze. Und ich überlege, wie lange ich noch warten will, bevor ich zurück zu Emilie fahre. Doch irgendwann komme ich zu dem Schluss, dass ich es heute aussitzen werde, und zwar bis zum bitteren Ende.

Der Laden ist inzwischen voller geworden, also beschließe ich, mir kurz die Beine zu vertreten und zumindest eine kleine Runde durch das Labyrinth zu drehen. Doch die Typen, die mir gefallen würden, haben alle schon jemanden gefunden, und das ist eigentlich auch gut, weil ich so gar nicht erst nicht in Versuchung komme. Als ich auf die große Freifläche in der Mitte des Labyrinths trete, bin ich der Einzige dort. Und weil mir vom vielen Rumstehen schon die Füße wehtun, setze ich mich auf die am wenigsten zerschlissene Ledercouch, ganz hinten im Eck. Ich schaue noch einmal auf mein Handy. Keine Nachrichten.

Eine Weile starre ich dumm vor mich hin, während immer wieder irgendwelche Kerle ihren Kopf aus einem der Gänge strecken, mich mustern, so gut das bei diesen Lichtverhältnissen geht, und wieder verschwinden. Ich bin müde, weil ich die letzten Nächte kaum geschlafen habe, also mache ich kurz meine Augen zu. Und ich bekomme nur wie von Weitem mit, dass sich nicht viel später jemand neben mich setzt.

«Ist ein gefährlicher Ort zum Schlafen», sagt plötzlich eine Stimme, die ich nur allzu gut kenne. «Nachher wachst du ohne Geldbeutel auf, aber dafür mit Syphilis.»

Ich öffne meine Augen und versuche, nicht überrascht auszusehen. Oder ertappt. Neben mir sitzt Martin.

«Was machst du hier?», frage ich, aber ich klinge ganz ruhig dabei, überhaupt nicht aufgeregt oder panisch. Gut so.

«Emilie hat mir aufgetragen, mal nach dir zu sehen.»

«Emilie hasst dich», sage ich und schüttele den Kopf.

«Nicht mehr», grinst er, «seit sie verstanden hat, dass ich es ernst mit dir meine.»

«Wann habt ihr das denn ausdiskutiert?»

Ich merke, wie er mich aufmerksam von der Seite betrachtet und darauf wartet, dass ich ihn ansehe, weil er mir mit seinem typischen vielsagenden Blick antworten will. Doch ich drehe mich nicht zu ihm, sondern schaue weiter starr geradeaus. Aus irgendeinem der vier

Gänge muss doch gleich Elias kommen und mich aus dieser Situation befreien.

«Was machst *du* hier?», fragt Martin jetzt.

«Was hat Emilie dir erzählt?»

«Dass du verabredet bist. Oder dass du das zumindest glaubst.»

«Hat sie auch gesagt, mit wem?»

«Nein.» Er macht eine Pause und holt tief Luft, bevor er weiterspricht. «Aber ich habe gehofft, dass ich Glück habe und vor ihm hier bin. Und er dann vielleicht gar nicht mehr wichtig ist.» Jetzt schaue ich ihn doch an. Und jetzt schaffe ich es auch nicht mehr, nicht erstaunt auszusehen. «Mein Angebot steht noch», sagt er leise, aber mit fester Stimme.

«Ich hatte echt einen krassen Tag, Martin.» Ich will damit eigentlich sagen, dass ich gerade wirklich keine Nerven für noch eine Diskussion habe. Doch er versteht mich falsch, und zwar mit voller Absicht.

«Wollen wir ihn noch ein bisschen krasser machen?», fragt er mich. Er lächelt. Und dann tut er das so ziemlich Einzige, was noch nie ein Mann in einem Darkroom mit mir gemacht hat: Er greift nach meiner Hand und hält sie ganz fest.

Wärme schießt meinen linken Arm hoch, und als sie mein Herz erreicht, wird sie mit hundertfünfzig Schlägen pro Minute bis in den letzten Winkel meines Körpers transportiert. Ich atme tief ein, doch gleichzeitig schüttele ich den Kopf. «Wir haben schon so oft darüber gesprochen –»

«Eben, Felix», unterbricht er mich. «Eben.» Inzwischen sind wir nicht mehr alleine. Die anderen Typen haben gemerkt, dass hier zwei junge Kerle nebeneinander auf einem Sofa sitzen, und deshalb stehen jetzt vier von ihnen betont unbeteiligt in der Nähe herum, weil sie darauf hoffen, gleich etwas zu sehen zu kriegen. Das könnte allerdings nicht ganz das sein, was sie vielleicht erwarten. «Wir haben so oft darüber geredet», fährt Martin leise fort, nachdem er den anderen einen bösen Blick zugeworfen hat. Die sind nur leider weniger folgsam als seine Schüler. «Aber vielleicht ist der Kopf nicht der einzige Körperteil, den man in solchen Fragen zurate ziehen sollte.»

«Sprichst du jetzt vom Herz oder vom Schwanz?», frage ich.

Er grinst. «Bei mir steht's auf jeden Fall mindestens zwei zu eins. Zweidrittelmehrheit.» Ich seufze und schaue zu den Eingängen rüber. Doch meine Hand lasse ich, wo sie ist. In Martins. «Im Ernst, Felix.» Er redet jetzt so leise, dass ich ihn kaum mehr verstehe. Also schaue ich ihn doch wieder an. Auf einmal sieht er ganz verletzlich aus. Zum dritten Mal erst, seit ich ihn kenne. «Ich wünschte, ich könnte dich in mich hineinschauen lassen, damit du sehen kannst, dass ich so was nie mehr machen würde. Aber ich kann es nicht.»

«Hast du gar keine Angst, dass ich noch mal fremdgehen könnte?», frage ich.

Doch er zuckt mit den Schultern. «Wir sind erwachsen. Und ich wünsche mir wirklich nur, dass wir uns nicht mehr verarschen. Meinst du, wir schaffen das?»

«Tja», sage ich. «Die Eine-Million-Euro-Frage.» Ich schweige eine Weile und schaue Martin dabei zu, wie er mit der linken Hand nach einem Typen boxt, der ihm in den Schritt fassen will. Seine Rechte ist nämlich immer noch besetzt. «Ich habe mich heute auf was eingelassen, von dem ich dir nicht hier erzählen will», sage ich irgendwann. «Aber kann gut sein, dass du mich jetzt gar nicht mehr haben willst.»

«Willst du denn, dass ich dich haben will?», fragt er mich und schaut mich dabei auf eine Art an, die mir ein Kribbeln von den Ohren bis in die Kniekehlen jagt.

Meine Fresse!, denke ich. Der kann aber auch Fragen stellen. Doch auf einmal wird mir klar, dass ich jetzt nur noch zwei Möglichkeiten habe. Und jede davon könnte sich als der Fehler meines Lebens herausstellen. Aber Gabriel hatte recht. Es ist schwer, das eigne Herz zu bekämpfen. Verdammt schwer. Und während Martin einfach so ein Stück näher an mich heranrückt, denke ich plötzlich, dass ich keine Lust mehr habe auf diesen Kampf.

Ich schaue mich noch einmal um. Kein Maskenmann zu sehen – und auch sonst niemand, der mir bekannt vorkommt. Aber auf einmal ist mir das egal. Weil mir in diesem Moment auf einmal alles egal ist. Bis auf diese verdammten braunen Augen, die einfach nicht aufhören, mich abwartend anzuschauen. Abwartend und sanft.

Jetzt muss ich lachen, und ich schüttele über mich selbst den Kopf.

«Was ist?», fragt Martin. Er lacht auch, obwohl ich ihm ansehen kann, dass er gar nicht so genau weiß, weswegen.

Ich drehe mich zu ihm. Und ich zögere eine allerletzte Sekunde. Aber ich will nicht mehr zögern. Also beuge ich mich ganz nah an sein Ohr. Ich hole Luft. Und sage: «Lass uns von hier verschwinden.»

Jetzt sind wir jung

JULIAN MARS
Jetzt sind wir jung

328 Seiten, Klappenbroschur,
13 x 19 cm
ISBN 978-3-95985-038-4
€ 18,00

Als ob die Sache mit dem Erwachsenwerden nicht schon kompliziert genug wäre! Felix fragt sich, warum es ihm manche Menschen besonders schwer machen müssen. Seine Mutter will ihn einfach nicht loslassen, seine Freunde gehen ihm die meiste Zeit auf die Nerven – und dann ist auch noch sein Ex-Freund Martin plötzlich zurück in der Stadt. Felix weiß, dass die beiden eher früher als später aufeinandertreffen werden. Und er hat gute Gründe, sich vor der überfälligen Aussprache zu fürchten. Irgendwann fängt das Leben an, ernst zu werden. Und Felix hat das Gefühl, dass dieser Moment unmittelbar bevorsteht. Unverschämt, witzig und berührend – das beeindruckende Romandebüt von Julian Mars.